聊天紀錄

莎莉·魯尼——著　　李靜宜——譯

CONVERSATIONS WITH FRIENDS

SALLY ROONEY

目錄

「在危難時刻，我們必須再三思索，我們愛的究竟是誰。」

——弗蘭克·奧哈拉[1]

---

1 Frank O'hara，1926-1966，美國作家與詩人。

第一部

1

玻碧和我第一次見到梅麗莎，是在城裡的一個詩歌之夜。那天我們兩個一起上臺表演。梅麗莎在外面幫我們拍照，玻碧抽菸，而我很不自在地用右手抓著左手手腕，彷彿怕手腕就要跑走似的。梅麗莎用的是一部大型的專業相機，相機專用袋裡裝著好幾顆不同的鏡頭。她一面拍照，一面抽菸聊天。她聊起我們的表演，我們則談起之前曾在網路上看過她的作品。午夜時分，酒吧打烊，天空開始飄雨。梅麗莎說她很歡迎我們到她家喝杯酒。

我們一起擠進計程車後座，繫上安全帶。玻碧坐在中間，頭轉向梅麗莎，和她講話，所以我只能看見她的頸背，和她湯匙似的小耳朵。梅麗莎告訴司機蒙克斯敦[2]的地址，我轉頭看窗外。收音機裡傳來某個人說話的聲音：八〇年代……流行……古典。接著響起了廣告音樂。我覺得很興奮，預備接受挑戰，拜訪陌生人的家。爲了讓自己施展魅力，我也準備好讚美的話和某些面部表情。

這房子是雙拼的紅磚樓房，外面種有懸鈴木。在路燈照耀下，樹葉是橘色的，看起來像假的。我向來很愛看別人家裡的樣子，特別是像梅麗莎這種有點名氣的人。我馬上就決定好好記住她家的模樣，之後好形容給其他朋友聽，到時候玻碧也會附和我。

梅麗莎請我們進屋，一隻紅色西班牙小獵犬跑過玄關，開始對著我們吠。玄關很溫暖，亮著燈。門邊是張矮桌，有人在桌上丟了一疊零錢、一把梳子，和一條沒蓋上蓋子的口紅。樓梯口掛著一幅莫迪利亞尼[3]的畫作，一名斜臥的裸女。我心想：他們獨擁這一整幢房子，足供一家人住。

客人來了喔，梅麗莎對著走廊喊。

沒人出現，所以我們跟著她走進廚房。我還記得看見深色的木缽裡裝著熟透的水果，也注意到玻璃溫室。有錢人，我心想。我當時心裡老是想著有錢人。那隻狗跟著我們走進廚房，在我們腳邊嗅來嗅去，但梅麗莎沒提起狗，我們也沒提。

2 Monkstown，位於都柏林東南的濱海郊區。

3 Amedeo Modigliani，1884-1920，義大利藝術家，為表現主義代表人物，以大膽的裸女畫像在保守的社會風氣中飽受批評，過世後才得到應有的肯定。他與畢卡索的友誼更蔚為傳奇。

葡萄酒？梅麗莎說。紅酒還是白酒？

她把酒倒在大得像碗的杯子裡，然後我們圍著一張矮桌坐下。梅麗莎問我們，是怎麼開始一起表演誦詩的。當時我們剛念完大三，但從高中時代就開始合作演出了。那時期末考已結束，是五月底。

梅麗莎的相機擺在桌上，偶爾拿起來拍張照，笑著自嘲說是「工作狂」。她點了根菸，菸灰撢在看起來很俗氣的玻璃菸灰缸裡。屋裡完全沒有菸味，我很好奇她平常是不是在這裡抽菸。

我認識了幾個新朋友，她說。

她丈夫站在廚房門口。他舉手和我們打招呼，小狗開始低吠哀叫，繞圈圈。

這位是法蘭希絲，梅麗莎說。這位是玻碧。她們是詩人。

他從冰箱拿出一瓶啤酒，在流理臺上打開。

過來坐坐吧，梅麗莎說。

噢，我很想，他說，但是我得想辦法在搭機之前睡一會兒。

狗跳上他旁邊的廚房椅，他心不在焉地摸摸牠的頭。他問梅麗莎餵過狗沒，她說沒有。他抱起狗，讓狗舔他的脖子和下巴。他說他會餵，就離開廚房了。

尼克明天早上要去卡迪夫[4]拍電影，梅麗莎說。

我們早就知道她的丈夫是位演員。媒體上常有他和梅麗莎出席活動的合照，我們有位朋友的朋友曾經見過他們。他有張英俊的大臉，看起來像是可以一手輕鬆抱起梅麗莎，隻手擊退入侵者。

他好高，玻碧說。

梅麗莎露出微笑，彷彿「高」這個形容詞是某種隱諱的說法，未必見得是好話。於是話題轉向。我們簡短討論了政府與教會。梅麗莎問我們有沒有信仰，我們說沒有。她說她覺得宗教場合，例如葬禮或婚禮，「能帶來鎮定劑似的撫慰作用」。那是眾人共聚一堂的場合，她說，對於神經質的個人主義者來說，頗有助益。而且我以前念教會學校，所以還記得大部分的禱詞。

我們也念教會學校，玻碧說。麻煩不少。

梅麗莎咧嘴笑，說：比方說？

這個嘛，我是同志，玻碧說，法蘭希絲是共產黨。

4 Cardiff，英國威爾斯首府，二十世紀初曾為全球最大的煤炭港。

而且我記不住任何禱詞，我說。

我們就這樣喝酒聊天，聊了好久。我記得我們談起我們都很欣賞的詩人派翠西亞．洛克伍德[5]，也聊到玻碧很瞧不起的「男女同工不同酬女性主義」。我覺得累，也有點醉了，想不出什麼機智風趣的話來說，臉上連足以表現幽默感的表情都擠不出來。我覺得我只是不停地笑，不住點頭。梅麗莎說她正在寫一本新的隨筆，玻碧讀過她的前一本書，但我沒有。

那本不怎麼樣，梅麗莎對我說。等下一本出版吧。

約莫凌晨三點，她帶我們到客房，說她好高興能見到我們，我們留下來過夜，她也很開心。上床之後，我瞪著天花板，覺得自己醉得厲害。整個房間天旋地轉，轉得又快又急，持續不斷。我的眼睛好不容易才適應一輪旋轉，下一輪的轉動馬上又開始了。我問玻碧，她有沒有同樣的感覺，她說沒有。

她太不可思議了，對不對？玻碧說。梅麗莎。

我喜歡她，我說。

我們聽見她在走廊講話的聲音，還有她從這個房間走到那個房間的腳步聲。狗一度叫了起來，我們聽見她不知道喊了什麼，接著又聽見她丈夫的聲音。但之後我們就睡著了。我們沒聽見他出門。

玻碧和我是念中學的時候認識的。當時的她很固執，常因爲違反校規，「干擾教學與學習」而被留校。我們十六歲時，她去穿了鼻環，開始抽菸。大家都不喜歡她。有一回，她在耶穌受難石膏像旁的牆上寫：「他媽的父權社會！」而被暫時停學。這件事並沒有激起同學的義憤，因爲大家都覺得玻碧很愛現。就連我也覺得，她沒來上學的那個星期，上課和學習的情況順利很多。

十七歲時，我們參加了學校的募款舞會。舞會在大禮堂舉行，有點破損的迪斯可燈球把光打在天花板和加了鐵柵的窗戶上。玻碧穿著單薄的夏季洋裝，頭髮亂糟糟，一副沒梳理的樣子。但她渾身散發魅力，也就是說，大家得要很努力才能不看她。我告訴她說我喜歡她的衣服。她把伏特加裝在可樂瓶子裡喝。她分了一點給我，問我說學校的其他地方是不是都上鎖了。我們查看通往後梯的門，發現是敞著的。那裡黑漆漆的，沒有

---

5 Patricia Lockwood，1982-，美國知名女詩人，二〇一七年出版的自傳《*Priestdaddy*》入選《紐約時報》年度十大好書。

燈光，也沒有人。我們聽見透過地板傳來的音樂聲，宛如是某個人的手機鈴聲。玻碧又分我喝一點伏特加，問我喜不喜歡女生。在玻碧身邊，你就是很容易表現得對任何事都不在乎的樣子。所以我說，當然喜歡。

成爲玻碧的女朋友，我並沒有對不起任何人。我沒有親近的朋友，午餐時間，我總是自己一個人在圖書館讀教科書。我喜歡其他女生，我讓她們抄我的作業，但我很孤單，覺得自己不配擁有眞正的友誼，還列出需要自我改進的清單。和玻碧開始來往之後，一切都變了。再也沒有人來找我借作業。午餐時間，我們手拉手走在停車場，大家都不懷好意地刻意轉頭不看我們。這情況很有趣，我頭一次眞正覺得有趣。

放學之後，我們常躺在她的房間裡聽音樂，聊我們爲什麼喜歡對方。我們的對話既長且深刻，讓我覺得意義重大，所以夜裡偷偷把記得的部分寫下來。玻碧談起我的時候，我彷彿是第一次照鏡子，第一次看見自己。在眞實生活裡，我也比以前更常照鏡子。我開始對自己的臉和身體有強烈的興趣，這是我以前從未有過的舉動。我問玻碧各種問題，諸如：我的腿算長嗎，還是短？

畢業典禮上，我們一起表演了詩歌朗誦。有些家長感動落淚，但我們的同學就只是看著禮堂窗外，或低聲交頭接耳。幾個月之後，交往一年多的玻碧和我分手了。

梅麗莎想寫一篇關於我們的人物專訪。她寄電子郵件給我們，問我們有沒有興趣，同時附上她在酒吧外面幫我們拍的照片。我獨自在房間裡，下載其中一個檔案，打開來，放大成全螢幕。玻碧帶著淘氣的神情轉頭看我，右手拿菸，左手拉著她的皮草披肩。在她身邊的我看起來一臉無聊，但有些興味。我試著想像自己的名字出現在專訪裡，一個個加粗的襯線字體。我下定決心，下回見面，一定要給梅麗莎留下更好的印象。

才剛收到電子郵件，玻碧就打電話給我。

妳看到照片了嗎？她說。我覺得我愛上她了。

我一手抓住電話，一手拉大螢幕照片上玻碧的臉。這是張高畫質照片，我一直拉一直拉，拉到畫面出現顆粒。

也許妳只是愛上妳自己的臉，我說。

我有張漂亮的臉，並不代表我很自戀。

我沒反駁。我知道梅麗莎替好幾個重量級的文學網站寫稿，她的作品在網上廣爲流傳。她寫過一篇關於奧斯卡獎的文章，非常知名，每到頒獎季，大家都會找出來重新貼上。有時候她也寫人物專訪，採訪在葛拉夫頓街[6]上賣作品的藝術家或倫敦的街頭藝人。她的文章總是配上很美的照片，既有人性，又很有「個性」。我把照片縮回正常大小，想把自己當成是網路上的陌生人，像第一次看見這張臉似地端詳我自己的長相。這張臉圓圓的，很白，眉毛像倒置的括弧，眼睛沒看鏡頭，幾乎閉上了。儘管如此，我還是看得出來我很有個性。

我們回覆電子郵件給她，說我們樂於接受採訪，於是她邀請我們去吃晚餐，聊聊我們的作品，並補拍幾張照片。她問我能不能轉寄幾首詩給她。我寄了三、四首最好的作品。要穿什麼衣服去赴宴，玻碧和我討論了好久。表面上是討論我們兩個該穿什麼，實際上是討論玻碧該穿什麼。我躺在我房間裡，看著她照鏡子，把頭髮攏起又放下，怎麼都不滿意。

妳說妳愛上梅麗莎的時候，我說。

我是說我暗戀她。

妳知道她已經結婚了。

妳覺得她不會喜歡我？玻碧說。

她拿起我的一件白色刷毛棉襯衫在鏡前比著。

妳所謂的喜歡是什麼意思？我說，這是認真的，還是開玩笑？

我有點認真。我覺得她是真的喜歡我。

婚外情的那種喜歡？

玻碧只是笑笑，沒回答。面對其他人，我通常可以知道什麼是認真的，什麼是開玩笑，但面對玻碧，這完全不可能。她好像從來都不完全是認真的，也不完全是開玩笑的。結果，我只好學會用佛系的態度來接受她所說的怪言亂語。我看著她脫掉上衣，穿上我的白襯衫。她仔細捲起衣袖。

美？她說，還是醜？

美。看上去很美。

---

6 Grafton Street，都柏林市中心的兩條主要購物大道之一，二〇〇八年曾在全球最貴購物地段排名中列名第五。

2

去梅麗莎家吃飯那天，下了一整天的雨。早上我坐在床上寫詩，想換行的時候就按下return鍵。最後我拉開百葉窗，讀了網路新聞，然後淋浴。我的公寓有道門通往大樓的庭院，院子裡綠意盎然，較遠的那個角落還有棵櫻花樹。現在已經快六月了，但四月的時候，櫻花燦燦盛開，花瓣光滑柔美如彩紙。隔壁的夫妻有個小嬰兒，晚上偶爾會哭鬧。我喜歡住在這裡。

那天晚上玻碧和我在市區會合，搭公車到蒙克斯敦，找路回到我們曾經去過的這幢房子，很像是一層層拆開包裝紙的傳禮物遊戲。我在路上把這個感覺告訴玻碧，她說：拆開這層包裝紙，會發現裡面是禮物，還是另一層包裝紙呢？

等我們吃完晚飯就知道了，我說。

我們按電鈴，梅麗莎來開門時，相機掛在肩上。她謝謝我們來。她的微笑有著層次豐富的表情，帶點心照不宣的意味，但我想，她對所有的採訪對象大概都會露出這樣的笑容吧，彷彿在說：對我來說，你不是普通的採訪對象，你是我最喜歡的一個。我知道事後我會對著鏡子，滿懷妒意地練習這個微笑。我們掛外套的時候，西班牙獵犬在廚房門口狂吠。

她丈夫在廚房裡切蔬菜。有客人來，讓他們家的狗很興奮，跳上廚房椅子，吠叫了十幾二十秒，直到他叫牠別吠了。

給妳們兩位來杯酒好嗎？梅麗莎問。

我們說當然好，尼克在酒杯裡倒了葡萄酒。第一次見過他之後，我在網路上搜尋他的資訊，部分原因是我在真實生活裡從未認識過演員。他主要是在劇場演出，但也拍電視影集和電影。幾年前，他曾被提名角逐一個重要獎項，但沒得獎。我找到一個照片輯，全是他沒穿上衣的照片，大部分看起來都比現在年輕，有從游泳池出來的，也有在一個早已停演的電視節目裡沖澡的鏡頭。我把其中一張照片的連結寄給玻碧，寫道：花瓶老公。

網路上梅麗莎的照片不多，雖然她的作品集讓她累積不少知名度。我不知道她和尼克結婚多久了。他們兩人都還不夠有名，所以網路上搜不到這類訊息。

所以妳們兩個是合作寫詩？梅麗莎說。

噢，天哪，不是，玻碧說。所有的詩都是法蘭希絲寫的，我連忙都幫不上。

才不是呢，我說。才不是這樣的，妳幫了很多忙。她隨便說的。

梅麗莎歪著頭，笑了起來。

好吧，那妳們兩個究竟是誰騙我呢？她說。

是我騙她。玻碧除了充實我的生活之外，並沒有幫我寫詩。就我所知，她也沒有任何文字創作。她喜歡表演戲劇獨白，唱反戰歌曲。在舞臺上，她是個比我更出色的表演者，我常焦慮地瞄著她，好提醒自己應該做什麼。

晚餐是濃稠白酒醬的義大利麵和大蒜麵包。大部分時間都是梅麗莎問我們問題，尼克沉默不語。她惹得我們哈哈大笑，但那笑，就像是逗原本不怎麼想吃東西的人吃東西一樣。我不知道自己是不是喜歡這種帶點強迫意味的歡樂氣氛。但玻碧顯然很樂在其中。她甚至沒必要笑得那麼用力，我看得出來。

雖然說不上來爲什麼，但我隱隱覺得，梅麗莎知道詩是我獨力寫就的之後，對於我們寫作的過程就沒那麼感興趣了。我知道她這態度的轉變非常微妙，小到足以讓玻碧事後不願承認。明明是還沒發生的場景，但我卻彷彿已經聽到玻碧的矢口否認，覺得非常惱火。我開始覺得周圍的一切都和我沒關係，彷彿這個微妙的變化終於讓我體認到，我對這一切完全不感興趣，甚至覺得和我一點關係都沒有。我可以努力一點，讓自己融入環境，但拼命想辦法讓自己贏得注意，八成只會讓我更加厭恨自己吧。

晚飯後，尼克負責洗所有的碗碟，梅麗莎忙著拍照。玻碧坐在窗臺上，看著一根點亮的蠟燭，笑著露出俏皮的表情。我坐在餐桌旁一動也不動，喝完我的第三杯酒。

我喜歡窗戶，梅麗莎說。我們可以在溫室再拍一張類似的嗎？

從廚房穿過一道雙扉門就是溫室。玻碧跟著梅麗莎走進溫室，梅麗莎關上門。我看見玻碧坐在窗臺上笑著，但聽不見她的笑聲。尼克在水槽裡放滿熱水。我再次稱讚晚餐很好吃，他抬頭說：噢，謝謝妳。

透過玻璃，我看見玻碧輕輕揩掉眼睛下方的妝彩。她手腕纖細，手指長而優雅。做無聊的事，譬如下班走路回家或在洗衣房閒晃的時候，我喜歡想像自己長得像玻碧。她的姿態比我曼妙，而且有張漂亮得讓人難忘的臉。這想像太過眞實，有時我意外瞥見鏡裡的自己，還會以爲看見陌生人而嚇一跳。玻碧此刻就坐在我眼前，要這樣想像比較困難，但我還是放膽一試。我想說句挑釁的蠢話。

我想她們已經不需要我了，我說。

尼克看著溫室，玻碧正在撥弄她的頭髮。

妳覺得梅麗莎對妳們有差別待遇？他說，如果妳覺得有需要的話，我可以和她談談。

沒事的，大家都比較喜歡玻碧。

眞的？我必須說，我更喜歡妳一些。

我們四目交接。我看得出來他是在哄我，所以我綻露微笑。

是啊，我覺得我們天生就合得來，我說。

我喜歡詩意的人。

嗯，這個嘛，我的內在生活很豐富，相信我。

聽到我這麼回答，他笑了起來。我覺得我的表現有點不太得體，但也並不覺得羞愧。在溫室裡，梅麗莎點了根菸，把相機放在玻璃茶几上。玻碧不知是聽見她說了什麼，拼命點頭。

我以爲今晚會是個夢魘，結果卻很不錯，他說。

他陪我一起在餐桌旁坐下。我喜歡他突如其來的率眞。我有點不自在，因爲我曾經在他不知情的情況下，在網路上看到他光裸上身的照片。此時，我覺得他若知道，勢必會很有趣，我幾乎就要開口告訴他這件事。

我也不是喜歡參加晚宴的人，我說。

我覺得妳應付得很好。

你人太好了。你眞的很棒。

他對我微笑。我努力想記住他說的話，好轉述給玻碧聽。但是這些話一記在我腦袋裡，感覺上就沒那麼有趣了。

門打開，梅麗莎雙手捧著相機走了進來。她拍了一張我們兩個坐在餐桌旁的照片，尼克一手端酒杯，我茫然看著鏡頭。她在我們對面坐下，看著她的相機顯示幕。玻碧也進來了，沒問一聲就逕自添滿酒杯。她滿臉幸福的表情，我看得出來她醉了。尼克看著她，但什麼都沒說。

我說我們該走了，才能趕上最後一班公車。梅麗莎承諾會寄照片給我們。玻碧的微笑稍稍垮了下來，但現在要說我們可以再待一會兒已經來不及了，因爲主人已經把外套遞給我們了。我覺得頭有點暈，而玻碧很沉默。我莫名其妙地笑個不停。

走到公車站要十分鐘。玻碧起初悶悶不樂，所以我認爲她是傷心或生氣。

妳今晚愉快嗎？我問。

我很擔心梅麗莎。

妳說什麼呀？

我覺得她不快樂，玻碧說。

哪方面不快樂？是她告訴妳的嗎？

我覺得她和尼克並不幸福。

眞的？我說。

眞可悲。

我並不想直言玻碧只見過梅麗莎兩次，雖然我或許應該坦白指出這一點。可是老實說，尼克和梅麗莎看起來確實不像瘋狂愛著對方。他沒頭沒腦地告訴我，他以爲她所安排的餐會是個「夢魘」。

我覺得他這人很有趣，我說。

他整個晚上幾乎都沒開口。

是啊，但他有種沉靜的幽默感。

玻碧沒笑，我也沒再提。在公車上，我們幾乎沒交談。我看得出來，她對我和梅麗莎那位花瓶老公自然而然建立的默契沒興趣，而我也想不出什麼別的可說。

回到公寓，我覺得比在梅麗莎家時醉得還厲害。玻碧回家去，我獨自一人。我上床睡覺前打開屋裡所有的燈。我有時候就是會這樣做。

玻碧爸媽這年夏天正爲分手的事鬧得不可開交。玻碧媽媽艾蓮諾情緒很不穩定，又長期生著說不出來是什麼毛病的病，所以在感情絕裂這件事上，大家都比較同情她爸爸。玻碧一向直呼爸媽的名字，一開始很可能是出於叛逆，但如今聽來卻像喊同事，彷彿他們家是大家共同經營的小公司。玻碧的妹妹莉狄雅才十四歲，看來無法像玻碧這麼冷靜的應付這件事。

我父母親在我十二歲的時候就分手了，我爸搬回他倆當年相識的巴利納[7]，我和我媽繼續住在都柏林。等我念完中學，她也搬回巴利納。上大學之後，我住在伯父位於自由街區[8]的公寓。學期中，另一間臥房租給另一名學生，所以我夜裡必須保持安靜，在廚房碰見室友時還要禮貌打招呼。但是暑假期間，室友回家去了，我可以獨佔整個空間，想什麼時候煮咖啡，就什麼時候煮咖啡，把書攤得桌上地上到處都是也無所謂。

那段時間我在一家文學經紀公司實習。除了我之外，還有另一個名叫菲利浦的實習

---

7 Ballina，位於愛爾蘭西北海岸，莫伊河（River Moy）口的城市。

8 Liberties，都柏林歷史悠久的街區，以酒吧、市集與觀光景點著稱。

生，是我大學同學。我們的工作是讀一疊又一疊書稿，然後寫篇長僅一頁的報告，評估書稿的文學價值。價值幾乎都等於零。有時候菲利浦會挖苦地大聲唸糟糕透頂的句子給我聽，惹得我哈哈大笑，但我們從不當著公司裡的成年同事們面前這麼做。我們一週上班三天，領到一份「津貼」，也就是說，我們基本上是沒有薪水的。我只需要有東西吃，而菲利浦就住在家裡，所以我們並不覺得這樣有什麼問題。

這也就是特權階級長存不滅的原因，菲利浦有天在辦公室對我說。像我們這樣的有錢渾蛋當不支薪的實習生，把其他人的工作都給搶了。

那是你，我說，我永遠都不想找工作。

3

那個夏天，玻碧和我常在詩歌朗誦活動和開放自由表演之夜演出。我們在外面抽菸，有男表演者想和我們攀談時，玻碧總是故意吐著煙，一語不發，於是我只好代表我們兩個人。也就是說，我得不停微笑，回想他們演出的細節。我樂於扮演這樣的角色，好記性的微笑女孩。玻碧說她不覺得我有「眞正的個性」，可是她說這是一種讚美。她的這個評語，我基本上贊同。每回我覺得自己終於可以做什麼或說什麼時，總是在事後才想到：噢，原來我就是這樣的人。

梅麗莎幾天之後寄給我們晚餐當天拍的照片。我原本以爲這組照片會以玻碧爲主角，我頂多在一兩張裡當配角，是在燭光後模糊的身影，或舉起滿滿一叉義大利麵。事實上，在玻碧的每一張照片裡都有我，光線恰到好處，構圖很美。照片裡也有尼克，這倒是出乎我意料。他顯得光芒四射，魅力迷人，比眞實生活裡的他更迷人。我不禁想，這是不是他能成爲出色演員的原因。看著照片，很難不覺得他是整個房間的主要角色，這是我在當晚絕未感覺到的。

梅麗莎自己並沒有出現在任何一張照片裡。結果，透過照片所勾勒的那個晚餐聚會，只能說呈現了我們實際參加的那個聚會片面的面貌。事實上，我們的對話完全以梅麗莎爲中心。我們或是狐疑或是欣羡的各種表情，都是由她所引發的。她是不管說什麼笑話，都可以逗得大家發笑的那種人。照片裡沒有她，這場聚會彷彿也有了不同的味道，微微朝向奇怪的方向偏移。缺少了梅麗莎，出現在照片裡的人物，彼此的關係也變得不清不楚了。

我最喜歡的一張照片是，我帶著做夢般的表情直盯著鏡頭，而尼克看著我，彷彿等我開口說話。他嘴巴微張，一副沒發現相機的模樣。這是一張很好的照片，但是那一瞬間我是真的看著梅麗莎，而尼克卻沒看見她正穿門進來。照片捕捉了當時並不存在的某種親密氛圍，某種隱晦、令人焦慮的氛圍。我把這張照片保存在下載檔案夾裡，留待以後再看。

收到照片約一個鐘頭之後，玻碧發訊息給我。

玻碧：我們看起來有多美？

玻碧：我在想我們能不能用在臉書上。
我：不行
玻碧：她說報導要到九月才會刊出？
我：誰說
玻碧：梅麗莎
玻碧：妳今天晚上想聚聚嗎？
玻碧：看電影什麼的

玻碧希望我知道，她和梅麗莎保持聯絡，而我沒有。這讓我很佩服，她就希望我有這樣的感覺。但我也因此而情緒低落。我知道梅麗莎比較喜歡玻碧，但在她們新建立起來的友誼裡，我不知道我除了靠貶低自己來贏得關注之外，還能如何佔有一席之地。我曾經希望梅麗莎喜歡我，因爲我們都是作家，然而她似乎並不喜歡我，而我也不確定自己喜歡她。我沒有資格不敬重她，因爲她已經出版過一本書，證明就算我不看重她，也有很多人對她認眞以待。二十一歲的我沒有任何成就，也沒有任何專業，足以證明我值得別人認眞以待。

我告訴尼克，大家都喜歡玻碧多過我，但這並不是事實。玻碧有時候很惱人，也很任性，讓人很不舒服。而我則很有禮貌，討人喜歡。例如，媽媽們總是很喜歡我。而因為玻碧老是用嘲弄或輕蔑的態度對待男人，男人最後也都會比較喜歡我。當然，玻碧也因此而取笑我。她有一回寄給我安潔拉．蘭斯伯里[9]的照片，郵件主旨是：妳的核心族群。

玻碧那天晚上過來，但完全沒提到梅麗莎。我知道她別有心機，希望我開口問，但我沒問。這感覺上好像是以退為進，但其實還好，我們這天晚上過得挺愉快的，聊天聊到很晚，玻碧睡在我房間的床墊上。

那天晚上我在被子裡汗涔涔地醒來。起初感覺像是夢，或許是部電影。我覺得房間的格局很怪異，門窗和我的距離比原本的距離來得遠。我想要坐起來，但骨盆卻一陣奇怪的劇痛，讓我忍不住大聲喘氣。

玻碧？我說。

她翻身。我想伸手到床下搖她的肩膀，卻做不到。光是這個動作，就讓我筋疲力盡。但同時，這疼痛的感覺也帶給我一種莫名的興奮，彷彿就要以某種未知的方式改變我的人生。

玻碧，我說，玻碧，醒醒。

她沒醒來。我雙腳下床，想辦法站起來。我彎腰緊抱住腹部，疼痛稍微緩解，勉強可以忍受。我繞過她躺著的床墊，走向浴室。雨滴滴答答打在牆壁上的釉面塑膠通風口，非常大聲。我坐在浴缸邊上。我在流血，是經痛。我臉埋在手裡，手指顫抖。後來我坐到地上，把臉貼在浴缸冰涼的邊緣。

過了一會兒，玻碧敲門。

怎麼了？她在門外說，妳還好嗎？

只是經痛。

噢，裡面有止痛藥嗎？

沒有，我說。

9 Angela Lansbury，1925-，女演員，具美、英、愛爾蘭三重國籍，活躍於電影、電視與舞臺劇逾七十年，獲獎無數，二〇一三年獲奧斯卡終生成就獎。因長年關注同志議題，並曾製作、主演多部同志議題的舞臺劇，而成為同志及跨性別主義者偶像。

我去幫妳拿。

她的腳步聲走遠。我前額敲著浴缸邊，分散骨盆的疼痛感。這是一種熾熱的疼痛，我整個身體內部像緊緊打成一個結。腳步聲又走近了，浴室門打開一條縫。她把一包止痛藥布洛芬遞進來。我爬到門口接下，她再度走開。

最後外面天亮了。玻碧醒來，扶我到客廳的沙發上。她幫我泡了杯薄荷茶，我癱坐著，隔著T恤，把茶杯貼在恥骨上方，直到感覺燙。

妳很難受，她說。

每個人都很難受。

啊，玻碧說，難受極了。

我告訴菲利浦說我不想找工作，並不是開玩笑的。我確實不想找工作。對於未來要靠什麼維生，我並沒有任何計畫：我從來就不想做任何事情來賺錢。以前的暑假，我做過好幾份最低工資的工作：寄電子郵件、打推銷電話，諸如此類的。畢業之後，我想我也會繼續打更多這樣的工。儘管知道我終有一天必須找份全職工作，但我從未幻想自己靠著執行經濟功能而獲取酬勞，進而擁有燦爛的前程。有時候我認爲關注自己的生活是一種挫敗，因而讓我覺得沮喪。另一方面，我又覺得我對金錢的漠不關心，在意識型態上卻是很健康的態度。我會查看全球經濟總產值，看看如果平均分配給每一個人，那麼每個人的平均所得應該是多少。根據維基百科的資料，每人的平均年所得應該是一萬六千一百美元。我認爲，無論從政治面或財政面來看，個人收入超過這個標準值都絕無道理。

文學經紀公司的老闆是個女的，名叫珊妮。菲利浦和我都很喜歡珊妮，但是珊妮比較喜歡我。菲利浦對此並無怨言，他說他也比較喜歡我。我想，珊妮一定是知道我並不想當文學經紀人，或許也因此在她眼中我才顯得格外不同。菲利浦在公司非常認眞工作，但他對自己的人生有計畫，我並不能怪他。我只是不想輕易付出熱情罷了。

珊妮很關心我的生涯規劃。她是個非常坦率的人，總是坦率地講出心裡的看法，而這也是我和菲利浦喜歡她的原因之一。

當記者怎麼樣？她問我。

我交給她一疊完成的書稿。

妳對這個世界有興趣，她說，妳知識豐富。妳喜歡政治。

是嗎？

她笑起來，搖搖頭。

妳很聰明，她說。妳一定會很有成就。

說不定我會爲錢而結婚。

她揮手趕我走。

去好好工作吧，她說。

那個週五，我們在市中心表演朗誦。在詩作完成之後的六個月內，我上臺朗誦這首詩不會有任何問題，但只要過了這段期間，我連看都不想看，更別提要在大衆面前朗讀了。我不知道究竟爲什麼會這樣，但我很高興這些詩永遠不再演出，永遠不會出版，永遠流失在掌聲裡。眞正的作家，還有畫家也是，必須不停面對他們所創作出來的醜陋作品。我討厭我創作出來的醜陋東西，但也痛恨我自己沒有面對這些醜陋作品的勇氣。我曾向菲利浦解釋這番道理，但他只說：別貶低妳自己，妳是個眞正的作家。

玻碧和我在表演場地的洗手間裡化妝，聊起我新寫的詩。

我喜歡妳筆下的男性角色，玻碧說，因爲他們都是爛人。

他們也不全都那麼爛。

說得好聽點，他們就是道德觀念模糊。

我們不都是這樣嗎？我說。

妳應該寫菲利浦的，他這人沒什麼毛病，是個「好人」。

她講出「好人」這兩個字的時候，用手比了個引號的手勢，儘管她眞心認爲菲利浦是好人。玻碧講任何人「好」，都要加上引號。

梅麗莎說她這天晚上會來，但我們直到表演結束後才看見她。那時大約十點半或十一點了。她和尼克坐在一起，尼克穿著西裝。梅麗莎恭喜我們，說她非常喜歡我們的演出。玻碧看著尼克，彷彿希望他開口讚美我們。她的這個表情逗得他大笑。

我沒趕上妳們的演出，他說，我才剛到。

尼克這個月在皇家劇院演出，梅麗莎說。他參演《朱門巧婦》[10]的舞臺劇。

但我相信妳們的演出一定很棒，他說。

我請妳們兩個喝杯酒，梅麗莎說。

玻碧和她一起去吧檯，桌邊只剩尼克和我。他沒打領帶，但那身西裝看起來很昂

---

10 *Cat on a Hot Tin Roof*，改編自田納西．威廉斯的小說，成為百老匯的熱門舞臺劇，後改編成電影，由伊麗莎白．泰勒和保羅．紐曼主演。

貴。我覺得好熱，擔心自己在冒汗。

戲演得怎麼樣？我說。

噢，什麼，今晚嗎？還可以吧，謝謝。

他摘下袖釦，擺在桌上，他杯子的旁邊。我發現這袖釦是彩色珐瑯材質，裝飾藝術風格。我想要開口讚美，又覺得說不出口。於是我假裝轉頭找梅麗莎和玻碧。再轉頭回來，他已經掏出電話。

我很想去看，我說，我很喜歡這齣戲。

妳應該來看的，我可以幫妳留票。

他這麼說的時候，並沒有抬頭，所以我覺得他只是隨口敷衍，至少很快就會忘記這段對話。我只講了幾句好啊之類的，並沒有承諾什麼。他既沒注意我，我就可以更仔細端詳他。他眞的非常英俊。我很好奇，長得這麼漂亮的人會不會在習以爲常之後，覺得很厭煩。但這實在很難以想像。我想，要是我長得像尼克這麼漂亮，肯定隨時隨地都會很開心。

不好意思，我太沒禮貌了，法蘭希絲，他說。剛才是我媽，她傳訊息來。我應該告訴她說我在和一位詩人聊天，她肯定會很佩服我。

這個嘛，很難說喔，我可能是個蹩腳的詩人。

他微笑著把手機塞回外套內側口袋。我看著他的手，然後轉開視線。

我聽說的可不是這樣，他說。不過下次我或許可以自己判斷。

梅麗莎和玻碧端著酒回來。我發現尼克在對話中提起我的名字，彷彿要證明上次我們見過之後，他已經記住我是誰了。當然，我也記得他的名字，但他年齡較長，也比較有名，所以他記得我，讓我覺得受寵若驚。原來是梅麗莎開車進城，所以尼克必須在下戲之後過來會合，才能搭她的便車回家。這個安排似乎沒有考慮到他的方便，我們聊天的時候，他大部分時間看起來都很累，又很無聊。

梅麗莎隔天發來一封電子郵件給我，說他們幫我們兩個留了下週四的戲票，但我們如果已經另有安排，也不要覺得不好意思拒絕。她在信裡附上尼克的郵址，說：以備你們需要聯絡。

玻碧週四要和她父親吃飯，所以我們把多出來的一張戲票給菲利浦。菲利浦不停問我，表演結束後會不會去找尼克聊一下，我也不知道。但我懷疑尼克會專程出來和我們講話，所以我說我們會像往常一樣，看完戲就離開。菲利浦沒見過尼克，但在電視上看過他，覺得他的長相「令人望而生畏」。他問我很多問題，想知道眞實生活裡的尼克是什麼樣子，但沒有任何一個問題我覺得自己有資格回答。我們買好節目單之後，菲利浦直接翻到演員介紹那一頁，給我看尼克的照片。在昏暗的燈光裡，我只看得見他的輪廓。

看看他的下巴，他說。

是啊，我看見了。

舞臺的燈光亮起，飾演瑪姬的女演員上臺，開始用南方口音大聲叫嚷。她的口音其實蠻像的，但還是有種刻意裝出來的感覺。她脫掉洋裝，只穿一條白色襯裙，就像伊麗莎白・泰勒在電影裡穿的那條白色襯裙，只不過這位女演員看起來雖不像伊麗莎白・泰勒那麼矯揉造作，卻也欠缺這個角色所需要的說服力。我看見她身上那件襯裙內側接縫裡有個洗標，我覺得這破壞了這齣戲的眞實感，儘管那件襯裙和洗標本身都是眞實存在的東西，不容置疑。我的結論是，某些類型的眞實有種非眞實的效果，這讓我想起尙・布希亞[11]的理論，雖然我並沒有讀過他的作品，而他所闡釋的理論也很可能根本和我所思索的這些問題無關。

尼克終於登場，從舞臺左邊的門，一面扣襯衫鈕釦，一面走出來。我突然湧起不自在的感覺，彷彿全場的觀眾都轉頭看我的反應。他在舞臺上看起來很不一樣，連講話的聲音都判若兩人。他態度冷漠疏遠，暗藏著某種程度的性暴力。好幾次我都喘不過氣來地用嘴呼吸，舌頭不停舔著嘴唇。這齣戲的製作整體來說並不太好。其他演員的口音不到位，舞臺上的一切都像是等著有人來擺弄的道具。但從某個角度來說，這卻更加彰顯了尼克那令人目眩神迷的美，也讓他在劇中所受的折磨顯得更加眞實。

離開劇院的時候，又下起雨了。我覺得自己宛如新生兒般純淨嬌小。菲利浦撐開

11 Jean Baudrillard，1929-2007，法國社會學家與哲學家，布希亞相信，由於我們習慣於生活在被經驗與刺激所掌控的世界中，所以失去了理解真實的能力。

傘，我們走向他搭車的公車站，我莫名地咧嘴笑，不停摸著頭髮。

這戲很有意思，菲利浦說。

我覺得尼克比其他演員好太多了。

是啊，壓力很大，對吧？可是他眞的很棒。

這句話逗得我大笑，笑得太過大聲。但我馬上就發現這並沒有什麼好笑，於是收住笑聲。羽毛般輕盈清冷的雨落在傘上，我思索著有什麼關於天氣的趣事可說。

他很帥，我聽見自己這麼說。

帥到簡直討人厭的地步。

我們到了菲利浦等車的公車站，稍微討論了一下傘該給誰，最後是我拿了。這時雨下得越來越大，天也越來越暗。我想要多談談這齣戲，但看見菲利浦的公車就快進站了。我知道他根本不想再多聊這齣戲的事，但仍然覺得有點失望。他開始數車錢，跟我說明天見。我自己一個人走回公寓。

回到家，我把雨傘留在中庭門邊，回到屋裡，打開筆電，找尋尼克的郵址。我覺得我應該寫封短信給他，謝謝他贈票，但屋裡的東西一直讓我分心，例如我掛在壁爐架上的土魯斯—羅特列克[12]海報，以及陽臺窗上的一塊污漬。我站起來，走來走去，想了一會兒，用濕抹布擦掉污漬，然後泡了杯茶。我想打電話問玻碧，像這樣寫信給尼克是不是正常，但我想起來，她今晚和父親在一起。我打了封草稿，但又刪掉，免得不小心按錯鍵寄出。接著又重寫了封一模一樣的信。

我盯著筆電的螢幕，直到螢幕變黑。我比一般人更在乎這些事情，我想。我需要放輕鬆，別那麼在乎。我應該嘗試嗑藥。我在客廳的音響裡放進《繁星歲月》[13]，滑坐到地板上聽。我雖然不想再耽溺於今晚看的那齣戲，卻不時回想起尼克在舞臺上吶喊：我不想靠在妳的肩膀上，我要我的枴杖。我不知道菲利浦是不是和我一樣入戲，又或者這只是我個人的感受。我應該要變得更有趣，更討人喜歡，我想。有趣的人會寫封致謝的電子郵件。

我起身，寫了一封短信，恭喜尼克出色的表演，並謝謝他贈票。我把句子挪來移去，然後似是隨意地按下發送鍵。我關掉筆電，又坐到地板上。

---

12 Toulouse-Lautrec，1864-1901，法國後印象畫派畫家，為海報設計與石版畫先驅。

13 Astral Weeks，北愛爾蘭歌手范・莫里森（Van Morrison）於一九六八年錄製的專輯，名列《滾石雜誌》史上五百大專輯第十九名。

我很期待聽玻碧聊聊她和傑瑞的晚餐。專輯播完時，她終於打電話來了。接起電話時，我還是靠著牆壁癱坐在地上。玻碧父親是衛生部的高階文官。她和誰在一起，都是一副激進的反體制態度，唯獨對父親不會，至少是不會一直如此。他帶她上非常昂貴的高級餐廳，吃三道菜的全套晚餐佐葡萄酒。

他想要強調，我已經是家裡的大人了，玻碧說，還說他很看重我，諸如此類的。

妳媽媽還好嗎？

噢，又是偏頭痛發作的季節了。我們每天都得像本篤會修士[14]那樣躡手躡腳。戲怎麼樣？

尼克的演出很棒，眞的，我說。

聽妳這麼說，我鬆了一口氣。我還以爲會很慘呢。

不，是眞的很棒。對不起，我現在想起妳問我的問題了。那齣戲是很差。

玻碧逕自哼了一段不成調的曲子，沒再說什麼。

記得上回我們去他們家，之後妳說妳覺得他們婚姻不幸福？我說。妳爲什麼會那樣說？

我只是覺得梅麗莎的情緒好像很低落。

可是爲什麼？是因爲他們的婚姻？

這個嘛，妳不覺得尼克對她有點敵意嗎？玻碧說。

不會啊。妳這樣覺得？

我們第一次去的時候，妳還記得嗎，他一看見我們就皺眉頭，還對她大聲嚷嚷什麼餵狗沒？後來我們上床睡覺之後，都還聽見他們在吵架？

聽她這麼說，我想起來，那天確實察覺到他倆之間有些不快，雖然我不認爲他對梅麗莎大呼小叫。

她也去了嗎？玻碧問，劇場？

沒有。呃，我不知道，我們沒看見她。

反正她不喜歡田納西．威廉斯。她覺得他太矯揉造作。

我聽得出來她講這句話的時候露出諷刺的微笑，因爲她知道自己是在炫耀。我覺得嫉妒，但也覺得因爲我去看了這齣戲，所以參與了玻碧所不知道的某些事情。她仍然把尼克當成是個背景人物，除了梅麗莎丈夫這個身分之外，無足輕重。要是我告訴她說，

14 Trappist，為天主教的嚴修會，嚴格遵守聖本篤會規，禁語、隱居、守貧、克己，過著極為嚴苛清貧的修道生活。

我剛剛才寄了封郵件謝謝他贈票，她也不會明白我是在炫耀。因爲對她來說，尼克只是造成梅麗莎不幸的原因，他本身毫無特色可言。看來她不太可能去看這齣戲，而我也想不出任何其他方法可以讓她正視尼克個人的重要性。我提到他打算近期找時間來看我們表演，她只問梅麗莎會不會一起來。

尼克隔天下午回了信，整封信都是小寫字母。他謝謝我去看戲，也問玻碧和我的下一場演出是什麼時候。他說皇家劇院每天都有演出，週末還有下午場，所以除非我們的表演排在晚上十點半之後，否則他趕不及。我告訴他說我會想辦法安排看看，但如果來不了，也請他不要掛心。而他回答說：噢，要是這樣，我不就沒有回報妳的機會了嗎？

5

整個夏天，我都很懷念專心念書的日子，因爲那可以幫我緩解學期中的緊張情緒。我喜歡坐在圖書館裡寫報告，讓時間感與自我意識隨著窗外的天光黯淡而逐漸消融。我會一口氣在網路瀏覽器上開啟十五個分頁，輸入諸如「認識論的重構」[15]、「操作論述實踐」[16]的語彙。像這樣的日子，我常常連飯都忘了吃，到了傍晚，頭部就隱隱出現尖銳的疼痛。我的感官認知重新恢復，而且有了一種全新的感覺：微風感覺非常清新，長廳[17]外面的鳥啼也是。食物美味得不可思議，連汽水飲料都是。之後，我看也沒再看報告一遍，就直接列印出來。報告發回來的時候，頁緣總是寫著：「論點精闢」之類的評

15 Epistemic rearticulation，為女性主義立場論（standpoint theory）對於認識論的觀點之一。
16 Operant discursive practice，為傅柯（Micjhel Foucault）闡釋知識與權力關係的論點。
17 Long Room，三一學院舊圖書館主館，藏有該校圖書館最珍貴的二十萬冊古書。

語，有時候還寫著：「卓越出色」。要是拿到「卓越出色」的評語，我就會拍照，傳給玻碧看。她回訊說：恭喜，妳的自我意識又開始動搖了。

我的自我意識向來是個問題。才智高低無關道德善惡，我知道。但是只要碰上不好的事，我就會用我有多聰明來自我安慰，讓自己覺得好過一些。小時候交不到朋友，我就幻想自己比所有的老師聰明，比這個學校歷來的學生都聰明，是匿跡於普通人之間的天才。這讓我覺得自己像個間諜。十幾歲的時候，我開始用網路留言板，和一個二十六歲的美國研究生交上朋友。從照片上看來，他有一口非常潔白的牙齒，他說他覺得我有像物理學家那樣的頭腦。我在深夜傳訊息給他，坦承我在學校很孤單，其他女生似乎都不瞭解我。我眞希望我有男朋友，我寫道。有天晚上，他寄給我一張他生殖器的照片。這照片是用閃光燈拍的，聚焦在他勃起的陰莖上，彷彿在做身體檢查。之後好幾天，我都覺得有罪惡感，而且很驚恐，就像犯了噁心的網路罪，別人隨時會發現。我刪掉我的帳號，捨棄連動的電子郵址。我沒告訴任何人，我沒有任何人可說。

有個星期六，我告訴負責安排演出時間的人，把我們的表演順序往後推，延到十點半以後。我沒告訴玻碧說我做了這樣的安排，當然更沒說爲什麼。我們偷帶了一瓶白酒進場，在洗手間用塑膠杯分著喝。我們喜歡在表演之前喝一兩杯白酒，但不會多喝。我們坐在洗手檯上，再斟一杯酒，聊起我們待會兒要表演的新作品。

我不想告訴玻碧說我很緊張，但我確實緊張。就連照鏡子，都會讓我緊張。我不覺得我看起來醜。我五官平凡，但臉非常之瘦，所以看起來很有個性，而我挑衣服的時候，也刻意凸顯這個特色，常穿高領口的深色衣服。這天晚上我擦了紅棕色的口紅，在洗手間詭異的燈光下，看起來一臉病容，彷彿快要暈倒。到後來，我的五官好像全拆散開來，失去了原本彼此相連的關係，彷彿一個字彙讀太多遍，最後就變得一點意義都沒有了。我怕自己是焦慮症發作了。後來玻碧叫我別再盯著自己看，於是我就不看了。

上樓的時候，我看見梅麗莎獨自坐在那裡，帶著相機，還點了杯酒。她旁邊的座位是空的。我打量了四周一圈，不知是從房間看起來的模樣，從周圍鼓噪的聲音聽起來，還是什麼的，我明白尼克沒來。我以爲這會讓我緊張的情緒平靜下來，結果沒有。我舔了牙齒好幾次，等待主持人對著麥克風叫出我們的名字。

在舞臺上，玻碧的表現總是精準無比。而我能做的，就只是努力配合她特殊的韻律，只要做到這一點，我的表現就可以算是不錯了。我有時候很不錯，有時候就只是還可以。但玻碧永遠都恰到好處。這天晚上她逗得每一個人都哈哈大笑，掌聲頗爲熱烈。

我們就這樣在燈光裡站了好一會兒，接受喝采，互相指著對方，彷彿在說：應該歸功於她。就在這時，我見尼克從後面的樓梯上來，有點喘不過氣來，好像爬樓梯爬得太快。我馬上轉開目光，假裝沒看見他。我感覺得出來，他很想和我四目交接，如果我回望他，我想他會對我露出近似抱歉的表情。這個念頭強烈得像沒有燈罩的燈泡那般熾熱，讓我想都不敢想。觀眾繼續鼓掌，我感覺到尼克一路看著我們走下舞臺。

後來，菲利浦在吧檯請我們喝了一輪酒，說他最喜歡新寫的那首詩。我忘了帶雨傘來還他。

看吧，大家都說我討厭男人，玻碧說，但我眞的好喜歡你喔，菲利浦。

我兩口就喝完半杯琴通寧，考慮要不打一聲招呼就離開。我可以離開，我想，這個念頭光想就很棒，彷彿我再度掌控了自己的人生。

我們去找梅麗莎吧，玻碧說。我們可以介紹你給她認識。

這時尼克已經坐在梅麗莎身旁，喝著一瓶啤酒。接近他們，讓我有點手足無措。上回我見到他的時候，他一口僞裝出來的口音，穿著不同的衣服，我不確定自己是不是已經準備好再次聽見他眞正的口音。但是梅麗莎已經瞄到我們了。她請我們坐下。

玻碧把菲利浦介紹給梅麗莎和尼克，菲利浦和他們握手。梅麗莎說她記得以前見過他，這讓菲利浦很開心。尼克說他很抱歉，沒趕上我們的表演，但我還是不敢正眼看他。我喝光杯裡剩下的琴通寧，晃動杯裡的冰塊。菲利浦恭喜尼克演出成功，兩人聊起田納西．威廉斯。梅麗莎又說威廉斯很「矯揉造作」，我假裝不知道她以前就這樣批評過他。

又喝了一輪酒之後，梅麗莎提議到外面抽菸。吸菸區位於樓下一方有圍牆的小花園裡，因爲下雨，所以人不多。我以前沒看過尼克抽菸，儘管我不想抽，但還是拿了一根。玻碧模仿在我們前面登場表演朗讀的那個男人，模仿得很好笑，但也很不留情。我們都哈哈大笑。雨下得更大了，我們擠在二樓窗戶凸出來的窄小牆架下，又聊了一會兒。主要是玻碧在講話。

你演同志角色，眞是太酷了，玻碧說。

布力克[18]是同志？他說，我以爲他只是雙性戀。

別說什麼「只是雙性戀」，她說，法蘭希絲是雙性戀，你知道的。

這我倒不知道，梅麗莎說。

18《朱門巧婦》的男主角，因受傷腿瘸，酗酒而性無能。

我選擇長長抽一口菸，而沒馬上回答。我知道他們都在等我開口。

這個嘛，我說，是啊，我是個雜食動物。

梅麗莎一聽就笑起來。尼克看著我，露出微笑，顯然被逗樂了。我轉開視線，假裝仔細端詳我的酒杯。

我也是，梅麗莎說。

我看得出來，這句話讓玻碧心蕩神迷。她不知問了梅麗莎什麼，我沒注意聽。菲利浦說他要去洗手間，把酒杯擱在窗臺上。我撥弄著項鍊扣環，覺得酒精在胃裡暖暖的。

對不起，我來晚了，尼克說。

他是在對我說。事實上，他像是在等菲利浦離開，才好對我講這句話。我說我不介意。他用食指和中指夾著菸，和手掌的寬度比起來，那根菸顯得好迷你。我發現他可以假扮成任何人，所以我很好奇，他是不是和我一樣，也是欠缺「真正個性」的人。

我到的時候，正好趕上熱烈的掌聲，他說。所以我猜妳們的表演很棒。其實我讀過妳的作品，這樣說是不是不太好？梅麗莎轉寄給我的，她覺得我喜歡文學。

這時我有種怪異的感覺，彷彿瞬間不知道自己是誰，完全想不起來自己的臉或身體長什麼樣子。就像有人拿起一枝隱形的鉛筆，用有橡皮的那端輕輕擦去我的整個外表。

這感覺很怪，但算不上不舒服，儘管我也覺得發冷，很可能還顫抖了。

她沒告訴我說她轉寄給別人了，我說。

不是別人，只有我。我會寫封郵件給妳，告訴妳我的感想。要是我現在就說，妳肯定會以爲我只是嘴巴上說說而已，但在信裡，我就可以好好讚美妳。

噢，很好。我喜歡在不必和人眼神接觸的地方收到讚美。

他聽了大笑，這讓我很開心。雨下得更大了，菲利浦從洗手間回來，和我們一起擠在牆架下躲雨。我的手臂碰到尼克的手臂，感覺到肢體祕密接觸所帶來的愉悅。

和某人偶然認識，他說，然後發現對方始終密切觀察你，這感覺好怪，就像，天哪，這人究竟注意到我什麼啦？

我們看著彼此。尼克的英俊是符合大衆標準的那種英俊：皮膚光潔，輪廓立體，嘴巴看來柔軟。但他臉上的表情卻帶著敏銳和智慧，讓他的眼神透著領袖氣質。他看我的時候，我覺得自己在他面前很脆弱，但同時也強烈感覺到他允許我觀察他，他注意到我很想在心中勾勒他這個人的印象，而他很好奇這個印象會是什麼。

是啊，我說，注意到所有的缺點。

妳大概，嗯，二十四歲？

我二十一。

他盯著我看了一秒鐘，彷彿覺得我是在開玩笑，眼睛瞪得大大的，挑起眉毛，接著搖搖頭。演員學過怎麼表達他們實際上並未感受到的情緒，我想。他早就知道我二十一歲。也許他眞正想表達的是，誇大我們之間的年齡差距，或者是略微的不贊同或失望吧。我從網路上知道，他三十二歲。

別讓這影響了我們天生的默契，我說。

他看了我一晌，然後綻開微笑，有點模稜兩可的微笑。我很喜歡他的微笑，甚至不由得意識到自己的嘴巴。我的嘴微微張開。

不，絕對不會，他說。

菲利浦說他要去趕最後一班公車，梅麗莎說她明天早上有個會議，所以也打算走了。我們一夥人不一會兒全散了。玻碧搭電聯車回桑迪蒙特[19]，我沿著碼頭步行回家。利菲河似乎漲潮了，看來怒氣沖沖。一輛輛計程車和轎車駛過，有個醉漢走在對街，嚷著他愛我。

踏進公寓時，我想像尼克走進眾人掌聲鼓噪的表演場地，我覺得這樣很完美，完美到我甚至慶幸他錯過了表演。讓他親眼目睹其他人有多麼讚賞我，而不必冒著是否能贏得他認可的風險，讓我覺得下次還能和他講話，彷彿我是個重要人物，和他一樣擁有衆多的崇拜者，彷彿我一點都不比他差。但喝采也是表演的一部分，是最棒的部分，也是最純粹的表達方式，代表了我想要努力完成的目標，也就是讓我自己成爲一個這樣的人：一個值得讚賞，值得愛的人。

19 Sandymount，都柏林南部靠海的富裕區域。

6

之後，我們偶爾和梅麗莎見面，她也偶爾發郵件給我們，說說專訪稿的進度。我們沒再去她家，但不時在文學活動裡碰到她。我常會事先猜測哪些活動她和尼克會參加，因爲我喜歡他們，也喜歡別人看見他們熱情待我。他們把我介紹給編輯和經紀人，而這些人也都表現出很高興見到我的樣子，意興盎然地問起我的工作。尼克向來很友善，有時候甚至對別人誇讚我，但沒再表現出特別想和我聊天的模樣。我也習慣不驚不懼地迎向他的目光。

玻碧和我一起去參加這些活動，但對玻碧來說，只有贏得梅麗莎的關注才重要。有一回在道森街的新書發表會上，她對尼克說，她「對演員並無成見」，而他好像是回答說，噢，玻碧，妳太寬宏大量了。有一次他獨自出席，玻碧說：只有你來？你那位漂亮的夫人呢？

我怎麼覺得妳好像不喜歡我？尼克說。

她不是針對你啦，我說，她討厭男人。

我特別不喜歡你，如果這樣能讓你覺得好過一些的話，玻碧說。

自從錯過我們表演的那天晚上之後，尼克和我開始互通郵件。他那天晚上答應要給我的作品寫些讀後感，在如約寫來的這封郵件裡，他形容我詩中的某個意象「非常美」。若說我覺得尼克的演出「非常美」，應該也是事實，但我不會在郵件裡這麼寫。他的表演和他本人具體的存在息息相關，但是，一首用標準字體打出來、又透過其他人轉寄的詩，和我本人並沒有這樣的關連性存在。從某種抽象的層面來說，那首詩有可能是任何人所寫的，但這感覺上好像也不是真的。尼克真正想說的好像是：妳的想法和感觸都很美，或者是，妳體會這世界的方式很美。在收到這封郵件之後，有好幾天的時間，我一直不斷想起這句話。只要一想起，我就不由自主地微笑，宛如記起一個只有我自己才知道的笑話。

寫信給尼克很容易，但也帶著競爭與刺激感，就像在打乒乓球一樣。我們總是用輕率無禮的態度對待彼此。他發現我爸媽住在莫伊，就寫道：

我們以前在阿基爾島[20]有個度假別墅（我想南都柏林的每個有錢人家在那裡都有別墅

吧。）

我回信說：

我們世代定居的故鄉能滋養你們的階級意識，非常榮幸。附註：在任何地方擁有度假別墅都應該是非法的。

他是繼玻碧之後，第一個讓我享受聊天的對象。那是一種沒有道理可言，但帶著感官愉悅的愉悅享受，就像我喜歡喝咖啡和大聲聽音樂一樣。他總是逗我發笑。有一回他提到，他和梅麗莎分房睡。我沒把這件事告訴玻碧，但擺在心裡想了很久。我很想知道他們是不是還「相愛」，雖然很難想像尼克對什麼事情不抱持譏諷態度。

他好像每天都要凌晨才上床，我們越來越常在深夜郵件往返。他告訴我說，他以前在三一學院念英文和法文，所以我們修過同樣的課。他主修英文，畢業論文寫的是卡芮．邱琪兒[21]。我們聊天的時候，我有時會在谷歌搜尋引擎輸入他的名字，看著他的照片，讓自己想起他的長相。我讀遍網路上有關他的訊息，甚至在寫給他的郵件裡引述他接受訪談時講的話，即使他叫我別這麼做之後，我還是照做不誤。他說這樣「超尷尬」。我說：那你也別在凌晨三點三十四分寄信給我（還是寄吧）。他回覆說：我三更半夜寄信給二十一歲的女生？我不知道妳在說什麼，我絕對不會這麼做的。

有天晚上，在一本詩作選輯的新書發表會上，梅麗莎、我和一位男小說家聊天。這位小說家的作品，我一本都沒讀過。其他人都跑去買酒了，只剩下我們三個。我們當時在貴婦街附近的酒吧，我腳很痛，因爲穿了雙明知太小的鞋。小說家問我喜歡誰的書，我聳聳肩。我在想，我是不是可以沉默不語，直到他放過我；又或者這樣做大錯特錯，因爲我不知道他的作品有多受好評。

妳身上有種非常沉著的氣質，他對我說。妳說是不是？

梅麗莎點點頭，但很冷淡。我的沉著，就算眞的有，也打動不了她。

謝謝，我說。

而且妳願意接受讚美，這很好，他說。很多人會想要貶低自己，妳的態度才是正確的。

---

20 Achill，愛爾蘭西部海岸外的島嶼，為愛爾蘭最大島，隸屬莫伊郡。

21 Caryl Churchill，1938-，當代英國劇場的重量級劇作家，創作題材廣泛，深入各種社會與人性議題。

是啊，我很愛別人讚美我，我說。

這時，我看得出來他很想和梅麗莎眼神交會，但她還是沒理他。他差點就要對她眨眼睛，但後來沒有。他又轉頭看我，臉上露出不自然的微笑。

很好，可是別太自負喔，他說。

尼克和玻碧回來加入我們。小說家不知對尼克說了什麼，尼克回答的時候，叫他「老兄」，好像說了：不好意思啊，老兄。我晚一點會在電子郵件裡取笑他的這種親暱語氣。玻碧歪著頭，靠在梅麗莎肩膀上。

小說家離開之後，梅麗莎喝光杯裡的酒，對我咧嘴笑。

他真的被妳迷住了，她說。

這是諷刺嗎？我問。

他在和妳調情，他說妳很酷。

我清楚感覺到尼克就站在我身邊，雖然我看不見他的表情。我知道我有多渴望繼續掌控對話。

是啊，男人喜歡告訴我說我很酷，我說。他們只是希望我表現出：哇，我以前沒聽人這麼說過。

梅麗莎聽了哈哈大笑。能逗她發笑，我實在很意外。有那麼一晌，我覺得我過去錯看她了，特別是她對我的態度。這時我發現尼克也在笑，於是便對梅麗莎的反應失去了興趣。

太殘酷，他說。

別以為你自己是例外，玻碧說。

噢，我絕對是個壞人，尼克說。我不是因為這樣才笑的。

六月底，我回巴利納幾天，看我爸媽。我媽沒強迫我回去，但近來我們講電話的時候，她開始說著諸如：噢，妳還活著啊？下次妳回來的時候，我還認得妳嗎？還是妳得在領口別一朵花當標誌？最後我訂了火車票，傳簡訊告訴她我什麼時候會到，最後署名：您孝順的女兒上。

大家都知道玻碧和我媽處得很好。玻碧主修歷史與政治，我媽覺得那才是正經的學科。眞正的學科，她會挑起一邊眉毛，對我這麼說。我媽是那種支持社會民主主義的人，而當時我確信，玻碧說她自己是個共產主義無政府論者。我媽到都柏林來的時候，她們會為西班牙內戰小小辯論一番，但頗樂在其中。有時玻碧會轉頭對我說：法蘭希絲，妳是個共產主義者，快來幫我。我媽就會笑著說：那個人！妳還不如指望茶壺咧。我媽從來就不關心我的社交或私人生活，這對我們兩個人來說其實都好，只是我和玻碧分手的時候，她竟說「眞的太可惜了」。

週六她從火車站接了我之後，一整個下午，我們都待在花園裡。草剛割過，散發出暖暖的、讓人發癢的氣味。天空柔軟得像塊布，鳥群飛過，宛如縫上一條條長長的絲線。我媽拔野草，而我假裝拔草，其實只是在聊天。我沒想到我會這麼興奮地聊起我在都柏林認識的編輯和作家。我脫下手套，擦掉額頭的汗，後來就沒再戴上了。我問媽媽要不要喝茶，她理都不理我。我坐在吊鐘花叢下，摘著樹枝上小小的吊鐘花，再次聊起名人。一字一句從我嘴裡流淌而出，甜美極了。我從來不知道我有這麼多話想說，也不知道我如此喜歡說這些。

最後我媽脫下手套，坐在涼椅上。我盤腿坐著，盯著我運動鞋的鞋尖。

妳好像很佩服這個叫梅麗莎的女人，她說。

有嗎？

她介紹妳認識了很多人。

她比較喜歡玻碧而不是我，我說。

但她丈夫喜歡妳。

我聳聳肩，說我不知道。然後我舔舔拇指，開始刮掉沾在運動鞋上的一小片泥土。他們很有錢，對吧？我媽說。

我想是吧。她丈夫家很有錢。他們家的房子也很漂亮。

看到豪宅就興奮，不像是妳的作風。

這句話刺痛了我。我繼續刮著運動鞋，假裝沒注意她的語氣。

我才沒有興奮呢，我說，我只是說他們家長什麼樣子。

我不得不說，我覺得這事很奇怪。我不知道這女人年紀都這麼大了，還整天和大學生混在一起做什麼。

她才三十七歲，又不是五十歲。她在寫一篇關於我們的人物專訪，我告訴過妳了。

我媽從涼椅站起來，雙手在亞麻園丁褲上抹了抹。

算了，她說，反正妳不是在蒙克斯敦豪宅長大的。

我笑起來，她伸手拉我起身。她的手大而蠟黃，和我的手完全不同，飽滿的務實感，是我所欠缺的。我的手握在她手裡，像是一件需要修理的東西。

妳今天晚上會去看妳爸嗎？她說。

我抽回手，插進口袋裡。

大概吧，我說。

我從小就知道，我爸媽感情不好。電影和電視裡的夫婦總是一起做家事，聊著彼此的回憶。但在我記憶裡，我爸媽除了吃飯之外，從沒待在同一個房間裡。我爸有「情緒」。每回他情緒一來，我媽就帶我去克隆塔夫[22]，住柏妮姨媽家。她們姐妹倆在廚房裡交頭接耳，我看表哥艾倫玩任天堂的薩爾達傳奇：時之笛。我知道我爸的問題和酒精有關，但究竟是怎麼回事，我還是搞不清楚。

我很喜歡去柏妮姨媽家。住在那裡的時候，我愛吃多少消化餅乾，就吃多少，而我們回到家時，爸不是不在家，就是痛徹悔悟。我比較喜歡他不在家。如果他在家痛徹悔悟，就會努力和我聊聊學校，而我就必須做出選擇，看是要取悅他，還是不理他。取悅他，讓我覺得自己不誠實，而且軟弱，是個容易攻擊的目標。但是不理他，會讓我心跳加速，事後甚至沒辦法看著鏡裡的自己。況且，面對他的懺悔，我媽總是會哭。

很難說清楚我爸的情緒是怎麼回事。有時候他一出門就是幾天，回來的時候，我們會發現他從我那個愛爾蘭銀行的存錢筒裡拿走錢，或者我們的電視機不見了。有時候他一不小心撞上傢俱，就脾氣爆發。有一次他被我上學穿的皮鞋絆倒，就把鞋丟到我臉上。鞋沒砸中我，掉進壁爐裡，我眼睜睜看著皮鞋在火燄裡熔化，彷彿是我自己的臉熔化了。我學會不表現出恐懼，因爲恐懼只會讓他更火大。我冷靜得像條魚似的。事後我媽說：妳幹嘛不把鞋從壁爐裡撈出來？妳至少該努力一下吧？我聳聳肩。我寧可讓我的臉也在火燄裡熔化。

傍晚他下班回來的時候，我常渾身僵硬，一動也不動，撐過幾秒鐘，我就能百分之百確定，他究竟有沒有情緒發作。從他關門或轉動鑰匙的細節裡，我就可以知道，清楚明白得像他扯開喉嚨把房子吼垮了似的。我對我媽說：他情緒來了。她會說：別這樣。但她和我一樣明白。我十二歲那年，有一天，他突如其來地出現在學校，接我放學。但他沒帶我回家，而是開車出城到布雷洛克。電聯車在我們左手邊奔馳，我從車窗可以看見普爾貝格電廠的高塔。妳媽想拆散我們家，我爸說。我馬上說：讓我下車。後來我爸拿這句話當證據，證明我媽一直灌輸我錯誤觀念來對付他。

他搬回巴利納之後，我每隔兩週的週末去看他。他的表現通常都很不錯，我們出門

---

22 Clontarf，都柏林北部海岸郊區，為富裕地區。

吃飯，有時也去看電影。但我一直細心觀察，找尋他好情緒結束，壞情緒開始的徵兆。任何小事都有可能。但我們下午去麥卡錫酒吧的時候，他的朋友會問：這就是你的小神童，對吧，丹尼斯？接著就拿報紙背面的填字謎提示來問我，或問某個很長的字彙要怎麼拼。只要我答對了，他們就拍拍我的背，請我喝紅色檸檬汁。

她以後會去美國太空總署工作，他的朋友保羅說，妳一定會很有成就。

她可以做任何她想做的事，我爸說。

玻碧只見過他一次，在我們的高中畢業典禮上。他到都柏林來參加典禮，穿襯衫，打紫色領帶。我媽對他提起過玻碧，典禮之後他見到她，和她握手說：表演得太好了。我們在學校圖書館吃三角形的三明治，喝裝在玻璃杯裡的可樂。你和法蘭希絲很像，玻碧說。我和爸爸互看一眼，他發出怯怯的笑聲。我不知道呢，他說。事後他告訴我，她是「很漂亮的女生」，然後親吻我的臉頰道別。

上大學之後，我不再這麼常去看他。我一個月才回巴利納一次，住在我媽家。我爸退休之後，情緒更是飄忽不定。我開始發現，我常常要息事寧人，假裝開心，撿起他踢掉的東西。我下巴開始覺得僵硬，任何細微的聲響都會讓我害怕。我們的對話變得很緊張，他罵了不止一次，說我的口音變了。妳看不起我，他有回吵架的時候說。別傻了，我說。他大笑說：噢，妳終於說出口了。眞相終於揭曉了。

晚餐後，我告訴我媽，說我要去看他。她捏捏我的肩膀，說她覺得這樣很好。這樣很好，她說，好孩子。

我雙手插在外套口袋裡，徒步穿過市區。太陽正要下山，我心想電視正在播什麼節目。我覺得頭開始痛起來，那疼痛彷彿從天空直射，鑽入我的腦袋。我儘量用力踏步，想分散疼痛的感覺，但旁人對我投以好奇的目光，我畏縮了。我知道這是我的弱點。玻碧從來不會因爲陌生人而畏縮。

我爸住在加油站附近的連棟樓房。我按了門鈴，手又插進口袋。什麼動靜也沒有。我再按一次，然後試試門把。門把摸起來油膩膩的。門開了，我走進去。

爸？我說。哈囉？

屋裡瀰漫著炸薯條的油味和醋味。他剛搬來的時候，玄關地毯是有花紋的，但如今已經踩得扁平，變成褐色。電話上方掛了一張全家福照片，是我們去馬約卡島度假的時候拍的。四歲的我身穿黃色T恤。T恤上印著「要快樂」。

哈囉？我說。

我爸從廚房門走出來。

妳一個人嗎，法蘭希絲？他說。

是啊。

進來吧，我正在吃飯。

廚房有一扇斑駁的窗，開向中庭。沒洗的衣服堆在水槽旁，垃圾桶裡的細碎垃圾從塑膠袋口滿了出來，掉在地板上：收據、馬鈴薯皮。我爸就這樣走過去，彷彿完全沒注意到。一只裝食物的棕色袋子擺在藍色小盤子上，袋口敞開，他就這樣直接吃。

妳吃過晚飯了吧？他說。

嗯，我吃過了。

都柏林有什麼新消息，說給我聽聽吧。

恐怕沒什麼新鮮事，我說。

他吃完之後，我燒了一壺水，給水槽裝滿熱水，然後滴進檸檬味的洗碗精。我爸到另一個房間看電視。水太燙了，我舉起手，看見皮膚都變成亮粉紅色了。我先洗杯子和刀叉，接著洗碟子，再來是鍋子。所有的東西都洗完之後，我放掉水槽的水，擦乾淨廚具臺面，把馬鈴薯皮掃回垃圾桶裡。看著肥皂泡靜靜滑下菜刀刀刃，我突然很想自殘。

但我沒有，我把胡椒和鹽罐收好，走進客廳。

我走了，我說。

妳要走了嗎？

垃圾要拿出去倒了。

下次見了，我爸說。

7

七月，梅麗莎邀請我們去參加她的生日派對。我們有一陣子沒見到她了，玻碧開始煩惱要買什麼禮物，我們是要兩個人合送一份禮呢，還是個別送。我說我就只會帶一瓶酒去送她，所以這個問題不必再討論了。梅麗莎和我在各種活動場合碰面的時候，越來越刻意迴避眼神接觸。她和玻碧咬耳朵，一起大笑，像中學女生似的。我沒勇氣眞的討厭她，但我知道我很想這麼做。

玻碧穿了合身短T恤搭黑色牛仔褲去參加派對。我穿細肩帶的夏日洋裝。那是個暖和的夏夜，我們抵達時，天空才正要開始變暗。雲是綠色的，一顆顆星星讓我想起糖粒。我聽見狗在後院的花園裡吠叫。我已經很久沒見到眞實生活裡的尼克了，覺得有點緊張，因爲我在電子郵件裡都假裝搞笑，蠻不在乎。

梅麗莎自己來開門。她一一擁抱我們，在我左頰顴骨印上一個吻，我感覺到她臉上撲的粉，也聞出來她噴的是哪一款的香水。

幹嘛還帶禮物啊！她說。妳們太客氣了！快進來，自己去弄喝的。見到妳們，真是太開心了。

我們跟著她走進廚房。這裡燈光昏暗，放著音樂，每個人都戴長項鍊。一切看來整潔寬敞。有那麼一晌，我想像這是我家，我在這裡長大，所有的東西都屬於我。

流理臺上有葡萄酒，烈酒擺在靠後方的洗衣間，梅麗莎說。妳們請自便。

玻碧給自己倒了大大一杯葡萄酒，跟著梅麗莎走進溫室。我不想黏著她們，所以假裝想喝烈酒。

洗衣間是個像櫃子大小的房間，必須從廚房後面穿過一道門才能到。裡面大約有五個人，正在抽大麻菸，不知爲了什麼事情哈哈大笑。其中一個是尼克。我進去的時候，有個人說：噢，不會吧，警察來了！於是他們又笑了起來。我站在那裡，意識到自己的年輕，也想到我洋裝的衣背挖得有多低。尼克坐在洗衣機上，抓著一瓶啤酒，就著瓶口喝。他穿白襯衫，敞著領口，我發現他好像臉紅了。這個房間很熱，菸霧瀰漫，比廚房熱得多。

梅麗莎說酒在這裡，我說。

是啊，尼克說。妳要喝什麼？我拿給妳。

我說我想喝杯琴酒，每個人都用迷離的眼神平靜地看著我。除了尼克之外，另外有兩男兩女。那兩個女人誰也不看誰。我瞪著自己的手指甲，確保指甲是乾淨的。

妳也是演員嗎？有人問。

她是作家，尼克說。

他把我介紹給其他人認識，但我馬上就忘了他們的名字。他在一個大玻璃杯裡倒進很多琴酒，說通寧水不知擺在哪裡，要我等他去找找。

請不要介意啊，有個傢伙說，今天來了很多女演員。

是啊，尼克得小心一點，眼睛不要亂瞄，另一個人說。

尼克看著我，但很難判斷他是覺得不好意思，或純粹只是抽大麻抽嗨了。這句話必定有某種性意涵，但我不確定指的是什麼。

我才沒有咧，他說。

那梅麗莎心胸肯定很寬大，另一個人說。

所有的人都笑了起來，除了尼克之外。我這時發現，在他們的談笑裡，隱隱把我當成是個狐狸精。但我覺得無所謂，事實上，我還認爲可以在電子郵件裡拿這件事情來開玩笑呢。尼克遞給我一杯琴通寧，我微微一笑，連牙齒都沒露。我不知道他是不是希望我拿到酒就離開，也不知道就這樣走掉是不是太失禮。

妳回老家還好吧？他說。

噢，很好，我說。爸媽都很好。謝謝你的關心。

妳家在哪裡，法蘭希絲？有個男的問。

我住在都柏林，但我爸媽住巴利納。

原來是鄉下姑娘啊。我都不知道尼克有鄉下朋友耶。

這個嘛，我是在桑迪蒙特長大的。

全愛爾蘭足球錦標賽妳支持哪個郡？有人問。

我一張嘴就吸進二手菸，有股甜膩的臭味。身為女人，我哪個郡都不支持，我說。能這樣蔑視尼克的朋友，感覺真好，雖然他們看起來人都不錯。尼克笑了起來，彷彿剛想起什麼事情來，兀自發笑。

廚房裡有人喊著蛋糕什麼的，所有的人都離開洗衣間，只有我們兩個沒走。狗跑進來，尼克用腳把牠推出去，關上門。我突然覺得他好像有點害羞，但或許他只是因為室溫高而臉紅。廚房裡響起詹姆斯．布雷克的歌《逆行》。尼克在郵件裡曾經提過他很愛這張專輯，我很好奇今天晚上的音樂是不是他挑的。

對不起，他說，我太嗨了，眼睛看不太清楚。

我太嫉妒你了。

我背靠著冰箱，用手微微搧著臉。他拿起他的啤酒瓶，碰碰我的臉頰。那玻璃瓶沁著水，冰涼涼的，好舒服，讓我不由自主地猛抽一口氣。

很棒嗎？他說。

嗯，棒的不得了。這裡呢？

我拉開洋裝的肩帶，他把瓶子貼在我的鎖骨上。一滴冰涼的凝結水順著我的皮膚滑落，我打個冷顫。

太舒服了，我說。

他什麼也沒說。他耳朵紅了，我發現。

貼在我腿背，我說。

他把酒瓶換到另一手，貼在我大腿背後。他冰涼的指尖拂過我的皮膚。

喜歡嗎？他說。

可以再靠近一點。

我們這是在調情嗎？

我吻他。他也沒反對。他嘴裡熱燙燙的，他空著的那手貼在我腰上，彷彿想要撫摸我。我很想要他，那渴望強烈得讓我覺得自己好蠢，什麼也沒法說，什麼也沒法做。幾秒鐘之後，他放開我，抹抹嘴巴，動作非常之輕，彷彿是要確認嘴巴還在。

我們大概不該在這裡做，他說。

我吞吞口水，說：我該走了。我走出洗衣間，手指緊緊掐住下唇，努力不讓臉部露出任何表情。

玻碧坐在溫室的窗口，還在和梅麗莎講話。她招手叫我過去，雖然我不想，但還是覺得應該和她們一起。她們就快吃完兩片小小的蛋糕了。蛋糕上面兩條細細的奶油和果醬，看起來像牙膏。玻碧用手指挖著吃，梅麗莎用叉子。我微笑，又不由自主地摸摸嘴唇。我知道這不是好主意，但就是無法克制。

我正在跟梅麗莎說我們有多崇拜她，玻碧說。

梅麗莎冷靜地看我一眼，掏出一包菸。

我不覺得法蘭希絲會崇拜任何人，她說。

我莫可奈何地聳聳肩。我喝完琴通寧，又給自己倒了杯白酒。我很希望尼克回到這個房間來，這樣我就可以隔著流理臺看他。結果我只能看著梅麗莎，心想：我恨妳。這個念頭不知道從哪裡冒出來，彷彿是個笑話或一聲尖叫。我甚至不知道我是不是真的恨她，但這個字無論感覺起來或聽起來都對極了，像是我剛剛想起的某首歌裡的歌詞。

過了好幾個鐘頭，我再也沒看見尼克。玻碧和我原本打算住在他們家的客房，但大部分的客人都到清晨四、五點才離開。那時我已經找不到玻碧了。我上樓到客房找她，但房間裡沒人。我和衣躺在床上，心想是不是開始有某種情緒冒出來，像是悲傷或懊悔什麼的。結果我只感覺到很多不知道該如何辨明的心緒。最後我睡著了，醒來的時候，玻碧不在。屋外晨色灰白，我自己一個人離開他們家，沒和任何人道別，默默搭上公車回城。

8

那天下午我開著窗戶，躺在床上抽菸，身上只有背心和內褲。我宿醉，而且仍然沒有玻碧的消息。我看見窗外微風拂亂樹葉，兩個小孩躲在樹後，忽而現身，忽而消失，其中一個帶著塑膠光劍。這讓我覺得很放鬆，至少可以分散我的注意力，讓我不再覺得難過。我有一點點冷，但我不想因爲去穿衣服，而打破這個魔咒。

下午三、四點，我終於起床。我不想寫任何東西。事實上，我覺得要是我動筆寫，寫出來的東西肯定既醜陋又假掰。我不是我所假裝的那種人。我想到我在洗衣間的時候，拼命在尼克朋友面前表現得聰明伶俐，就覺得很噁心。我不屬於有錢人家的房子。我之所以受邀到那樣的地方，都只是因爲玻碧的緣故。玻碧可以屬於任何地方，而且她身上有某種特質，讓我相形之下隱而無形。

那天傍晚，我收到尼克的電子郵件。

嗨，法蘭希絲，昨晚的事真的很抱歉。我真是他媽的白癡，我覺得很難過。我不想成為那樣的人，也不希望妳以為我是那樣的人。我真的覺得很難過。我永遠不該害妳陷入那樣的處境。希望妳今天還好。

我拖了一個鐘頭才回信。我在網路上看了些動畫，弄了杯咖啡。然後又反覆讀了他的信好幾遍。還好，他這封信還是像平常一樣全部小寫。在這麼緊張的時刻，用上大寫字體肯定顯得誇張。最後我寫了回信，說吻他是我的錯，我很抱歉。

他馬上回信。

不，這不是妳的錯。我比妳大十一歲，而且昨天是我太太生日。我的行為太不檢點，我真的不希望妳覺得愧疚。

外面天色慢慢變黑。我覺得茫然，不安。我想出門散步，但是下雨了，而且我喝了太多咖啡，心跳得太快。我回了信。

你常在派對上親吻女生嗎？

他大約二十分鐘之後回信。

從來沒有，因為我結婚了。雖然我覺得這樣讓我的行為顯得更惡劣。

我的電話響了，我接起來，但眼睛仍然看著電子郵件。

妳想和我一起看《巴西》嗎？玻碧說。

什麼？

妳想和我一起看《巴西》嗎？喂？就是那部反烏托邦電影，派森劇團[23]成員也有演出的。妳說妳想要看。

什麼？我說。噢，好啊，今天晚上？

妳是在睡覺還是幹嘛？妳的聲音聽起來好怪。

---

23 Monty Python，也稱蟒蛇劇團，為英國超現實幽默劇團。

我沒在睡覺，對不起。我在上網。沒問題，我們可以一起看電影。

她花了半個鐘頭到我的公寓。到了之後，她問可不可以留下來過夜。我說可以啊。

我們坐在我的床上抽菸，談起昨晚的派對。我心跳加速，因爲知道我在騙她，但我的表面舉止很會騙人，如果有騙人大賽，大概也可以得獎的那種。

妳的頭髮眞的長好長了，玻碧說。

妳覺得我該剪嗎？

我們決定剪。我坐在客廳鏡子前面的椅子上，周圍堆滿亂七八糟的舊報紙。玻碧用我通常剪廚房東西的剪刀來剪我的頭髮，但先用熱開水和洗碗精洗過。

妳還是覺得梅麗莎喜歡妳？我說。

玻碧露出包容的微笑，彷彿這是個她從未想過的問題。

每個人都喜歡我，她說。

但我的意思是，妳認爲她覺得和其他人比起來，她和妳的關係比較密切。妳懂我的意思。

我不知道，她這人很難看透。

我也這樣覺得，我說。有時候我覺得她很討厭我。

不，她絕對很喜歡妳這個人，我覺得妳讓她想起她自己。

這讓我更加覺得自己不老實了，一股熱熱的感覺爬上我的眼睛。或許是因爲知道背叛了梅麗莎的信任，讓我覺得自己像個騙子，也或許是因爲我倆之間這種想像的關連性，有了別的意涵。我知道是我主動吻了尼克，而不是他吻我，但我相信他也希望我這麼做。要是我讓梅麗莎想起她自己，尼克是不是也有可能在我身上看見了她呢？

我們可以給妳剪個瀏海，玻碧說。

不行，大家已經太常把我們兩個搞混了。

妳要是這樣而不高興，那我也同樣很傷心。

她幫我剪好頭髮後，我們煮了壺咖啡，坐在沙發上聊學校的女性主義社。玻碧前一年才退社，因爲社內邀請了一名支持侵略伊拉克行動的英國人來演講。社長在臉書社團上指責玻碧反對邀請是「挑釁」及「偏執」的行爲。我們私下都很不以爲然，但因爲那名講者根本沒答應要來，所以我和菲利浦後來也沒退社。玻碧對我的這個決定，表現得反覆無常，甚至可以當成某個特定時段裡，我倆關係好壞的指標。我們關係好的時候，她會認爲這代表我心胸寬大，甚至表示我願意爲性別革命的偉大使命而自我犧牲。若是我們爲小事起爭執，她有時會拿這件事來證明我不夠忠貞，在意識型態上軟弱無爲。

他們最近對性別歧視有沒有採取什麼立場？她說。還是又分成兩派了？

他們希望有更多的女性CEO。

妳知道嗎，我向來覺得女性軍火商太少了。

我們終於放電影來看，但看著看著，玻碧就睡著了。我心中暗忖，她比較喜歡睡在我的公寓裡，是不是因為離爸媽太近，她會覺得焦慮。她從未提過這件事。對於自己的感情生活，她向來暢所欲言，但家裡的問題又是另一回事了。我不想自己一個人看電影，所以關掉電視，開始上網。後來玻碧醒來，進我的房間，睡在床墊上。我喜歡醒來的時候看見她睡在那裡。這讓我感覺安心。

這天晚上她睡在床上時，我打開筆電，回覆尼克的上一封郵件。

之後，我反覆思忖是不是要告訴玻碧，我吻了尼克。儘管我最後決定不說，但還是在心裡仔細演練要怎麼告訴她，要強調哪些細節，要隱瞞哪些部分。

就這樣自然而然發生了，我會這麼說。

太瘋狂了，玻碧會回答說，但我始終覺得他應該是喜歡妳的。

我不知道。他當時很嗨，這事太蠢了。

但是在電子郵件裡，他堅持說這是他的錯，不是嗎？

我感覺得出來，我假裝和玻碧對話，其實只是要利用玻碧的角色來向自己保證，尼克對我是有興趣的。但我知道在真實世界裡，玻碧絕對不會有這樣的反應，所以我沒再繼續這麼做。我有種迫切的感覺，想把這件事告訴能理解這個情況的人，但也不想冒險，讓玻碧告訴梅麗莎。我想她肯定會告訴梅麗莎的，並不是故意要背叛我，而是要讓她自己更加深入梅麗莎的生活。

我決定不告訴她，也就意味著我不會告訴任何人，任何人都不會理解的。我告訴菲利浦，說我吻了某個不該吻的人，但他不知道我說的是誰。

是玻碧嗎？他說。

不，不是玻碧。

比起吻了玻碧，情況是好一點呢，還是更慘一點？

更慘，我說。慘得多。別再提了。

天哪，我想不出來比這個狀況更慘的事耶。

告訴他這件事，實在一點都沒必要。

我有一回在派對上吻了我的前女友。風波延燒了好幾個星期，我什麼事也沒辦法專心做。

是喔。

她有男朋友，讓事情更不可收拾。

我想也是，我說。

隔天在霍奇斯菲吉書店有場新書發表會，玻碧想去，因爲想拿到作家簽名書。七月的下午，天氣很熱，發表會開始前一個鐘頭，我坐在屋裡，用手指扯開打結的頭髮，扯得很用力，有些糾纏在一起的細小髮絲被扯斷了。我心想：原本很可能不會有這些頭髮碎屑的，但被我這麼一弄，待會兒回來還得把這一綹綹的頭髮掃乾淨，想起來就心情惡劣。我這輩子很可能什麼重要的事也不會有，就只能不停打掃，打掃，掃到死。

我和玻碧在書店門口碰面，她對我揮揮手。她左手手腕戴了好幾個手鐲，隨著揮手的動作，優雅地滑下來，叮叮咚咚響。我發現我常暗自相信，要是我長得像玻碧，就不會碰上任何壞事。並不是一醒來發現自己有張陌生的新臉那種感覺，而是一醒來，看見自己有張早已熟悉的臉，我早就想像這張臉屬於我，因此覺得非常理所當然。

走上樓去參加發表會的時候，我透過樓梯扶手，看見尼克和梅麗莎。他們站在陳列的書旁邊。梅麗莎小腿光裸，非常蒼白，穿著腳踝繫帶的平底鞋。我停下腳步，摸摸鎖骨。

玻碧，我說，我的臉看起來是不是亮亮的？

玻碧轉頭，凝神打量我。

是啊，有一點，她說。

我悄悄大呼一口氣。我人已經走在樓梯上，沒有任何辦法可想了。真希望我沒開口問這個問題。

又不是壞事，她說，妳看起來很漂亮啊，怎麼了？

我搖搖頭，我們繼續往上走。朗讀還沒開始，所以大家都端著酒杯，充滿期待地走來走去。房間裡很熱，儘管已經打開面街的窗戶，而且有陣微風吹到我的左臂，還讓我打了個哆嗦，但我在冒汗。玻碧在我耳邊不知說些什麼，我點點頭，假裝在聽。

後來尼克轉頭看我，我也看他。我覺得身體裡面有把鑰匙猛然轉動，轉得非常用力，我無法制止。他的嘴唇微微張開，彷彿要開口說些什麼，卻只吸了一口氣，然後吞吞口水。我們兩人沒揮手，也沒有任何動作，只是看著彼此，彷彿早就開始進行別人偷聽不到的對話。

幾秒鐘之後，我才意識到玻碧已經不講話了。我轉頭看她，發現她也在看尼克，下脣微微噘起，像是在說：噢，這下子我知道妳在看誰了。我好想要有個玻璃杯可以貼在臉上。

嗯，至少他很會穿衣服，她說。

我沒假裝不知道她在講什麼。他穿了件白T恤，鞋是麂皮的沙漠靴。那段時間大家都穿沙漠靴，就連我也穿。他看起來很帥，因爲他本來就帥。玻碧無法像我一樣，體會到他那英俊的外貌有什麼威力。

說不定是梅麗莎替他挑的衣服，玻碧說。

她兀自微笑，彷彿隱藏了什麼祕密，但她的舉止其實連搞神祕都說不上。我摸摸頭髮，轉開視線。一方白色的陽光映照在地毯上，宛如雪。

其實他們分床睡，我說。

我們四目交接，玻碧微微抬起下巴。

我知道，她說。

朗讀進行的時候，我們沒像往常那樣交頭接耳。這是一位女作家寫的短篇小說集。我瞥著玻碧，但她直直盯著前方，所以我知道她是故意要懲罰我。

朗讀會之後，我們看見尼克和梅麗莎。玻碧走過去找他們，我跟著她過去，手背貼著臉頰，希望臉不要再發熱。他們站在飲料桌附近，梅麗莎伸手幫我們端起兩杯葡萄酒。白酒還是紅酒？她說。

白酒，我說。我只喝白酒。

玻碧說：她一喝紅酒，嘴巴就會變成這樣，一面用手指沿著嘴巴畫了個小圓圈。梅麗莎把酒杯遞給我，說：噢，我懂，可是我覺得那也沒什麼不好，有種迷人的邪惡感。玻碧贊成她的看法。那看起來像喝了血，她說。梅麗莎大笑說：是啊，獻祭的處女。

我看著杯裡的酒，澄澈得接近黃綠色，顏色像剛割下的草。我瞄著尼克時，他看著我。從窗戶射進來的陽光曬得我脖子發燙。我剛才還在想妳會不會來，他說。很高興見到妳。他把手插進口袋裡，彷彿怕自己若不這麼做，就會做出什麼別的事情來。梅麗莎和玻碧還在聊天。沒有人注意我們。是啊，我說，我也很高興見到你。

9

隔週，梅麗莎去倫敦出差。那是那一年最熱的一個星期，玻碧和我一起坐在空蕩蕩的校園，吃冰淇淋，努力曬黑皮膚。有天下午，我寄電子郵件給尼克，問他我可不可以去找他聊聊。他說沒問題。我沒告訴玻碧。我把牙刷塞進皮包裡。

到他家的時候，整幢房子的門窗全都敞著。我還是先按電鈴，聽見他在廚房喊著請進，甚至沒問是誰。我進屋之後關上大門。走進廚房的時候，看見他正用擦碗布擦乾雙手，好像剛洗完碗。他綻開微笑，說想著要再次見到我，他就覺得很緊張。狗躺在沙發上。我以前沒見過牠躺在沙發上，很懷疑梅麗莎根本不讓牠躺在這裡。我問尼克，他爲什麼緊張，他笑起來，微微聳肩，但這個動作不像緊張，反倒像鬆懈下來。我背靠在流理臺，看他把擦碗布摺好。

嗯，你已婚，我說。

是啊，看來是。妳想喝點東西嗎？

我接下一小瓶啤酒，但只因爲我想要有個東西可以握在手裡。我覺得不安，是知道自己做了不該做的事，擔心會有什麼後果的那種不安。我告訴他，我不希望成爲破壞別人家庭的人。他聽了大笑。

這很好笑，他說。是什麼意思？

我的意思是，你以前沒出軌過。我不希望破壞你的婚姻。

噢，這個嘛，這段婚姻經歷過好幾次出軌，但還是維持下來了。只不過，出軌的都不是我。

他說得一派幽默，惹得我笑起來，這也讓我不再那麼掛心道德的問題。我猜，這也是他這麼說的目的。我本來就不是那麼同情梅麗莎，而此刻，我覺得她已經完全不在我同情的範圍之內了，彷彿她和另一批不同的角色，隸屬於另一個不同的故事。

上樓的時候，我告訴尼克，我從未和男性發生過關係。他問我說這是個大問題嗎，我說我不覺得，但如果他待會兒才發現，可能會很怪。脫衣的時候，我儘量讓自己表現得輕鬆不在意，想辦法讓四肢保持穩定，不要顫抖得太厲害。我很怕在他面前寬衣解帶，但我不知道該如何遮掩身體，才不致顯得笨拙或失去魅力。他上半身非常壯碩，宛如雕像。我想念他在滿堂喝彩中與我遠遠相隔的距離，在此刻看來，那樣的距離是一種保護，甚至是必要的。但他開口問我是不是眞的確定要這樣做時，我聽見自己說：我來並不是只爲了聊天，你知道。

在床上，他問我怎麼樣才覺得舒服。我說怎麼樣都舒服。我感覺自己臉紅得厲害，也聽見自己發出很多聲音，但都只是單音節的聲音，而不是眞正的字彙。我閉上眼睛。身體裡面滾燙得像油一般。一股排山倒海而來的強烈能量壓制了我，彷彿威脅著我。求求你，我說，求求你，求求你。最後尼克坐起來，從床邊的櫃子裡拿出一盒保險套。我心想：在這之後，我很可能再也無法開口了。但我毫不掙扎地屈服了。尼克喃喃說著「對不起」，彷彿讓我躺在那裡等待幾秒鐘，是他小小的錯誤。

完事之後，我仰躺在床上，抖顫著。在整個過程裡，我都一直發出聲音，非常誇張，所以現在我不可能再像寫電子郵件的時候那樣，表現得漠然不在乎。

感覺還好，我說。

是嗎？

我覺得我比你更享受。

尼克笑起來，抬起一條手臂，用手枕著頭。

不，他說，妳才沒有。

你對我太好了。
是嗎？
眞的，你對我這麼好，我非常感激，我說。
等等，嘿，妳沒事吧？
小小的淚珠滲出我的眼角，滴到枕頭上。我並不難過，更不知道自己爲什麼哭。我以前和玻碧在一起的時候也會這樣，玻碧相信是因爲我釋放了內心壓抑的情感。我無法止住淚水，所以發出自嘲的笑聲，表示我並不是想靠哭泣得到什麼。我知道我讓自己陷進難堪的處境，但我無能爲力。
我有時候會這樣，我說。不是因爲你的關係。
尼克伸手摸摸我，但就只碰觸了乳房下方。我像隻動物那般得到安撫，哭得更厲害。
妳確定？他說。
是的。你可以問玻碧。我的意思是，別問。
他微笑說：好，我不會問。他用指尖摸著我，就像拍著他的狗一樣。我用力抹抹臉。
你長得眞的非常好看，你知道，我說。
他笑起來。

妳對我就只有這個評語？他說。我還以爲妳喜歡我的個性。

你有個性？

他翻身仰躺，用被逗樂了的表情看著天花板。我不敢相信我們眞的做了，他說。我這時發現我已經不哭了。我腦海裡所能想到的一切，都讓我滿意。我摸摸他手腕內側，說：你當然可以相信。

我隔天早上很晚才醒來。尼克做了法式吐司當早餐，我搭公車回城裡。我坐在公車後面靠窗的位子，太陽熱燙燙曬在我的臉上，像鑽子一般。我光裸的皮膚貼在座椅布面上，感覺無比鮮明。

那天晚上，玻碧說她需要有個地方可待，讓她逃脫「家庭狀況」。聽來是週末的時候，艾蓮諾把傑瑞的一些東西給扔了，兩人吵到不可開交，莉狄雅把自己鎖在浴室裡，尖聲嘶喊說她不想活了。

亂成一團，玻碧說。

我告訴她說，她可以住我家。我不知道還能怎麼說，因爲她知道我的公寓沒有別人在。這天晚上，她用我的筆電找出一頁頁樂譜，彈著我的電子琴。我則用手機查看電子郵件。沒有人寫信來。我拿起一本書，但並不想讀。我這天早上什麼東西也沒寫，前一天早上也是。我開始讀知名作家的長篇訪談，發現我和他們的差異有多麼大。

妳的即時訊息有一條通知，玻碧說。

別看。我自己看。

妳爲什麼叫我別看？

我不想讓妳看，我說。把筆電還我。

她把筆電交給我，但我知道她沒把心思轉回電子琴上。是尼克發來的訊息。

尼克：我知道，我是個壞人。

尼克：妳這個星期還想再找時間過來嗎？

誰發來的？

妳就不能不問嗎？

妳幹嘛說「別看」？

因爲我不想讓妳看，我說。

她故作嫵媚地咬著拇指指甲，爬到床上，坐在我身邊。我關掉筆電螢幕，她大笑起來。

我沒點開，她說。但是我看見是誰發的。

好吧，算妳厲害。

妳真的很喜歡他，對吧？

我不知道妳在說什麼，我說。

梅麗莎的老公啊。妳對他是認真的。

我翻白眼。玻碧躺在床上，咧嘴笑。我好討厭她，恨不得可以傷害她。

幹嘛，妳吃醋啊？我說。

她露出微笑，但漫不經心的，彷彿心裡想著別的事。我不知道該對她說什麼。她又去彈電子琴，一會兒之後，她說她想睡覺了。隔天早上我醒來，她已經離開了。

那個星期，大部分的晚上我都和尼克待在一起。他沒有工作，所以早上去健身房運動幾個鐘頭。那段時間我不是到經紀公司上班，就是在商店閒逛。到了晚上，他做晚飯，我和狗玩。我告訴尼克，我這輩子沒吃過這麼多東西。這是事實。在家裡，我爸媽從沒煮過西班牙辣腸或茄子。我以前也沒吃過新鮮酪梨，但我並沒有告訴尼克這些。

有天晚上我問他，會不會怕梅麗莎發現我們的事，他說他不認爲她會發現。

但是你也發現啦，我說，她出軌的時候。

不，是她自己告訴我的。

什麼，眞的？她突然告訴你？

第一次是，他說。非常超現實。她去外地參加書展，清晨大約五點的時候打電話給我，說她有事要告訴我，就是這件事。

幹。

但那只是一夜情，他們之後沒再見面。另一次就拖得久了。我也許不該把所有的祕密都告訴妳，對吧？我並不是想讓妳覺得她很壞。至少我認爲我是不想啦，我也不知道。

吃晚飯的時候，我們聊了彼此生活的細節。我對他解釋，我爲什麼想摧毀資本主義，以及男子氣概爲什麼是對個人的一種壓迫。尼克告訴我，他「基本上」是個馬克思主義者，他不希望我因爲他擁有一棟房子而批判他。如果沒有房子，就要一輩子付房租，他說。但我承認這個問題讓我很困擾。看來他家應該是很有錢，但我不敢再深入探究，因爲我已經爲自己茶來伸手、飯來張口的生活覺得很不自在了。他父母親還在一起，他有兩個手足。

在聊天的時候，不管我說什麼笑話，尼克都會哈哈大笑。我告訴他，能被我講的笑話逗得大笑的人，很輕易就可以誘惑我。而他說他很容易被比他聰明的人所吸引。

我猜，這只是因爲你很少碰到比你聰明的人，我說。

看，我們這樣互相吹捧是不是很好呢？

我們的性愛無比美好，我常不禁哭了起來。他喜歡我在上面，這樣他就可以靠著床頭板坐，和我輕聲交談。我看得出來，他喜歡我告訴他這樣有多棒。要是我多說幾遍，他很快就會洩了。有時候我之所以喜歡這麼做，只是爲了感覺自己對他有掌控力。事後他會說：天哪，對不起，太尷尬了。我很喜歡聽他這麼說，甚至比性愛本身更喜歡。

他住的這幢房子開始讓我無比著迷：一切都如此整潔無瑕，而早晨的地板如此冰涼。他們廚房裡有部電動磨豆機。尼克買來咖啡豆，每天早餐前放一小把進磨豆機裡。我不確定這算不算裝腔作勢，但咖啡味道眞的非常之棒。不過，我還是告訴他說這樣顯得很裝腔作勢，他說，那妳喝什麼？他媽的雀巢咖啡？妳還是個學生，別假裝妳很有品味。當然，我暗地裡是喜歡他家廚房那些昂貴器具的，就像我喜歡看尼克緩緩壓下咖啡壺，讓咖啡表面浮起一層暗色的泡沫那樣。

那一個星期的時間裡，他差不多每天都和梅麗莎講電話。她通常在傍晚打來，他會拿著電話到另一個房間去，而我就躺在客廳沙發上看電視，或到外面去抽菸。他們常一聊就是二十分鐘，甚至更久。有一次，在他進來之前，我看完一整集《發展受阻》[24]，也就是他們燒掉香蕉攤的那一集[25]。我從沒聽尼克在電話上講什麼，有一次我問：她該不會起疑吧？他搖搖頭說，不會的，沒事。除了在他房間之外，尼克並不會特別對我表現親暱。我們一起看電視，那態度就和等梅麗莎下班回家差不多。如果我想吻他，他也讓我吻，只不過，向來都得要我採取主動才行。

很難搞清楚尼克真正的感覺。在床上，他從不逼我非要做什麼不可，也總是敏銳地體貼我的需求。然而，他身上還是有某些曖昧和保留之處。他從未讚美過我的外表。他從未隨興之所至地撫摸我，親吻我。我們脫下衣服時，我還是會緊張。我第一次給他口交時，他好安靜，害我停下來問是不是弄痛他了。他說沒有，但我再次開始時，他又沉

---

24 Arrested Development，美國情境喜劇，二〇〇三至二〇〇六年在福斯頻道播出，曾被《時代雜誌》評為有史以來百部最佳影集之一，二〇一三年由Netflix接續製作。

25《發展受阻》第一季第二集，主角燒掉不賺錢的香蕉攤，想詐取保險金，後來才知道香蕉攤裡藏有二十萬美金，全付之一炬。而那句臺詞：「香蕉攤裡始終都有錢！」（There's always money in the banana stand）也成為流行一時的金句。

默得一點聲音都沒有。他沒摸我，我甚至不知道他是不是在看我。事後我覺得糟糕透頂，彷彿是我強迫他忍受了某件我們兩人都不覺得是享受的事。

那個星期四，我從經紀公司出來，在路上碰到他。當時我和菲利浦走在一起，要從公司去買咖啡。我們看見尼克和一位長得很高的女人在一起。那女人一手推著嬰兒車，一手拿電話，正在講電話。尼克懷裡抱著個嬰兒。嬰兒頭戴紅色帽子。尼克走過我們身邊時，揚手打招呼，我們甚至還迅速地互瞥一眼，但他們沒停下來和我們講話。那天早上，尼克躺在床上，雙手枕在頭下面，看著我穿衣服。

那不是他的寶寶吧？菲利浦說。

我覺得自己像個正在玩電腦遊戲，卻完全不知道控制鈕在哪裡的人。我只是聳聳肩說，我想他應該沒有小孩，是吧？不一會兒，我收到尼克的簡訊：我姐蘿拉和她女兒。抱歉沒停下來，她們趕時間。我回訊：寶寶很可愛。我今晚可以過去嗎？

那天晚上吃飯的時候，他問我，妳眞的覺得寶寶很可愛？我告訴他，其實我沒仔細看她，但遠遠看來，她確實很可愛。噢，她超級可愛，尼克說。蕾秋。我生命中熱愛的東西並不多，但我眞的很愛這個寶寶。我第一次看到她，就開始掉眼淚，她眞的好小好小。這是我頭一次看到尼克眞情流露，覺得很嫉妒。我想開玩笑說我吃醋了，但吃小寶寶的醋實在太古怪了，而且我很懷疑尼克會欣賞這樣的笑話。太貼心了，我說。他似乎察覺到我很冷淡，所以尷尬地說：妳大概還太年輕，對寶寶沒什麼感覺。我覺得很受傷，沉默地用叉子翻攪盤裡的義大利燉飯。後來我說，才不，我是真的覺得你很貼心。和平常的你很不一樣。

什麼，難道我平常脾氣很壞，對人很凶嗎？他說。

我聳聳肩。我們繼續吃。我知道我讓他開始緊張了，也知道他隔著桌子看我。他脾氣一點都不壞，對人也不凶。但這個問題我決定留待之後再思考，此時我感覺到他無意間顯露了深藏內心的恐懼。

那天晚上我們脫下衣服之後，他的床單貼在我肌膚上冰涼涼的，我說我覺得好冷。是屋子很冷嗎？他說。妳覺得晚上屋子很冷？

不，我現在覺得冷，我說。

我吻他，他也任由我這麼做，但感覺有點心不在焉，缺乏真正的感覺。他抽身離開問：要是妳夜裡覺得冷，我就打開暖氣。

我不冷，我說。只是床單感覺涼涼的，就只是這樣。

好吧。

我們做愛，非常美好，事後我們躺在床上，看著天花板。空氣湧進我的肺，我覺得很平靜。尼克摸摸我的手，說：妳現在覺得暖和了嗎？很暖和，我說，你這麼關心我會不會冷，我很感動。噢，他說，要是妳凍死了，我可就不妙了。他一面說，還一面搓著我的手。警察可能會上門來問話，我說。他大笑。沒錯，他說。警察會問，這位美人的屍體怎麼會在你床上，尼克？這只是個玩笑，他從來沒說過我長得漂亮。不過，我還是很喜歡這句玩笑話。

週五晚上，在梅麗莎從倫敦回來之前，我們看了《西北西，她我妳》，喝掉一瓶葡萄酒。尼克下週要到愛丁堡去拍片，所以我短期之內沒辦法再見到他。那天晚上我說了些什麼，我大多都不記得了，但我記得電影裡的一幕，是卡萊·葛倫飾演的角色在火車上和一名金髮女子調情，然後不知爲什麼，我用美國腔大聲模仿那女人的臺詞。我說：我並不特別喜歡我已經開始看的這本書。尼克哈哈大笑，沒有來由，也或許只是因爲我的口音學得太不像了。

現在換你演卡萊·葛倫，我說。

尼克用電影裡面的跨大西洋口音[26]說：我一見到迷人的女人，就必須開始假裝我並不想和她上床。

你通常會假裝很久嗎？我說。
這得由妳來告訴我啊，尼克恢復他正常的口音說。
我想我沒過多久就發現了，只是當時我擔心我是在自欺欺人。
噢，我對妳也有同樣的感覺。
他拿起酒瓶，斟滿我倆的酒杯。
所以我們兩個之間就只是性，我說，或者你是眞的喜歡我？
法蘭希絲，妳喝醉了。
你可以老實說沒關係，我不會生氣。
我知道妳不會生氣，他說，我想妳是希望我說，我們之間只有性愛。
我笑起來。他這麼說，我很開心，因爲我就是希望他這麼想，也因爲我覺得他是眞的瞭解，所以才會用這樣的玩笑語氣回答。
別太難過喔，我說。我覺得非常享受，我以前應該也提過的。

---

26 Mid-Atlantic accent，也稱 Transatlantic accent，為融合英國腔與美國腔的口音，二十世紀中葉流行於美國東岸的上流社會與好萊塢明星圈。

提過一兩次吧。但是如果可能，我更樂見妳把這些話寫出來，這樣就可以長存不朽，我到臨死之前都還可以再看上一眼。

他一隻手滑進我雙膝之間。我穿著襯裙，雙腿光裸，他碰到我的那一瞬間，我感覺到又熱又乏力，就像熟睡似的。我原本擁有的氣力，彷彿消失殆盡，張口想講話，也結結巴巴的。

你老婆回來之後，會怎麼樣？我說。

嗯，我們會想出辦法來的。

10

打從玻碧來我家過夜的那個晚上之後，我就沒再和她講過話。因爲我和尼克待在一起，幾乎其他什麼事情都不想。我沒和她聯絡，也沒花時間思索她爲什麼沒打電話給我。梅麗莎回都柏林之後，我收到玻碧的一封電子郵件，主旨是：「吃醋？？？」

聽好了，我才不在乎妳是不是暗戀尼克，而且我也無意讓妳覺得尷尬或怎樣。最後變成這樣，我很抱歉。（我也不會因為他已婚，就指責他不道德，我非常確定，梅麗莎曾經有過婚外情。）但是，妳竟然說我吃他的醋，真是去他媽的渾蛋。指責女同志偷偷嫉妒男人，是典型的恐同行為，這我知道，妳也知道。但更過分的是，妳說得一副我和男人競相博取妳的注意，這對我們的友誼才是重傷，因為這說明了妳是怎麼看我的。妳把對中年已婚男人偶然燃起的性趣，看得比我們的關係重要，是嗎？他媽的太傷害我感情了，真的。

收到這封郵件的時候，我在上班，但身邊沒有其他同事在。這封信我反覆讀了好幾遍。我把信刪除，但不知爲什麼，馬上又到垃圾桶撈回來。我給這封信標上未讀，打開，再讀一遍，彷彿之前完全沒讀過。當然，玻碧說得一點都沒錯。我說她吃醋，是企圖傷害她。我只是不知道這招眞的奏效了，我向來以爲不管怎麼努力嘗試，都不可能傷得了她，沒想到這次竟然眞的辦到了。我不僅有能力傷害玻碧的感情，而且隨意出手就傷了她還不自知，這個事實讓我覺得很不舒服。我在辦公室裡走來走去，儘管不口渴，還是拿塑膠杯從飲水器裡倒了些冰水。最後我又坐回座位。

我寫了好幾次草稿，才完成回信。

嘿，妳說得沒錯，說那種話真的太怪異，也很不應該。我真的不該那麼說。我有戒心，想要惹妳生氣。為了這麼白癡的事情傷害妳的感情，我真的很愧疚。對不起。

我寄出郵件，登出信箱，花點時間做完一些工作。

菲利浦十一點左右進來，我們聊了一會兒。我說我一整個星期什麼東西都沒寫，他揚起眉毛。

我還以爲妳很自律呢，他說。

我是啊。

妳這個月過得不順嗎？看起來好像是。

午餐時間，我又登入信箱。玻碧回信了。

好吧，我原諒妳。可是老實說，尼克？他是妳的菜？我只是覺得他是會認真讀完〈練就完美腹肌祕訣〉之類文章的那種人。

如果妳非得挑個男人不可的話，我以為應該會是像菲利浦那種膽小懦弱，沒有男子氣概的人。太出乎我意料了。

我沒回信。這個社會對於男性壯碩體格的追求，狂熱得像信仰某種邪教似的，玻碧和我向來都覺得很不屑。就在前不久，我們在特易購的商場裡，大聲朗讀男性雜誌言之無物的愚蠢片段時，竟然被趕了出去。但玻碧錯看尼克了。他不是那樣的人。他是會因爲玻碧對他的錯誤解讀而哈哈大笑，但不會試圖糾正她的那種人。但我沒辦法對她解釋。我當然不能告訴她，我覺得他最討人喜歡的一點，就是會被像我這樣長相平庸且感情冷淡的女人所吸引。

下班之後，我覺得很累，而且頭痛，很劇烈的那種頭痛。我走路回家，決定在床上躺一會兒。那時是五點鐘，我一直睡到午夜才醒來。

尼克啓程赴蘇格蘭之前，我沒再見到他。他清晨就得拍戲，所以我們只能在深夜透過網路聊天。那個時間他通常已經很累，有點疏遠，所以我會開始用冷嘲熱諷的態度回覆他的訊息，甚至已讀不回。他在網上聊著瑣事，例如他有多討厭和他一起工作的那些人。他從沒說他思念我或想起我。我提起我們在他家共度的時光，他通常都直接忽略，改聊別的。結果，我的回應就變得冷漠刻薄。

尼克：片場唯一講道理的人是史黛芬妮

我：那你何不和她搞婚外情

尼克：噢，我覺得這樣會破壞我們的合作關係

我：這是個暗示嗎

尼克：而且她起碼有六十歲了

我：那你幾歲⋯⋯六十三？

尼克：很好笑

尼克：要是妳想知道的話，我可以去問問她

我：好喔，拜託你了

在家裡，我在Youtube頻道上搜尋他在電影和電視裡的演出片段。他有一次在某部長青犯罪影集裡演個受害孩子的年輕父親，有場戲是他在警察局崩潰大哭。這個片段我看了好多遍。他哭的模樣，就是我在現實生活裡見到他的模樣：他很氣自己竟然哭了，但這樣的氣憤，卻只讓他哭得更厲害。我發現，要是我和他網上聊天之前先看了這段影片，和他講話時就會格外體恤。他在網路上有個最基本的HTML粉絲頁，自從二〇一一年以來就沒更新。我們聊天的時候，我有時會一面瀏覽。

那段時間我病了，感染膀胱炎。有一陣子天天覺得不舒服，輕微發燒，但我自認撐得住，就沒理會，但後來還是去看了校醫，她開了抗生素和止痛藥給我，吃了昏沉想睡。我每天晚上都得要盯著自己的雙手看，再不然就是想辦法集中精神看筆電螢幕。我覺得噁心想吐，彷彿身體裡長滿邪惡的細菌。我知道尼克並未因爲相同的服藥副作用而受苦，我們兩人之間沒有任何東西是對等的。他把我像紙一樣揉成一團，隨手丟了。

我想重新開始寫作，但寫出來的東西充滿苦澀，讓我覺得很羞愧。我把部分刪除，部分藏進我一輩子也不會再打開的檔案夾裡。我又開始鑽牛角尖，仔細檢視尼克對我做過的一切，那些我覺得不對的事，他曾經說過、或暗示過的無情的話，如此一來，我就可以恨他，可以順理成章地把我對他的強烈情感解釋爲純粹的恨。但是想來想去，他唯一對不起我的，就是不再喜歡我，但他這麼做，有百分之百的正當性。除此之外，他待我非常慇懃體貼。有時候我覺得這是我一生所經歷過最悲慘的痛苦，然而這也是非常膚淺的痛苦，因爲只要他的一句話，就能讓痛苦瞬間消失，變成傻兮兮的快樂。

有天晚上，我在線上問他是不是喜歡虐待人。

尼克：就我所知並不是

尼克：為什麼這樣問

我：因為你看起來像

尼克：噢
尼克：太慘了

好一會兒，我瞪著螢幕，什麼也沒說。我的抗生素只剩一天的藥量。

尼克：妳可以舉例嗎？
我：不能
尼克：好吧
尼克：我傷害別人，都是因為自私，我想
尼克：我做了什麼傷害妳的事嗎？
我：沒有
尼克：妳確定

我又沉默了好一會兒，用指掌在筆電螢幕上遮住他的名字。

尼克：妳還在嗎？

我：在

尼克：喔

尼克：我覺得妳不想聊了

尼克：沒關係，反正我也該睡了

隔天早上他寄給我一封電子郵件：

我感覺得出來，妳現在不想和我聯繫，所以我暫時不傳訊息給妳，好嗎？等我回來再見囉。

我想寫封滿懷惡意的回信，但最後根本沒回覆。

隔天晚上，玻碧提議一起看尼克的影片。

這樣太詭異了，我說。

他是我們的朋友，有什麼好詭異的？

她用我的筆電上在Netflix頻道搜尋。我泡了一壺薄荷茶，等著茶葉泡開。

這上面有，她說，我在這裡看過。是一部講伴娘嫁給她老闆的電影。

妳當初幹嘛要搜尋他的影片？

他演一個小角色，但是其中有一幕，他脫掉襯衫。妳不就喜歡他這種鏡頭嗎？

我是說眞的，別再找了，我說。

於是她不再搜尋，盤腿坐在地上，給自己倒了一點茶，看是不是泡好了。

妳是喜歡他這個人嗎？她說。或者只是因爲他長得好看，又娶了個有意思的老婆？

我看得出來，我上回說她吃醋，她到現在還耿耿於懷，但我老早就道過歉了。我不想容忍她對尼克抱持的敵意，特別是在我不和他講話之後。在我看來情況很明顯，玻碧並不是眞的覺得我傷害了她的感情，就算有，也已經事過境遷了。她就只是喜歡在我有浪漫情懷的時候取笑我罷了。我看著她，彷彿是某個離我非常遙遠的東西，一個我以前的朋友，或我已忘了名字的某人。

梅麗莎也沒那麼有意思，我說。

玻碧回家之後，我找出她說的那部電影。是六年前上映的電影，那時我才十五歲。尼克演的是和主角有一夜情的角色，主角對此後悔莫及。我找到影片，直接跳到他隔天走出她家浴室的那場戲。他看起來比現在年輕，容貌有點不太一樣，儘管當時的他也已經比現在的我年紀大。我看了這場戲兩遍。他離開之後，主角打電話給她朋友，兩人歇斯底里大笑，說尼克演的那個角色有多蠢，就在那一刻，她倆的友誼更加鞏固了。

看完影片之後我寄電子郵件給他，寫道：

好啊，如果這是你所希望的。祝你拍片順利。

他凌晨一點左右回信：

我應該早點告訴妳的，我八月要和梅麗莎，以及其他幾個朋友到法國北部待大半個月。埃塔布勒的小村子附近有幢像度假別墅那樣的大房子，大家來來去去，所以也很歡迎妳來待一陣子，如果妳想的話。不過，妳要是不想來，我也很可以理解。

電腦發出收信通知的時候，我正盤腿坐在床上，思索朗誦的問題。我回信：

所以我們的婚外情是持續呢，還是已經結束了？

他好一晌沒動靜。我猜他可能去睡了，但想到他有可能還沒睡，我就無心工作。我給自己泡了杯卽溶咖啡，在Youtube頻道上看了些其他人的朗誦表演。後來卽時通訊有了訊息通知。

尼克：妳醒著嗎

我：是啊

尼克：噢，聽我說

尼克：我不知道妳希望怎樣

尼克：我們顯然無法常常見面

尼克：而且婚外情壓力很大

我：哈哈

我：你這是在和我分手嗎

尼克：如果我們不能見面

尼克：那我們的關係就只是

尼克：擔心有婚外情而已

尼克：妳明白我的意思嗎

我：我不敢相信，你用即時通和我分手

我：我還以為你會離開你老婆，然後我們一起私奔

尼克：妳反應不需要這麼激烈

我：你哪裡知道我需要什麼

我：也許我真的很傷心

尼克：是嗎

尼克：我從來不知道妳對任何事情的感覺

我：噢，現在反正也不重要了，對吧

他明天一早得到片場，所以去睡了。我一直想著我給他口交的那次，他靜靜躺在那裡讓我做。我很想告訴他，我以前從沒做過。你大可以告訴我，說我做得有多蹩腳，而不是就這樣任由我繼續做。這樣很不厚道。我覺得自己好蠢。但我知道他其實沒做錯什

麼。我考慮要打電話給玻碧，告訴她所有的事，希望她會透露給梅麗莎知道，毀了尼克的生活。但我覺得，講出這個故事實在太丟臉了。

11

隔天早上我睡過頭，沒去上班。我給珊妮寄了封卑躬屈膝的郵件，她回覆說：我們還活得好好的。我拖到中午才淋浴，換上一件黑色T恤洋裝出門散步，但天氣很熱，散起步來很不舒服。空氣彷彿凝結在街道上進退不得，非常無助。商店櫥窗反射的光線眩目欲盲，我皮膚濕答答的。我自己一個人坐在校園裡的板球場，抽了兩根菸，一根接著一根。我頭痛，沒吃飯。我覺得自己的身體已經破舊敗壞，什麼用處都沒有。我不想再往體內送進飯菜或藥丸了。

下午回家之後，看到尼克又寄了封郵件來。

我覺得我們昨晚的對話很不對勁。我搞不清楚妳想要什麼，妳說妳受傷了，但我不知道妳是不是在開玩笑。在線上和妳聊天壓力很大。我希望妳不要傷心難過。

我回信：

算了。我們九月見。希望法國天氣很好。

他沒再回覆我。

三天後，梅麗莎邀請玻碧和我八月去埃塔布勒的別墅住幾天。玻碧一直傳瑞安航空的連結給我，說我們應該去，只去一個星期，甚至五天就好。我負擔得起機票錢，珊妮也不在乎我請幾天假。

最後我說：好吧，那就去吧。

玻碧和我以前一起出國過幾次。我們總是搭最便宜的航班，不是一大清早，就是大半夜，結果行程開始的第一天總是暴躁易怒，到處找免費WiFi。我只在布達佩斯待過一天，結果那天我們帶著行李坐在咖啡館裡，玻碧喝著濃縮咖啡，一面在網上和人激辯無人機攻擊事件，一面大聲轉述給我聽。我告訴她說我對這個議題沒什麼興趣，她說：

有小孩面臨死亡威脅耶，法蘭希絲。之後我們冷戰了好幾個鐘頭。

出發前幾天，玻碧不斷傳訊息給我，提醒我要記得打包什麼東西。我天生就記得自己需要什麼，而玻碧天生就記不得。有天傍晚，她帶著清單到我家來，我開門的時候，她的手機夾在耳朵和肩膀之間。

嘿，我剛到法蘭希絲家，她說。我打開擴音，妳不會介意吧？

玻碧關上門，跟在我後面走進客廳，隨手把手機擺在桌上，打開擴音。

嗨，法蘭希絲，是梅麗莎的聲音。

我說哈囉，雖然我心裡想的是：我希望妳別發現我和妳老公上床。

所以那房子裡有誰，到底？玻碧說。

這是我朋友瓦萊麗的房子，梅麗莎說。雖然說是朋友，但她已經六十幾歲了，所以正確來說，應該是我的前輩。我出版這本書，她幫了很多忙，在其他很多方面也是。反正，她出身豪門世家，房子很多。她人不在的時候，喜歡有人去住。

我說她好像是個頗有意思的人。

妳們會喜歡她的，梅麗莎說。妳們說不定碰得到她，因爲她有時候會回來住一兩天。她通常都住在巴黎。

有錢人讓我覺得噁心，玻碧說。不過，沒錯，我相信她是個很好的人。

妳最近好嗎，法蘭希絲，梅麗莎說，我好像好久沒見到妳了。

我沉吟一下，才開口說：我很好，謝謝妳。妳呢？梅麗莎也停頓了一下才說：很好。

倫敦還好吧？我說。妳上個月去倫敦了，對吧？

是上個月嗎？她說，時間實在是個有趣的東西。

她說她該去吃晚飯了，然後就掛掉電話。我看不出來時間哪裡有趣了，一點都不「有趣」。

那天晚上玻碧走了之後，我花了一個半鐘頭寫詩，把我自己的身體比喻成垃圾，像是拆下的包裝紙，或是吃了一半就扔掉的水果。把自我憎惡的情緒投射到作品裡，並沒讓我覺得好過一些，反而讓我筋疲力竭。之後，我側躺在床上，一本《後殖民理性批判》攤開擺在我身旁的枕頭上。我偶爾舉起手指，翻頁，讓沉重費解的語句像液體般，穿透我的眼睛，流進我的腦袋。我這是在充實自己，我心想。我會變得異常聰明，聰明到沒有人能理解我。

出國之前，我寫了封電子郵件給尼克，告訴他說我們要去待上幾天。我說：我相信梅麗莎已經告訴你了，我只是希望你明白，我不打算鬧事。他回信說：酷，很高興能再見到妳。我反覆看這則訊息，不時打開來，瞪著這行文字看。訊息裡沒有情緒，沒有意義，讓我覺得非常失望。彷彿我們的關係已經到了終點，我在他心目中的地位已經降級到和以前一樣，就只是個認識的人而已。我們的婚外情或許已經結束，我想，但結束並不表示沒發生過。忿怒之下，我甚至開始搜尋電子郵件和簡訊，尋找我們關係的「證據」，其中包括了很多無聊的聯絡安排，例如他幾點到家，我可能幾點去之類的。沒有熱情的示愛，或性意味的簡訊。這很合理，因爲我們的婚外情是在現實生活中進行，而不是在網路上，但我還是覺得自己被剝奪了什麼。

在飛機上，我和玻碧共用耳機，因爲她忘了帶她的耳機。我們得把音量調得很大，才能蓋過引擎聲。玻碧搭飛機向來很緊張，至少她自己是這麼說的。但我覺得她是假裝的，只是爲了好玩。我們一起搭飛機的時候，她總是要我拉著她的手。我眞希望能問問她說我究竟該怎麼辦，但我相信，要是她知道發生了什麼事，對我竟然還要到埃塔布勒去，肯定會震驚不已。在某種程度上，我自己也很震驚，但這個念頭同時又讓我覺得很著迷。在這個夏天之前，我都不知道自己是這樣的人：明明和某個女人的老公上床多次，竟然還接受這女人的邀請。我對這件事懷抱著病態的興趣。

航程中，玻碧大半的時間都在睡覺，直到飛機落地才醒來。其他旅客起身拿行李時，她捏捏我的手，說：和妳一起搭飛機眞是輕鬆，妳很能吃苦耐勞。機場瀰漫人工香氛的氣味，我忙著搞清楚應該要搭哪一班公車的時候，玻碧去買了兩杯黑咖啡。玻碧在學校修過德文，不會講法語，但不論我們走到哪裡，她都可以用手勢和臉部表情與其他人有效溝通。我看見咖啡櫃檯後面那個男的對她微笑，彷彿見到親愛的表妹，而我則奮力對售票櫃檯的那個女人一次又一次複述我們要去的城鎮名字，以及公車路線。

玻碧到哪裡都有辦法融入。雖然她說她討厭有錢人，但她家很有錢，其他有錢人也視她爲同類。他們把她激進的政治主張當成是資產階級的某種自我貶抑，並不當一回事，反而對她介紹起餐廳，或建議她到羅馬應該住哪裡。碰到這樣的情況，我總是覺得格格不入，覺得自己被忽視，心裡很不是滋味，但也很怕被他們發現我家境不太好，而且還是個共產主義的擁護者。然而，碰到與我父母出身背景相同的人，我也很難聊得開，擔心我講話的腔調聽起來矯揉造作，或我在跳蚤市場買的大外套，讓我看起來像個有錢人。菲利浦也因爲看起來一副有錢人的模樣而吃盡苦頭，只不過他的難處是，他原本就是個有錢人。玻碧和計程車司機起勁聊著時事的時候，我們兩個常默不作聲。

搭上開往埃塔布勒的公車時，已經淸晨六點鐘。我筋疲力竭，眼窩後面很痛，所以我只能瞇著眼睛拿車票。公車載我們越過翠綠的郊野，陽光穿透籠罩大地的白霧。公車的收音機傳出法語的輕聲交談，偶爾有笑聲，接著是音樂。道路兩旁農田延展，有立著手繪標誌的葡萄園，也有設置得來速車道、用整齊的無襯線字體打廣告的麵包店。路上車輛非常之少，時間還很早。

七點鐘，天空顏色漸漸變淡，成爲一片無邊無際的柔和藍色。玻碧靠在我肩上睡著了。我也睡著了，夢見我牙痛。我媽坐得離我好遠，在房間的另一頭，說：把牙弄好要花很多錢耶，妳知道。我乖乖地把舌頭伸到牙齒底下，舔到牙齒鬆動，然後把牙吐到掌心。就是這顆牙？我媽說。但我沒辦法回答，因爲牙齒留下的那個洞在流血。血嘗起來很濃，黏稠，帶鹹味。我感覺到血流下喉嚨。好吧，吐出來，我媽說。我無可奈何地吐在地上。血的顏色像黑莓。我醒來的時候，公車司機正在喊著：埃塔布勒。玻碧輕輕扯著我的頭髮。

12

梅麗莎在公車站等我們，就在港口邊。她穿著紅色的一片式洋裝，領口開得很低，腰上綁著蝴蝶結，她胸部很大，身材豐滿，和我完全不一樣。她靠在欄杆上，望著大海。海面波平浪靜，宛如一張塑膠布。她想幫我們提行李，但我說我們自己來就好，她聳聳肩。她鼻子脫皮了，但整個人看起來好漂亮。

到了別墅，狗衝出來，開始吠叫，像馬戲團的動物那樣舉起前腿跳著。梅麗莎不理牠，逕自打開大門。這幢房子有巨大的石砌立面，粉刷成藍色的百葉窗板，白色的樓梯通向前門。屋裡，所有的東西都顯得潔淨，隱隱飄著清潔劑與防曬油的味道。牆壁貼著帆船圖案的壁紙，架子上滿滿都是法文小說。我們的房間在樓下，也就是底樓。玻碧的房間望向院子，而我的則是面海。我們把行李留在屋裡，梅麗莎說其他人正在屋後吃早餐。

花園裡有一頂白色帳篷，帆布帳門捲起來，用緞帶紮好，裡面擺著餐桌椅。狗緊緊貼近我的腳踝，吠叫著要我注意牠。梅麗莎介紹我們認識她的朋友，是一對名叫伊芙琳和德瑞克的夫婦。他們看來和梅麗莎年齡相仿，或者稍微年長幾歲。他們正把餐具擺上餐桌。狗又對著我叫，梅麗莎說：噢，牠一定很喜歡妳。你們知道嗎，牠也需要護照才能出境？簡直和帶個小寶寶一樣。我莫名其妙笑起來，狗兒把頭抵在我的小腿上，嗚嗚叫。

尼克端著盤子從屋裡出來。我吞了吞口水。他看起來好瘦，非常疲累的樣子。太陽照著他的眼睛，他瞇起眼睛，彷彿沒看見我們到了。後來他看見了。他說，嗨，路上還好吧？他轉開視線不看我，狗兒低聲吠叫。平安無事，玻碧說。尼克放下盤子，抹抹額頭，彷彿額頭濕了，儘管看起來並沒有。

你以前就這麼瘦嗎？玻碧說，我記得你以前比較壯。

他病了，德瑞克說。他得了支氣管炎，但不喜歡人家提這件事。

是肺炎，尼克說。

你病好了嗎？我說。

尼克眼睛瞄著我鞋子的方向，點點頭。他說，是啊，我現在沒事了。他看起來和以前不太一樣，臉比較瘦，眼睛下方凹了一圈。他說他吃完抗生素了。我用力捏著耳垂，分散注意力。

梅麗莎擺好餐具，我坐在玻碧旁邊。玻碧聊起好笑的事，哈哈大笑。她似乎迷倒每一個人。餐桌鋪了條有點黏膩的塑膠桌布，擺上新鮮可頌，各式果醬，以及熱咖啡。我希望自己受歡迎，但又想不出任何不惹人厭的話來說。我沉默不語，添了三次咖啡。我肘邊的小碗裡裝著閃閃發亮的白色方糖，我一顆接一顆丟進杯裡攪拌。

後來，玻碧提到都柏林機場，德瑞克說：那是尼克的老巢。

你這麼喜歡都柏林機場啊？玻碧說。

他是個隨時想飛就飛的高級空中飛人，伊芙琳說。他簡直就住在機場裡。

他甚至還和空姐搞過轟轟烈烈的戀情，德瑞克說。

我胸口一緊，但沒抬眼。儘管咖啡已經太甜，但我還是再拿起一顆方糖，擺在咖啡碟上。

她不是空姐，梅麗莎說，她是在星巴克工作。

別說了，尼克說，她們會以爲是眞的。

她叫什麼名字來著？伊芙琳說，蘿拉？

露意莎，尼克說。

我終於抬眼看他，但他沒看我。他揚起一邊嘴角微笑。

尼克和一個在機場碰見的女孩約會，伊芙琳對我們說。

我當時不知情，尼克說。

噢，是有點不知情，德瑞克說。

尼克看著玻碧，裝出惱怒的表情，彷彿在說：好吧，說就說吧。但其實他看來並不太在乎說出事情原委。

大概是三年前吧，尼克說。那段時間我常到機場，所以認識這個女孩，在等咖啡的時候，我們偶爾會聊幾句。反正呢，有個星期她約我在市區喝咖啡，我以爲……

這時，其他人都開始七嘴八舌，大笑著同時發表各種評論。

我以爲，尼克又說，我以爲她只是要喝咖啡。

結果呢？玻碧問。

這個嘛，我到了那裡，才發現那是約會，尼克說。我整個人慌了，覺得非常可怕。

其他人又開始打岔，伊芙琳笑著，德瑞克說他很懷疑尼克眞有那麼害怕。梅麗莎繼續吃東西，頭也沒抬地不知說了什麼，我聽不清楚。

所以我告訴她我已經結婚了，尼克說。

你肯定一開始就隱隱感覺到，德瑞克說，她想幹嘛。

老實說，尼克說，大家時不時就約了一起喝咖啡，所以我當時還眞的沒想到是這樣。

要是你和她搞婚外情，伊芙琳說，那肯定是雜誌封面故事的大新聞了。

她很迷人嗎？玻碧問。

尼克笑著舉起一隻手，掌心朝上，彷彿在說：妳想呢？漂亮極了，他說。

梅麗莎聽到這句話也笑了起來，他低頭看著自己的大腿微笑，彷彿能逗她發笑，他也很開心。我偷偷在桌子底下用涼鞋鞋跟踩著自己的腳趾頭。

她非常年輕，對吧？德瑞克說，才二十三歲左右。

說不定她本來就知道你已婚，伊芙琳說，有些女人就愛已婚男人，挑戰性比較高。

我用力踩自己的腳，疼痛沿著腿往上竄，我得咬緊嘴唇，才不致哀叫出聲。抬起鞋跟，我還是感覺到腳趾隱隱抽痛。

我不覺得是這樣，尼克說。我提到我已婚的時候，她好像真的很失望。

早餐之後，伊芙琳和德瑞克去海邊，玻碧和我留下來整理行李。我們聽見梅麗莎和尼克在樓上講話，但只聽得見聲音的高低起伏，聽不見真正的內容。有隻大黃蜂從敞開的窗戶飛進來，在壁紙映下一個小小的黑影，然後又飛出去。整理好行李之後，我沖了澡，換上灰色的無袖棉布洋裝，聽見玻碧在隔壁房間唱著馮絲華·哈蒂的歌。

到了下午兩、三點，我們所有人一起出門。要到海邊必須先走一條鋪有路面的小坡道，經過兩幢白色房子，然後再走一段架設在懸岩上的蜿蜒階梯。海灘上到處都是年輕家庭，躺在五顏六色的浴巾上，幫彼此的背部塗防曬油。海浪退潮，露出厚厚一層綠色的乾海草。一群青少年在岩石旁邊玩沙灘排球。我們聽見他們大呼小叫的外國口音。陽光熾烈照在海沙上，我開始流汗。我們看見伊芙琳和德瑞克對我們招手，伊芙琳穿褐色的連身泳衣，大腿坑坑疤疤，很像發泡奶油的質地。

我們攤開浴巾，梅麗莎幫玻碧背部塗了些防曬霜。德瑞克告訴尼克，說海水「讓人精神振奮」。海鹽的味道惹得我喉嚨刺痛。玻碧脫下外衣，身上只剩比基尼。梅麗莎和尼克一起脫衣，我轉開視線。她不知問了他什麼，我聽見他說：不，我沒事。伊芙琳說，你會曬傷的。

妳要下水嗎，法蘭希絲？德瑞克說。

所有人都轉頭看我。我碰碰臉上的太陽眼鏡，聳起一邊肩膀，甚至算不上是眞正聳肩。

我寧可躺在這裡曬太陽，我說。

事實是，我不想在他們面前脫衣露出泳裝。我覺得爲了自己的身體著想，我不該當衆脫衣。他們一點也不在乎，隨我便。他們離開之後，我摘掉太陽眼鏡，免得在臉上曬出一圈眼鏡的痕跡。附近有小孩在玩塑膠玩具，彼此叫嚷。我覺得他們的法語聽起來很優雅，帶著都市人的氣質，因爲我聽不懂。我仰躺著，所以能看見這些孩子的臉，但偶爾，在視野邊緣，我會瞥見模糊的鮮豔原色，是鏟子或水桶，再不然就是一閃而過的腳踝。我的關節沉甸甸的，彷彿有沙子壓在上面。我想起清晨在公車裡感覺到的熱氣。

我翻身俯趴之後，玻碧從水裡上來，身體發抖，看起來非常蒼白。她身上裹著大大的海灘浴巾，又用一條淺藍色毛巾裹著頭，很像聖母瑪麗亞。

這是波羅的海，她說。我剛才以爲我要心臟病發作了。

妳應該留在這裡的，我都覺得有點太熱了。

她把裹在頭上的毛巾拿下來，像狗那樣甩甩頭髮，水珠噴到我赤裸的皮膚上，我罵了句髒話。妳活該，她說。她坐下來，翻開她的書，身上依舊裹著大浴巾。浴巾印著超級馬利歐的圖案。

下水的時候，大家都在討論妳，她說。

什麼？

噢，我們聊了一下妳。顯然大家對妳的印象都很好。這對我來說倒是個新聞。

是誰這麼說的？我說。

海灘上可不可以抽菸啊？

我告訴她，我想在海灘上是不允許抽菸的。她演戲似地嘆了口氣，擰著頭髮，擠出殘留的海水。因爲玻碧不肯告訴我是誰讚美我，我確信很可能就是她本人。

尼克沒說什麼，她說。沒說妳很好之類的。不過我一直看著他，他好像有點尷尬。

也許是因爲妳一直看他的關係。

也或許是因爲梅麗莎一直看他。

我咳了一聲，什麼都沒說。玻碧從袋子深處掏出一根早餐穀物棒，開始咬。

所以妳究竟有多迷戀他，如果從一到十計分的話？她說，妳高中對我的迷戀程度算十分。

那麼一就是重度迷戀囉？

她笑起來，儘管嘴巴裡滿是穀物棒。

隨便啦，她說。妳是喜歡和他在網上聊天，還是妳恨不得撕開他，喝他的血？

我才不想喝他的血。

我在最後這個字加重語氣，雖沒有特別的意義，卻惹來玻碧不以爲然的哼一聲。我可沒準備好要思索妳想喝什麼別的，她說。太他媽的噁心了。我想要告訴她，我和尼克之間發生了什麼，因爲我可以像講笑話那樣說出來，反正已經結束了。但再想想，我還是沒說，而她只說：和男人上床，太詭異了。

13

隔天，我們正在收拾早餐杯盤的時候，梅麗莎問尼克，要不要開車去城外的購物中心買涼椅。她說她本來前一天要去的，但忘了。尼克看來不太想去，但還是說他會去。他講了句不太好聽的話，好像是：那個地方他媽的超遠之類的。不過我也不確定就是了。他在水槽洗盤子，我負責擦乾，遞給梅麗莎收回碗櫃裡。站在他倆之間，我有點手足無措，也覺得自己很多餘。我覺得玻碧一定看到我臉紅了。她坐在餐桌旁，一雙腿晃啊晃的，正在吃水果。

帶兩個女生陪你一起去吧，梅麗莎說。

梅麗莎，別叫我們女生，拜託，玻碧說。

梅麗莎瞥她一眼，她一臉無辜地咬著油桃。

那就帶這兩位小姐陪你去吧，梅麗莎說。

什麼，這是爲了逗我開心嗎？尼克說，我相信她們寧可去海邊。

你可以帶她們去湖邊，梅麗莎說，再不然也可以去沙泰洛朗德。

那個地方還開放嗎？他說。

他們為沙泰洛朗德是否還開放，討論了好一會兒。最後尼克轉頭看玻碧。他雙手和手腕都是濕的。

妳想搭車去很遠的地方玩嗎？他說。

別聽他的，其實並不遠，梅麗莎說，很好玩的。

她說著說著笑了起來。彷彿她明知道那一點都不好玩。她給我們一盒點心和一瓶粉紅酒帶上車，以防萬一我們臨時起意想野餐。她謝謝尼克，迅速地壓了他的手背一下。

車子曬了一整個早上的太陽，所以我們得先打開車窗，才能坐進車裡。車裡有灰塵和塑膠被曬熱的味道。我坐在後座，玻碧小巧的臉探出前座車窗，宛如一隻小獵犬。尼克打開收音機，玻碧把頭從窗外縮回來，說：你沒有ＣＤ播放器嗎？我們可以聽音樂嗎？尼克說：當然有，沒問題。於是玻碧開始翻找ＣＤ，一面猜她覺得某張是他的或是梅麗莎的。

動物共同體樂團？這是你還是梅麗莎喜歡的？她說。

我想我們兩個人都喜歡。

可是ＣＤ是誰買的？

我不記得了，他說。妳知道，很多東西都是我們共有的，我不記得什麼是誰的。

玻碧從座位上轉頭看我一眼，我沒理她。

法蘭希絲？她說。妳知道嗎，一九九二年第四頻道有一部講天才兒童的紀錄片，裡面有尼克耶。

我抬頭看她，說：什麼？但尼克已經開口說：妳從哪裡聽說的？玻碧從盒裡拿出一塊點心，是上頭有層奶霜的糕點，她用食指舀起奶霜，送進嘴裡。

梅麗莎告訴我的，她說。法蘭希絲也是天才兒童，所以我覺得她應該會感興趣。只不過她沒上過紀錄片。她一九九二年也還沒出生。

我從那時就開始走下坡了，他說。梅麗莎幹嘛告訴妳這件事？

她抬頭看他，把滿是奶油的手指塞進嘴巴裡，那姿態與其說是誘惑，不如說是無禮。

她什麼話都會對我說，她說。

我看著後照鏡裡的尼克，但他盯著前方的馬路。

我第一眼就喜歡上她，玻碧說，只是我不知道我們能有什麼發展，我想她已經結婚了。

也不過嫁了個演員罷了，尼克說。

玻碧三、四口就吃完整塊糕點，開始放動物共同體的ＣＤ，聲音非常之大。到了家居用品賣場，玻碧和我在停車場抽菸，尼克到店裡找涼椅。他出來的時候，單手扛著全部的椅子，看起來非常有男子氣概。我用涼鞋鞋底踩熄菸蒂，他打開後車廂說：恐怕這個湖會讓妳們很失望。

二十分鐘之後，尼克停好車，我們穿過一條林木環繞的小道。湖水波平碧藍，倒映著天空。這裡一個人也沒有。我們坐在湖濱的草地上，有柳樹遮蔭，吃著糕點。玻碧和我輪流喝著那瓶粉紅酒，嘗起來溫溫的，很甜。

這裡可以游泳嗎？玻碧問。她指的是湖。

我想是可以的，尼克說。

她在草地上腿伸得長長的，說她想下水游泳。

妳又沒帶泳裝來，我說。

那又怎樣？她說，反正又沒有人。

有我啊，我說。

玻碧聽了大笑。她仰頭，對著樹木哈哈大笑。她今天穿了件無袖棉衫，印有細碎的小花，在蔭影裡，手臂顯得纖細黝黑。她開始解釦子。玻碧，我說，妳不是當眞的吧。

他可以脫掉襯衫，我爲什麼不可以？她說。

我舉起雙手，尼克咳了一聲，聽來像是被逗樂的輕咳。

我可沒打算脫掉襯衫，尼克說。

要是你想阻止我，那你就得罪我了，玻碧說。

想阻止妳的是法蘭希絲，不是我。

噢，她啊，玻碧說，她不會有事的。

她把衣服摺好，擺在草地上，朝湖走去。她背部的肌肉在皮膚底下平滑移動，白花花的陽光下，幾乎看不見她身上的日曬痕跡，整個人顯得完美無瑕。湖濱悄然無聲，只聽得見她的臂腿在水中划動的聲音。天氣非常熱，我們吃完了糕點。光線的方向改變了，我們已不在蔭影裡。我又喝了點酒，望著水裡的玻碧。

她這人眞的一點羞恥心都沒有，我說，眞希望我也能像她一樣。

尼克和我坐得非常之近，只要微微側頭，就會碰到他的肩膀。陽光異常燦亮，我閉上眼睛，讓眼皮下浮現奇怪的圖案。熱氣順著我的頭髮傾洩而下，小昆蟲在草叢裡低聲嗚叫。我聞到尼克身上散發的味道：有衣服洗淨的味道，還有我在他家過夜時用過的柑橘油洗髮精的香味。

昨天眞是太尷尬了，他說，機場那女孩的事。

我想露出無所謂的俏皮微笑，但他的語氣讓我連順暢呼吸都有點困難。感覺上他像是一直在等待和我單獨交談的機會，我剎時又成爲他推心置腹的知心人。

有些女生喜歡已婚男人，我說。

他笑了，我聽得見。我眼睛還是閉著，任由眼皮上的紅色圖案像萬花筒似的轉動。

我說過了，我不認爲事情是這樣的，他說。

你還眞是忠貞不二。

我怕妳以爲他們說的是眞的。

你不喜歡她？我說。

露意莎？噢，妳知道的，她還不錯，可是我夜裡夢見的不是她。

尼克絕對沒告訴過我說他夜裡會夢見我，他甚至也沒說過他格外喜歡我。就口頭言語的表達來說，「我夜裡夢見的不是她」這句話，在我印象中，是他第一次暗示我在他心目中具有特殊地位。

妳現在有和誰約會嗎？他說。

我這時睜開眼睛。他沒看我，拇指和食指捏著一朵蒲公英，正盯著花看。他不像在開玩笑，我緊緊併攏雙腿。

這個嘛，有一陣子是有，我說，但他和我分手了。

他捏著花莖扭來扭去，勉強笑了笑。

他和妳分手了？尼克說，他在想什麼啊？

欸，這我也不知道啊。

他看著我，我很擔心自己臉上會露出什麼表情。

妳能來，我很開心，他說，很高興能再見到妳。

我挑起一邊眉毛，轉開頭。我看見玻碧的頭在銀白的水面忽現忽沉，像海豹似的。

對不起，他說。

我露出呆板的笑容，說：噢，因爲傷害了我的感情？尼克嘆口氣，彷彿放下了沉重的東西。他輕鬆起來，我感覺得到他的姿勢變了。我躺回草地上，草葉刺刺扎在我肩膀上。

是啊，如果妳有感情的話，他說。

你這輩子有沒有說過一句眞心話？

我說對不起，這是眞心話。我想告訴妳，再見到妳，我有多開心。妳希望我怎麼做？我可以低聲下氣，但我不認爲妳會喜歡這樣。

你以爲你有多瞭解我？我說。

他看我一眼，彷彿終於放下長期以來的僞裝。那個眼神很棒，但我知道，他很可能練習過很多遍，就像練習其他的眼神一樣。

嗯，知道妳好多了，我就放心，他說。

我們看見玻碧從湖裡出來，但我還是躺在尼克身體投下的陰影裡，他也沒挪動他那幾乎碰到我臉頰的手臂。玻碧爬上湖岸，渾身發抖，一面擰著頭髮。她套上衣服，胸罩被皮膚上的水滲濕，看起來幾乎是透明的。我們抬頭看她，問湖水如何，她說：好冷，簡直不可思議。

回到車上，我坐前座，玻碧伸長腿坐在後座。尼克和我互看一眼，立即轉開視線，但轉得不夠快，我們都露出了微笑。玻碧在後座說：什麼事這麼好笑？但她問得懶洋洋的，沒打算逼我們回答。我在汽車音響裡放上瓊妮·蜜雪兒的專輯，看著窗外，感覺到涼風吹到臉上。我們回到別墅，天色已暗。

這天晚餐的時候，我和尼克坐在一起。飯後，梅麗莎又打開一瓶葡萄酒，尼克靠過來幫我點菸。他甩熄火柴，一條手臂隨意地搭在我的椅背上。其他人似乎也都不在意，其實這看起來應該很正常，但他這麼做的時候，我還是不能不注意。其他人聊著難民。伊芙琳一直說：有些難民是有高學歷的，我們談的這些人是醫生和教授。我以前就注意到，大家都愛強調難民的資格問題。德瑞克說：別管其他人怎麼說，想想看，我們竟然把醫生趕走，這不是瘋了嗎。

這是什麼意思？玻碧說，除非有醫生執照，否則就不讓他們來？

伊芙琳說德瑞克不是這個意思，德瑞克打斷伊芙琳，談起西方價值體系和文化相對論。玻碧說，如果眞有所謂「西方價値」的話，人人擁有接受庇護的同等權利，就是其中不可或缺的一部分。她提到「西方價値」的時候，還舉起手比了個引號。

這是多元文化主義的天眞夢想，德瑞克說，齊澤克[27]最會這套了。妳知道，國界之所以存在是有原因的。

你說得眞是太對了，玻碧說，但我敢打賭，我們所認爲的「原因」肯定不一樣。

尼克笑了起來。梅麗莎轉開頭，彷彿沒注意他們在講什麼。我略微把肩膀往後靠，讓皮膚貼近尼克的手臂。

我們站在同一邊，德瑞克說。尼克，你是個施加壓迫的白人男性，你應該支持我。

其實我贊同玻碧的立場，尼克說，雖然我是施加壓迫的一方。

噢，天哪，上帝救救我吧，德瑞克說，誰需要自由民主主義啊？說不定我們應該放一把火，把政府大樓給燒了，看能得到什麼結果。

我知道你是故意誇大其詞，尼克說，但是大家越來越覺得這樣也沒什麼不可以。

你什麼時候變得這麼激進？伊芙琳說。你花太多時間和這些大學生混了，是他們把這些理念塞進你腦袋裡的。

梅麗莎左手端了個菸灰缸，這時撣撣菸灰，露出微笑，有點滑稽的微笑。

是啊，尼克，你以前很愛警察國家的，梅麗莎說，現在是怎麼回事？

因爲妳邀請這些大學生來和我們一起度假呀，他說，我無力抵抗。

她往後靠在椅背上，隔著稀微的煙霧看著他。他抬起搭在我椅背上的那條手臂，把菸擱在菸灰缸上。氣溫彷彿剎時陡降，我眼前所見的一切，都變得顏色黯淡了。

你們今天去湖邊了嗎？她說。

回程的時候去了，尼克說。

---

27 Slavol Žižek，1949-，斯洛維尼亞社會學家、哲學家與文化批評家。

法蘭希絲被曬傷了，玻碧說。

我並沒有曬傷，只是臉和手臂微微變成粉紅，而且有點熱熱的。我聳聳肩。

這個嘛，玻碧堅持要脫掉衣服，跳進湖裡游泳，我說。

妳打小報告，玻碧說，我看不起妳。

梅麗莎還是看著尼克，他一點都沒有不安的樣子，回望著她，露出微笑。隨興輕鬆的微笑，讓他看起來帥呆了。她搖搖頭，不知是好笑還是好氣，最後轉開了目光。

那天晚上所有人都很晚才去睡覺，大約是凌晨兩點左右吧。我在黑暗裡躺了十幾二十分鐘，聽著頭頂上的地板輕輕吱嘎，還有房門喀啦關上的聲音。沒有交談聲。隔壁玻碧的房間悄然無聲。我坐起來，然後又躺下，心裡湧現了一個念頭，想上樓去倒杯水，雖然我並不怎麼渴。我甚至還聽見我爲自己的口渴找理由，說是因爲晚餐喝了酒，彷彿我會因爲上樓而被抓去盤問似的。我再次坐起來，摸摸額頭，體溫很正常。我悄悄溜下床，爬上樓梯，身上穿著有小朵玫瑰花蕾圖案的白色睡衣。廚房的燈亮著。我心狂跳。

廚房裡，尼克正把乾淨的酒杯收進櫃子裡。他抬頭看我，說：嗅，哈囉。我馬上像背臺詞般回答：我想喝杯水。他露出戲謔的表情，一副不太相信的樣子，但還是遞給我一個杯子。我倒了水，靠在冰箱門前喝。水溫溫的，有氯的味道。後來尼克站到我面前，說，我收拾好酒杯了。我們就這樣看著彼此。我告訴他說，他這樣讓人很窘，他說他「非常清楚」這一點。他手貼在我腰上，我覺得自己全身都往他身上靠去。我摸著他的皮帶扣說：如果你想要的話，我們可以一起睡，但你知道，我這麼做只是出於諷刺。

尼克的房間和廚房同一層樓。屋子的這層樓只有那麼一間臥房，其餘的臥房不是在樓上，就是像我的房間一樣在底層。他的窗戶面海，所以他悄悄拉下百葉窗，在我上床的時候，關上了扇葉。他進到我體內，我的臉貼在他肩膀上，說：這樣還好嗎？

我一直想要謝謝妳，他說，這很怪，對不對？

我叫他說出來，他也說了。然後我告訴他，我要來了，他閉上眼睛說，噢。事後，我貼牆坐著，低頭看他，他仰躺著，不住喘息。

我這幾個星期很不好過，他說，對不起，我上網的時候說了那些話。

我知道我對你很冷淡，我並不知道你得了肺炎。

他微笑，手指摸著我膝蓋柔軟的裡側。

我以爲妳希望我不要煩妳，他說。我當時病得很重，很孤單，妳知道嗎，感覺上妳好像不想和我有任何瓜葛。

我很想要說：不，我希望你告訴我說你夜裡夢見我。

我當時也很不好過，我說。我們就別再提這些了吧。

嗯，妳很寬宏大量。我只是覺得我當時可以處理得更好一些。

可是我原諒你啦，所以沒關係了。

他用手肘撐起身體，看著我。

是啊，但我的意思是，妳好快就原諒我，他說。想想看，我竟然想要和妳分手。妳大可以再拖得久一點。

不，我只想要再和你上床。

他笑起來，彷彿我這句話讓他很開心。他又躺回床上，轉頭避開光線，閉上眼睛。

我沒想到我有這麼厲害，他說。

你還不錯。

我還以爲我讓人發窘。

你是啊，但我可憐你，我說。而且和你做愛很棒。

他什麼都沒說。反正我不能睡在他的房間，免得有人在早上撞見我離開。所以我下樓回到自己的房間，自己一個人躺在床上，蜷起身體，縮得好小好小。

14

隔天，我覺得身體熱熱的，很想睡覺，像個孩子似的。早餐，我吃了四片麵包，喝了兩大杯加糖和奶精的咖啡。玻碧說我是小豬，雖然她說她講的是「俏皮話」。我的手在桌子底下拂過尼克的腿，看見他強忍住笑意。我渾身洋溢著飽滿、甚至不懷好意的喜悅。

接下來在埃塔布勒度過的整整三天都是這樣。在花園裡吃飯的時候，尼克、玻碧和我一起坐在餐桌一端，不時插嘴，打斷彼此的交談。尼克和我覺得玻碧非常搞笑，不管她說什麼，我們都哈哈大笑。有一天吃早餐的時候，玻碧模仿他們一個叫大衛的朋友，尼克笑得都流眼淚了。我們只匆匆見過大衛一面，是在都柏林某場文學活動上，但是玻碧學他的聲音學得好像。尼克爲了幫我們增進語言能力，也和我們講法語，在我們的要求下，還再三重複「r」的鼻音。玻碧告訴他，我早就會講法語，假裝不會，只是爲了讓他教我。我們看得出來，他聽了這句話臉都紅起來了，玻碧遠遠瞥我一眼。

下午時分在沙灘上，梅麗莎坐在遮陽傘下看報紙，我們躺在大太陽下，拿水瓶喝水，給彼此的肩膀反覆塗防曬油。尼克喜歡下水游泳，然後渾身閃著水光地走回來，活像在拍古龍水廣告。德瑞克說他覺得這樣很沒有男子氣概。我翻過一頁羅勃・費斯克的書，假裝沒聽見。德瑞克說：梅麗莎，他是不是花很多時間在打扮啊？梅麗莎看著報紙，頭也沒抬地說，沒有，他天生就這麼漂亮，我就是因爲他長得帥，才嫁給他的。尼克大笑。我又翻過一頁，雖然我前一頁根本就沒讀。

接連兩個晚上，我都在自己床上待到夜深人靜，屋子一片沉寂之後，上樓到尼克房間。每天很晚才睡，我並不覺得累，但白天有時會在沙灘或花園睡著。我們每天都只睡四、五個小時，但他沒喊累，就算時間眞的很晚了，他也不會趕我離開房間。第一夜之後，他吃晚飯時就不再喝葡萄酒。我甚至覺得他滴酒未沾。德瑞克不時指出這一點，而我注意到，就算他說不喝，梅麗莎還是會遞酒給他。

有一次我們一起游完泳，從海裡走出來時，我問他：你想他們應該不知道吧？當時我們下半身還泡在海水裡，他抬手遮住太陽，看著我。我們看得見其他人遠在岸上，裹著浴巾。在陽光下，我的手臂泛著淡淡的紫白色，起了雞皮疙瘩。

嗯，他說，我想他們並不知道。

他們晚上可能會聽見動靜。

我覺得我們很安靜。

我們做的事情，簡直是太瘋狂了，我說。

是啊，當然是。妳現在才想到嗎？

我把手泡進海水裡，感覺到鹽味的刺痛。我掬起一捧海水，讓水從我的掌心滴落到海面上。

那你幹嘛這樣做？我說。

他放下手，搖搖頭。他白得像大理石似的。他的表情有點嚴酷。

妳是在和我調情嗎？他說。

來嘛，說你好渴望我。

他往我光裸的皮膚上潑了水。水花噴上我的臉，冰涼得幾乎有點痛。我抬頭看蔚藍無瑕的天空。

滾開，他說。

我喜歡他，但他不需要知道。

---

28 Robert Fisk，1946-，英國記者與作家，派駐中東長達四十年，曾三度專訪賓拉登。

第四天，吃完晚飯之後，我們一起散步到村裡。港口上的天空是淡珊瑚紅的顏色，大海顏色好深，像鉛似的。船塢裡一排排遊艇隨浪起伏，漂亮的人兒光著腳，提著一瓶瓶葡萄酒走過棧道。梅麗莎揹著相機，偶爾拍張照片。我身穿有鈕釦的深藍亞麻洋裝。

走到冰淇淋店外面，我的手機開始響。是我爸打來的。我接起電話，本能地避開其他人，彷彿要躲起來似的。他的聲音好像隔了層什麼東西，而且背景有許多雜音。他開口講話的時候，我開始咬指甲，牙齒感覺到指甲的粗礪。

都還好嗎？我說。

噢，很好。難道我不能偶爾給我的獨生女打個電話嗎？

他講話的音調忽高忽低，他喝醉了，這讓我有種不潔的感覺。我想去淋浴或吃點新鮮水果。我又走了幾步，離其他人更遠一些，但也不想完全落單。我在路燈柱旁邊走來走去，其他人正討論要不要去吃冰淇淋。

你當然可以打電話啦，我說。

那妳最近怎麼樣？上班還好嗎？

你知道我在法國，對吧？

什麼？他說。

我在法國。

一再重複這個簡單的句子，讓我有點不自在，雖然我不認爲有人在聽我說什麼。

噢，妳在法國，是吧？他說。沒錯，沒錯，對不起。那裡還好吧？

非常好，謝謝。

太棒了。聽我說，妳媽下個月會給妳錢，好嗎？是大學學費。

好，很好，我說。這樣很好。

玻碧對我打個手勢，說他們要進冰淇淋店，我露出了我想八成很煩躁的微笑，揮手要他們先進去。

妳不缺錢，對不對？我爸說。

什麼？不缺。

儲蓄，知道吧？要養成儲蓄的好習慣。

好，我說。

透過店鋪的窗戶，我看見玻璃櫃裡有一長排各式各樣的冰淇淋，伊芙琳站在櫃檯前比手劃腳。

妳現在存了多少錢？他說。

我不知道。沒多少。

這是好習慣，法蘭希絲，嗯？儲蓄是好習慣。

之後就掛了電話。其他人從店裡走出來，玻碧拿著兩個冰淇淋甜筒，一個交給我。她竟然替我買了個冰淇淋，讓我非常感動。我接過甜筒，謝謝她，她打量我的臉，說，妳還好嗎？是誰打電話來啊？我眨眨眼說，我爸，沒什麼新鮮事。她咧嘴笑說，噢，好吧。我替妳買了冰淇淋，不客氣。要是妳不想吃，那我就吃掉。我眼角瞥見梅麗莎舉起相機，我生氣地轉身，好像梅麗莎冒犯了我，因爲舉起相機，又或者是因爲她更早以前做了什麼別的事。我知道這樣做很無禮，但梅麗莎有沒有注意到，我並不確定。

那天晚上我們抽了很多大麻。所有人都上床睡覺之後，我摸進尼克房間，他的情緒還很嗨。他衣裝整齊，坐在床邊，打開蘋果筆電，不知道在看什麼。他瞇起眼睛，彷彿看不清楚螢幕上的字，又或者只是困惑不解。這個模樣的他看起來很帥。他稍微有點曬傷。我猜我自己也有點嗨，坐在他腳邊的地板上，頭貼著他的小腿。

妳幹嘛坐在地上？他說。

我喜歡坐在這裡。

噢，好吧，今天晚上誰打電話給妳？

我閉上眼睛，頭更用力往他腿上靠，直到他說，別再這樣。

打電話來的是我爸，我說。

他不知道妳在這裡？

我爬到床上，坐在尼克旁邊，雙手摟住他的腰。我看見他在讀什麼了，他在讀一篇有關於大衛營協定[29]的長文。我笑著說，你大麻抽嗨的時候就做這個啊，讀中東問題的論文？

這很有意思，他說。所以他，呃，妳爸不知道妳在這裡嗎？

我告訴過他了，只是他從來不認眞聽。

我輕輕揉鼻子，額頭貼在尼克背上，緊貼著他身上的白T布料。他有股乾淨的味

29 Camp David Accord，一九七八年在美國總統度假地大衛營所簽署的以埃和平協定。由當時的美國總統卡特居間協調，促使以色列總理比金與埃及總統沙達特，就巴勒斯坦自治、以色列佔領西奈半島等問題達成協議，建構中東和平架構。

道，像肥皂似的，但也有微微的汗味。

他有酗酒的問題，我說。

妳爸爸？妳以前沒對我提過。

他闔上筆電，轉頭看我。

我沒對任何人提過，我說。

尼克往後靠在床頭板上，說：哪一類的問題？

很多次他打電話給我的時候，好像都喝醉了。不過我們沒深入談這個問題。我們不太親。

我爬到尼克腿上，和他面對面，他的手無意識地摸著我的頭髮，彷彿我是別人。他從沒這樣自然而然地撫摸我。但他這時看著我，我想他應該知道我是誰。

妳媽媽知道嗎？尼克說。因爲我知道他們已經離婚了。

我聳聳肩，說他向來都是這樣。我是個可怕的女兒，我說。我從未好好和我爸講話。可是我上大學之後，他也定期給我生活費，我眞的很惡劣，對不對？

是嗎？他說。妳的意思是，妳覺得是妳害他變成這樣的，因爲妳拿了他給的生活費，卻不理會他酗酒的事。

我看著尼克，他也看著我，表情有點黯然，但卻情眞意切。我知道他是眞的很關心，他是眞的想要摸我的頭髮，像這樣愛憐地撫摸我。是啊，我說，我想是這樣沒錯。但妳能做什麼呢？他說。經濟無法獨立是最慘的，我開始不向我爸媽借錢之後，一切都改觀了。

可是你喜歡你爸媽，你和他們處得很好。

他笑著說，噢，天哪，並沒有。妳是在開玩笑嗎？他們在我心目中，就是在我十歲的時候，逼我穿上該死的獵裝，上電視談柏拉圖的人。

他們逼你這樣做？我說。我還以爲是你自己想去。

噢，才不。當時我煩的不得了。不信去問我的心理醫師。

你是在跟我開玩笑，還是眞的去看心理醫師了？

他發出近似哼的聲音，有點奇怪地摸摸我的手。他絕對還很亢奮。

我是眞的有憂鬱症，他說，現在還在吃藥什麼的。

眞的？

是啊，去年我病了好一陣子。噢，我在愛丁堡的時候，因爲肺炎和其他問題，有一兩個星期的時間很難熬。妳聽我講這些應該會覺得很無聊。反正我現在沒事了。

我不覺得無聊，我說。

我知道，如果是玻碧面對這樣的情況，肯定會知道該怎麼應對，因爲她曾公開對心理問題發表許多看法。我脫口而出：玻碧認爲憂鬱是面對晚期資本主義所表現出來的人道反應。這句話讓他露出微笑。我問他想不想談生病的事，他說不想，不怎麼想。他的手指戳進我的頭髮裡，碰觸我的頸背。他的撫觸讓我想安靜下來。

有好一會兒，我們就這樣親吻，不說話，我只偶爾迸出一句：我好想要。他呼吸沉重，喃喃說著：嗯，噢，好之類的，就像他平常一樣。他一手伸進我衣服底下，來回撫摸我大腿內側。我突然衝動地抓住他的手腕，他看著我。你眞的想要？我說。他面露困惑，彷彿我提出了一個謎語，要是他答不出來，我就會告訴他答案似的。噢，沒錯，他說。這是……你眞的想要？我感覺到我抿緊嘴唇，不由自主地咬緊牙關。

你知道，你有時候看起來並沒有那麼想要，我說。

他笑了，和我預期的憐愛反應完全不同。他低頭看我，微微臉紅。我眞的這樣嗎？他說。

我覺得很受傷，說：我的意思是，我常常說我有多想要你，有多享受，但你從來沒有眞正給我相同的回應。我覺得我好像經常沒辦法讓你滿足。

他抬起手，開始揉著他的背。噢，他說，好吧，那我很抱歉。我很努力，你知道，要是有什麼做得不對的地方，我也希望你能告訴我。他的嗓音微微有些痛楚：妳什麼也沒做錯。是我，妳知道，是我這人很彆扭。他就只說了這句話，我不知道還能說什麼。而且事態很明顯，不管我怎麼露骨地索求，他都不會給我任何的保證和安慰。我們繼續親吻，而我努力不去想這些問題。他問我這次想不想要手和膝蓋貼在床上趴著，我說沒問題。我們沒看彼此，脫下衣服。我臉抵著床墊，感覺到他在摸我的頭髮。他手臂環抱我的身體，說：靠過來一下。我跪起來，感覺到他的胸膛貼在我背上，我轉頭，他的唇輕觸我的耳朵邊緣。法蘭希絲，我想要妳，好想好想要，他說。我閉上眼睛。他這句話彷彿穿透了我的心，直竄入我身體裡面，留在那裡。開口講話時，我的聲音低沉而淫蕩。要是不能擁有我，你會死嗎？他說：會。

他進到我裡面，我覺得自己彷彿忘了如何呼吸。他雙手摟住我的腰。我不停要求他更用力一些，雖然他真的用力時，讓我覺得有點痛。他問我說妳這樣真的不痛嗎，我說我希望能感覺到痛，但其實我並不知道自己是不是真的這麼想。但尼克只說：好吧。沒過多久，難以言說的愉悅讓我眼前一片迷濛，我甚至不確定自己是不是能完整講出一句話來。我不停地說求你，求你，但並不知道我要求他做什麼。他伸出一根手指貼在我嘴唇上，彷彿要我安靜，而我舔著他的手指吞進嘴巴裡，越吞越深，直到他的手指碰到我的喉嚨。我聽見他說噢，噢，不要。但已經來不及了，他射了。他冒著汗，不斷說：幹，對不起。幹！我渾身抖得厲害，感覺到自己並不明白我倆之間究竟發生了什麼事。

這時屋外的天色已漸漸發亮，我必須離開了。尼克坐起來，看著我穿上衣服。我不知道要對他說什麼。我們露出痛苦的表情，看著彼此，然後轉開視線。回到樓下的房間裡，我睡不著，坐在床上，把膝蓋摟在胸前，透過百葉窗縫隙看著戶外的光線移動。最後我打開窗，望著大海。天破曉了，天空一片銀藍，細緻而美麗。我聽見尼克在樓上房間走動的聲音。只要閉上眼睛，我就感覺到自己和他非常接近，近到足以聽見他的呼吸聲。我就這樣坐在窗邊，直到聽見樓上房門打開的聲音，狗在叫，咖啡機啓動，開始煮早餐要喝的咖啡。

15

隔天晚上，伊芙琳想玩遊戲，我們分成兩組，各自寫了一些名人的名字丟進大缽裡。你抽出一個名字，同組的隊友可以問你問題，你只能回答是或不是，讓他們猜出你抽到的名人是誰。天色已暗，我們坐在客廳，亮著燈，打開百葉窗。偶爾會有隻蛾從窗外飛進來，尼克就用雙手捕住，丟到外面去。而德瑞克則鼓動他殺掉飛蛾。玻碧叫德瑞克住嘴，他說：妳該不會要告訴我說，動物保護權利也該延伸到蛾身上吧？玻碧的嘴唇染上暗紅的葡萄酒漬，她喝醉了。

不，玻碧說，只不過，你如果想殺，就自己動手吧。

梅麗莎、德瑞克和我同一組，尼克、玻碧和伊芙琳是另一組。我們正在寫名字放進缽裡的時候，梅麗莎又拿出一瓶葡萄酒，雖然我們晚餐的時候已經喝了不少酒。梅麗莎要倒酒的時候，尼克伸手蓋住他的空杯口。他倆互看了一眼，眼神裡似乎有點什麼，然後梅麗莎給自己斟滿酒。

另一組先開始，尼克負責比劃名字。他看了抽出的第一張，皺起眉頭，然後說，好吧。玻碧問，是男的嗎，他說不是。那是女的囉？她說。是的，沒錯。伊芙琳問，她是政治家、演員或運動員嗎？這些都不是。玻碧說，音樂家？尼克說，就我所知，也不是。

這人很有名嗎？玻碧說。

這個嘛，就看妳對有名的定義囉，他說。

我們幾個人都認識嗎？

你們絕對認識，尼克說。

噢，玻碧說，好吧，那她是我們現實生活裡認識的人嗎？

他說是的。梅麗莎、德瑞克和我默默旁觀。手裡端著的紅酒杯突然讓我很不自在，拇指緊緊捏住杯腳。

是你喜歡的人嗎？玻碧說，或者是不喜歡的？

我個人嗎？是啊，我喜歡她。

她喜歡你嗎？玻碧說。

這個問題能讓妳猜出她是誰嗎？他說。

說不定，玻碧說。

我不知道，他說。

所以你喜歡她，但並不知道她喜不喜歡你，玻碧說。你不太瞭解她？還是她很神祕？

他搖搖頭，逕自笑起來，彷彿覺得這一連串的問題蠢到極點。我這時突然發現梅麗莎、德瑞克和我都變得非常安靜。沒交談，也沒喝酒。

我猜兩者都有一點吧，他說。

你不太瞭解她，而她也有點神祕？伊芙琳說。

她比你聰明嗎？玻碧說。

對，但比我聰明的人很多。這些問題不太有意義。

好，好，玻碧說。這個人比較感性還是理性？

噢，理性吧，我想。

嗯，不感性，玻碧說，所以ＥＱ很低。

什麼？不，我不是這個意思。

我的臉開始隱隱發熱，低頭盯著杯子看。我覺得尼克好像有點生氣了，至少不像他平常裝出來的那樣冷靜輕鬆。我突然想，我究竟是什麼時候開始認爲他是在假裝的。

個性外向還是內向？伊芙琳說。

我想是內向吧，尼克說。

年紀輕還是年紀大？伊芙琳說。

年輕，絕對是。

是個小孩嗎？玻碧說。

不，不是，是大人。天哪。

一個女人，好吧，玻碧說。你覺得她穿泳衣很有魅力嗎？

尼克盯著玻碧，狠狠看了一秒鐘，然後放下紙條。

玻碧早就知道是誰了，尼克說。

我們都知道，梅麗莎平靜地說。

我不知道，伊芙琳說。是誰？是妳嗎，玻碧？

玻碧咧嘴笑，是帶著淘氣意味的笑，說：是法蘭希絲。我看著她，但搞不清楚她這番表演是演給誰看。只有玻碧自己覺得有趣，但這絲毫不會讓她覺得困擾。看來一切都按照她的計畫進行。我後知後覺，現在才明白，肯定是她把我的名字丟進缽裡的。我想起她的蠻橫，她喜歡硬闖蠻攪到別人的事情裡，搞砸一切。我很怕她，這不是第一次。她喜歡揭露別人的私事，例如我內心的感覺，然後把別人的祕密變成一個笑話或遊戲。

這一輪結束之後，屋裡的氣氛改變了。起初我怕其他人知道我們的事，怕他們早就聽見我們在夜裡的動靜，甚至怕梅麗莎知道。但後來我發現，屋裡的緊張氣氛並非因此而來。德瑞克和伊芙琳好像替尼克覺得尷尬，他們似乎認為他拼命掩藏對我的感情。而對我，他們表現出了一種溢於言表的關心，或許是怕我覺得不高興或難過。伊芙琳一直用同情的表情看著我。梅麗莎正確猜出比爾・柯林頓之後，我起身到位於客廳對面的浴室。我雙手捧起冷水，拍拍眼睛下方，然後用乾淨的毛巾擦臉。梅麗莎在外面的走廊，等著上洗手間。我還來不及走過她身邊，她就開口問：妳還好嗎？

我很好，我說，怎麼了？

他沒對妳怎麼樣吧？她說，我的意思是，他沒騷擾妳吧？

誰？我說。

她不太高興地瞥我一眼，彷彿對我很失望。

好吧，她說，算了。

我覺得很歉疚，知道她是想盡力表達對我的關心，這麼做對她來說可能是很痛苦的。我平靜地說：不，聽我說，他當然沒有。我不知道……我想沒什麼大不了的。對不起，我覺得都是玻碧在搞鬼。

好吧，可能是自作多情或什麼的，她說，我相信沒什麼大不了，但只是希望妳知道，如果發生什麼事情讓讓妳覺得不舒服，可以告訴我。

很謝謝妳，妳眞是太好了。可是眞的，沒有……我沒覺得怎麼樣。

她對我微微一笑，彷彿終於鬆了一口氣，因爲知道我沒事，知道她丈夫沒做什麼難以處理的事。我露出感激的微笑，她雙手在裙子上抹了抹。

他平常不會這樣的，她說，但我想，妳是他的菜。

我低頭看著自己的腳，覺得頭暈。

我該不會是在往自己臉上貼金吧？她說。

我迎上她的目光，知道她的用意是在逗我笑。我眞的笑了，因爲感激她的善意與全然信任。

我想，覺得受寵若驚的人應該是我吧，我說。

千萬別這麼說，他那人百無一用，但是對女人的品味可好得很呢。

她指指浴室。我讓開來，讓她進去。我用手腕抹抹臉，發現臉濕濕的。我很想知道她說他「百無一用」是什麼意思。我聽不出來她這話是親暱或刻薄，因爲她向來有辦法把這兩種情緒表現得像同一回事。

之後我們沒繼續玩太久。一直到玻碧去睡覺，我都沒再和她講話。所有的人都回房了，我還坐在沙發上。幾分鐘之後，尼克又回到客廳。他關上百葉窗，然後靠在窗臺上。我打哈欠，摸摸頭髮。他說嘿，這好怪，對吧？玻碧。我附和他的話，是很怪。尼克提起玻碧的時候很謹慎，彷彿不確定我對她有什麼感覺。

你戒酒了嗎？我說。

喝酒會讓我覺得累。我希望自己在這個過程裡能一直保持清醒。

他坐在沙發扶手上，彷彿覺得我們很快就會站起來。我說：你指的這個過程是什麼？他說，噢，就是我們深夜刺激的對話啊。

你喝了酒之後不想做愛？我說。

我只是想，我沒喝醉，對大家都好。

你指的是表現的問題嗎？我可從來沒抱怨過。

沒，取悅妳很容易，他說。

我不喜歡他這樣說，雖然這是事實，而且他八成也這樣想。他摸摸我的手腕內側，我不禁打個冷顫。

才不是這樣，我說。我只是知道你喜歡我躺在那裡，說你有多厲害。

他皺起臉，說：妳這樣說也太狠了吧。我笑著說：噢，糟了，我毀了你的幻想嗎？那我繼續歌頌你有多強，多厲害好了，如果你喜歡這樣的話。但他什麼也沒說。

反正我也該睡了，我說。我累壞了。

他摸摸我的背，他平常很少有這樣溫柔的動作。我一動也不動。

你以前爲什麼沒有過婚外情？我說。

噢，我猜是因爲我沒遇到對象。

什麼意思？

有那麼一會兒，我眞心以爲他會說：我從沒碰到能勾起我渴望的人，像我渴望妳這樣。結果他說：欸，我也不知道。我們有很長一段時間生活幸福，所以我從沒眞正想過要出軌。妳知道，眞正相愛的時候，是不會去想這些事的。

那你們從什麼時候開始不相愛了？

他抬起手，不再摸著我的背。我們的身體沒有任何部位相碰觸。

我不覺得我有什麼改變，他說。

你是說你到現在都還愛著她。

嗯，是的。

我瞪著天花板上的燈。燈已經熄了，我們在遊戲開始之前就已經開了檯燈。此時燈光在窗戶映出一個個長方形的影子。

對不起，如果這樣傷害到妳，他說。

沒有，當然沒有。但是，你這是在和她玩遊戲嗎？你和大學生上床，好讓她注意你。

哇，好喔，讓她注意我？

怎麼？她肯定注意到你看我的眼神。她剛才問我，你有沒有讓我覺得不舒服。

天哪，他說，唉，我有嗎？

我不想告訴他說沒有，所以就只是翻翻白眼，從沙發起身，抹平襯衫。

妳要去睡覺了？他說。

我說是。我把手機收回皮包裡，準備帶到樓下，沒再抬頭看他一眼。

妳知道的，這很傷人，他說。妳剛才說的話。

我拿起丟在地板上的開襟外套，掛在我的包上。我的涼鞋整齊擺在壁爐旁邊。

妳以爲我這麼做只是爲了引起注意，他說。妳怎麼會以爲我是這樣的人？

也許是因爲擺在我眼前的事實：你老婆明明對你已經沒興趣了，你卻還愛著她。

他笑了起來，但我沒看他。我瞥了一眼壁爐上的鏡子，我的臉看起來好可怕，可怕到讓我自己都嚇了一大跳。我臉頰紅通通的，活像剛被人搧過耳光，而嘴唇很乾，沒有血色，幾乎是白的。

妳該不會是吃醋吧，法蘭希絲？他說。

你以為我愛你嗎？別自取其辱了。

我下樓。躺在自己床上時，我有種可怕的感覺，主要並不是因為傷心，而是因為驚駭和某種莫名的疲累。我覺得像是有人抓住我的肩膀，用力把我前後搖晃，怎麼求他住手都沒用。我知道一切都是我自己的錯：是我故意激怒尼克，挑起口角的。此時，在寂靜的屋裡，躺在自己床上，我覺得自己已無法掌控任何事物了。我所能決定的，就只是要不要繼續和尼克上床，我無法決定該有什麼感覺，或這有什麼意義。儘管我可以決定要和他吵架，以及吵什麼問題，但我無法決定他要說什麼，或我會因此受到多大的傷害。縮起雙臂，蜷臥在床上，我痛苦地想：他擁有全部的力量，而我什麼都沒有。這並不完全是事實，但這天晚上我第一次明明白白知道，我多麼不瞭解自己的脆弱。我欺騙每一個人，欺騙梅麗莎，甚至欺騙玻碧，唯有如此，我才能和尼克在一起。我害自己沒有可以說真心話的對象，沒有可以同情我所作所為的人。而在我做了這一切之後，他還愛著其他人。我緊閉眼睛，頭用力埋在枕頭裡。我想起前一夜，他告訴我說他想要我，也想起我當時的感覺。該死，我想。他又不愛妳。這才是最傷人的。

16

隔天早上，也就是玻碧和我要飛回家的前一天，早餐時，梅麗莎告訴我們說瓦萊麗要來。大家討論了一番該讓她住哪個房間，而我看著一隻泛著金屬光澤的紅色瓢蟲英勇地爬過餐桌，朝方糖進攻。這隻瓢蟲看來像隻有機械腿的機器人。

而且我們得準備晚餐的材料，梅麗莎說。你們幾個可以去趟超級市場嗎？我來列清單。

我可以去，伊芙琳說。

梅麗莎把加鹽奶油塗在剖開的可頌上，一面講話，一面輕揮著餐刀。

尼克可以開車載妳去，她說。我們需要準備甜點，新鮮好吃的那種。還有花。再找個人陪妳一起去幫忙。帶法蘭希絲去吧。妳不介意吧？

瓢蟲爬到糖缽上，翻過白釉缽緣往下爬。我抬頭，希望自己的表情夠禮貌，說：當然沒問題。

德瑞克，你可以幫我們架好花園的那張大餐桌，梅麗莎說。玻碧和我整理屋子。

安排好工作之後，我們吃完早餐，把餐盤端進屋裡。尼克去找汽車鑰匙，伊芙琳坐在門階前，手肘擱在膝蓋上，戴著眼鏡，看起來像個少女。梅麗莎靠在廚房窗臺上寫購物清單，尼克抓起沙發靠墊說：有人看見鑰匙了嗎？我站在玄關，背挺直靠在牆上，不想擋住路。在掛勾上，我說，但聲音好輕，他根本沒聽見。說不定我擺在衣服口袋還是什麼地方了，尼克說。梅麗莎打開櫃子，看還有沒有調味料什麼的。妳有沒有看見？他說，但她當沒聽見。

最後我悄悄從掛勾取下鑰匙，在尼克經過我面前的時候，擺進他手裡。噢，啊哈，他說。嘿，謝謝妳。他迴避我的目光，但並不是只針對我。他似乎迴避每一個人的目光。你找到了嗎？梅麗莎在廚房裡喊，你有沒有看看掛勾？

伊芙琳、尼克和我走下門階，準備上車。這天早上霧濛濛的，但梅麗莎說晚一點會天晴。我轉身找玻碧，看見她出現在她的臥房窗前，正打開百葉窗。很好，她說，妳拋棄我。祝妳和新朋友在超市玩得愉快。

說不定我永遠不會回來了，我說。

別回來，玻碧說。

我坐進後座，繫上安全帶。伊芙琳和尼克也上了車，關上車門。我們一起隔絕在隱密的空間裡，只是我覺得自己並不屬於這裡。伊芙琳刻意發出疲憊的嘆息，尼克瞪著引擎。

你們搞定車子的事了嗎？尼克對伊芙琳說。

沒有，德瑞克不讓我打電話給車行，她說，他說他「自己處理」。

我們開出車道，沿著馬路往海邊的方向開。伊芙琳揉著眼鏡後面的眼睛，搖搖頭。這霧灰濛得像面紗，我想像我捶打自己的腹部。

噢，「自己處理」，好吧，尼克說。

你也知道他那個人是什麼樣子。

尼克發出意有所指的聲音，像是哼一聲。我們沿著港口開，船隻在霧裡，模模糊糊得像抽象的概念。我鼻子抵在車窗上。

她表現得一直都很好，伊芙琳說，我以為。在今天以前。

這個嘛，都是因為瓦萊麗的關係，他說。

但是在這之前，伊芙琳說，她都還很放鬆，不是嗎？

是啊，妳說得沒錯，她是很放鬆。

尼克打方向燈，準備左轉，我一句話也沒說。他們討論的顯然是梅麗莎。伊芙琳摘下眼鏡，用襯衫的柔軟棉布擦拭乾淨，然後重新戴上，對著鏡子照了照。她在鏡裡看見我，做了個鬼臉。

千萬別結婚，法蘭希絲，她說。

尼克笑起來，說：法蘭希絲永遠不會屈就這個資產階級體制。他轉動方向盤，讓車彎過轉角，眼睛緊盯路面，沒抬起視線。伊芙琳微笑，盯著窗外的船。

我不知道瓦萊麗要來，我說。

我沒告訴妳嗎？尼克說。我昨天晚上本來要說的。她只來吃晚飯，很可能不會過夜。但她永遠都會得到皇家規格的待遇。

梅麗莎對她的感情好像有點複雜，伊芙琳說。

尼克轉頭看著後車窗外面，並沒有看我。我喜歡他專心開車，因爲這樣我們講話的時候就不會老是注意到彼此的存在。他前一天晚上當然沒對我提起瓦萊麗，因爲他忙著告訴我，他還愛著他的妻子，而我對他來說一點意義都沒有。他本來想和我談瓦萊麗的事，那代表了某種程度的親密，而我此刻感覺到，我們之間已經永遠失去這樣的親密了。

我相信不會有事的，伊芙琳說。

尼克沒說話，我也不作聲。他的沉默意義重大，而我的沉默則無足輕重。因爲對於是不是會沒事，他的意見極爲重要，而我的意見則無關緊要。

至少不會完全難以忍受，她說。法蘭希絲和玻碧在場，可以化解緊張氣氛。

這就是她們的功能嗎？他說，我一直很懷疑。

伊芙琳又在鏡子裡對我露出小小的微笑，說：這個嘛，她們也很賞心悅目啊。

這我得要抗議了，他說，強烈反對。

這家超市位在鎮外，是座玻璃大建築，冷氣很涼。尼克推著一輛購物車，我們跟在他後面，穿過小小的單向入口，一進門的區域賣平裝書，也有一個個裝有防盜釦的塑膠盒子，展示著男錶。尼克說需要手拿的東西就只有甜點和花，其他的都可以丟進購物車裡。他和伊芙琳討論哪一種甜點最不容易挑起爭論，後來決定買上面有很多糖霜草莓的昂貴糕點。她走向擺放甜品的那條走道，尼克和我則繼續往前走。

我們買完東西之後，我再陪妳一起挑花，他說。

你不必這麼做。

嗯，要是我們買得不對，我就可以說都是我的錯。

我們正走在陳列咖啡的那條走道，尼克停下來仔細看各種不同的研磨咖啡，和不同大小的包裝。

你不必這麼有騎士風範，我說。

我不是有騎士風範，而是覺得萬一妳和梅麗莎吵架，那我完全應付不來。
我把手插進裙子口袋，看著他把各種黑色包裝的咖啡放進購物車裡。
至少我們知道你會站在哪一邊，我說。
他抬頭看我，左手一包衣索匹亞咖啡，臉上隱隱浮現頗有趣味的神情。
誰那邊？他說，是對我不再有興趣的那個人，還是只想和我上床的那個？
我覺得自己的臉紅得可怕。尼克放下那包咖啡，但他還來不及說什麼，我就走開了。我一路走到位在超市深處的熟食區，這裡有養著活生生甲殼類的水族缸。甲殼類動物看起來很古老，像神話遺跡。牠們的爪子徒勞地敲著玻璃缸面，用責問的眼神瞪著我。我用冰涼的手貼著臉，惡狠狠地瞪回去。
伊芙琳順著熟食櫃走來，手裡大大的淺藍色薄塑膠盒裡裝著草莓塔。
可別告訴我說清單上有龍蝦，她說。
就我所知，沒有。
她看著我，又給我一個打氣的微笑。不知爲什麼，打氣似乎是伊芙琳和我主要的互動方式。
今天大家好像都很緊張，她說。

我們看著尼克推購物車從另一條走道出來，但轉向另一頭，沒看見我們。他右手拿著梅麗莎手寫的購物清單，左手推著購物車。

去年發生了不少意外，她說。瓦萊麗來的時候。

噢。

我們一起走在尼克後面，我等著她說明，但她並沒繼續說。超市收銀臺附近有個花鋪，擺著新鮮的盆栽，也有一桶桶菊花和康乃馨切花。尼克挑了兩束粉紅玫瑰，和一把各色搭配的花束。玫瑰花瓣很大，洋溢感官之美，但花心包得緊緊的，宛如某種性的夢魘。他把花束交給我，我沒看他。我默默抱著花走向收銀臺。

我們一起離開超市，但沒怎麼交談。雨珠落在我們皮膚、頭髮和停放的車上，像是一隻隻死掉的昆蟲。伊芙琳開始講起一樁往事，說她和德瑞克有回開車搭渡輪來，結果在開往埃塔布勒的路上爆胎，尼克只好開車去幫他們換輪胎。我猜她講這個故事的用意，是要提起尼克以前做的好事，來逗他開心，雖然她自己也許並沒有意識到。那天是我這輩子最高興見到你的一天，伊芙琳說。要是妳沒嫁給那麼獨斷獨行的人，尼克說，那你們就可以自己換輪胎了。

我們把車停到房子後面時，玻碧跑了出來，狗跟在她腳邊。雖然已經接近中午，但霧還沒散。玻碧身穿亞麻短褲，曬得黝黑的雙腿看起來很修長。狗吠了兩聲。我來幫忙拿東西吧，玻碧說。尼克很樂意地交給她一袋採買回來的東西，她看看他，彷彿想傳達什麼訊息。

我們不在的時候，一切都好吧？他說。

越來越緊張了，玻碧說。

噢，天哪，尼克說。

他又交給她一個袋子，她抱在肚子上。他拿起其餘的東西，而我和伊芙琳小心翼翼拿著花和糕點，活像兩個嚴肅的愛德華時代侍女。

梅麗莎在廚房裡。廚房空蕩蕩的，沒桌子，也沒椅子。玻碧上樓去繼續打掃瓦萊麗的房間。尼克一語未發地把超市的袋子放在窗臺上，開始拿出袋裡的東西。伊芙琳把糕點盒擺在冰箱上頭。我不確定該拿花怎麼辦，所以就呆呆捧著。花聞起來很新鮮，但有點可疑。梅麗莎用手背抹抹嘴唇，說：噢，你們終於決定要回來了。

我們又沒出去那麼久，不是嗎？尼克說。

外面開始下雨了，梅麗莎說，所以我們得把餐桌椅搬到前面的餐廳。慘不忍睹，椅子都不成套。

這都是瓦萊麗的椅子，他說，我相信她很清楚椅子是不是配成套。

我並不覺得尼克善盡全力安撫梅麗莎的脾氣。我抓著花呆站在那裡，等著要說什麼：你們要我把花擺在哪裡？之類的話。但這句話並沒有說出口。伊芙琳幫尼克把東西從袋裡拿出來，梅麗莎則一一檢查我們買的水果。

你們記得買檸檬吧？梅麗莎說。

沒買，尼克說。清單上有嗎？

梅麗莎丟下油桃，手貼在額頭上，彷彿就要暈倒了。

我不敢相信，她說。你們正要出門的時候我叮囑過了。我特別提醒你們別忘了買檸檬。

這個嘛，我們沒聽見，他說。

一片沉寂。我發現拇指的指掌抵在一根花刺上，那裡的皮膚開始變紫。我想要調整一下花，免得繼續扎手，但同時又不希望引起其他人注意到我的存在。

我去雜貨店買吧，最後尼克說。這又不是世界末日。

我簡直不敢相信，梅麗莎說。

我該把花擺在哪裡？我說。我是說，要插進花瓶裡，還是？

廚房裡所有的人都轉頭看我。梅麗莎從我手裡拿走一束花，看了看。花莖需要剪一下，她說。

我來剪，我說。

很好，梅麗莎說。尼克會告訴妳花瓶在哪裡。我要去幫德瑞克整理餐廳。謝謝妳今天早上幫了這麼多忙。

她走出房間，用力關上門。我心想：這個女人？這就是你愛的女人？尼克從我懷裡接過花束，擺在流理臺上。花瓶在水槽下方的櫃子裡。伊芙琳憂心地看著尼克。

對不起，伊芙琳說。

妳不必道歉，尼克說。

也許我該去幫忙。

當然，妳應該去。

尼克拿起伊芙琳留下的剪刀，剪開花束外面的塑膠紙。這個我來就可以，我說，你去買檸檬吧。他沒看我。她喜歡給花莖剪個斜切口，他說。妳懂我的意思吧，斜切口？就像這樣。他斜斜剪掉一截花莖。我也沒聽見她提到檸檬，我說。他露出微笑，玻碧跑進來，站在我們後面。妳決定站在我這邊，是嗎？他說。

我知道你們兩個趁我不在，偷偷交朋友，玻碧說。

我以爲妳在清理房間，尼克說。

不過就一個房間，玻碧說，還能掃得多乾淨。你是在攆我走？

我們不在的時候發生什麼事了？他說。

玻碧跳到窗臺上，一雙腿前後晃盪，而我一枝一枝地剪著花莖，任由剪落的殘莖掉進水槽。

我覺得你老婆今天有點神經緊張，玻碧說。她對我折餐巾的技巧很不滿意。而且，她還說，瓦萊麗待在這裡的時候，我不准「說任何惡意挖苦有錢人的話」。

尼克哈哈大笑。玻碧總是可以逗樂他，讓他開心，而我非但做不到，還帶給他痛苦多於喜悅。

下午其餘的時間，梅麗莎都在差遣我們做各種瑣事。她覺得玻璃杯不太乾淨，所以我在水槽裡重新洗一遍。德瑞克拿了一瓶花到瓦萊麗房間裡，還有一瓶氣泡水，以及乾淨的玻璃杯，擺在她的床頭櫃上。玻碧和伊芙琳一起在客廳裡熨枕頭套。尼克出門去買檸檬，後來又出去一趟，買方糖。傍晚，梅麗莎做晚飯，德瑞克擦拭銀器，尼克、伊芙琳、玻碧和我坐在尼克的房間裡，茫然東張西望，沒什麼話可說。我們像一群大膽的小孩，伊芙琳說。

我們開瓶葡萄酒吧，尼克說。

你不想活了嗎？玻碧說。

不，我們就開瓶酒吧，伊芙琳說。

尼克去車庫，帶回幾個塑膠杯，和一瓶松塞爾白酒。玻碧仰躺在他床上，就像他讓我來高潮之後，我躺著的樣子。伊芙琳和我併肩坐在地板上。尼克把酒倒進杯裡，我們聽見梅麗莎和德瑞克在廚房裡講話的聲音。

瓦萊麗長什麼樣子，到底？玻碧說。

伊芙琳咳了一聲，但什麼都沒說。

噢，玻碧說。

我們喝完第一杯之後，聽見梅麗莎在廚房裡喊尼克。他站起來，把酒瓶交給我。伊芙琳說：我和你一起去。他們一起出去，關上門。玻碧和我默默坐在房裡。瓦萊麗說她七點會抵達鎮上。這時是六點半。我又給玻碧和我斟一杯酒，然後坐下來，背靠著床。

妳知道尼克對妳有意思，對不對？玻碧說。其他人都注意到了。他每次開了玩笑，都特別看妳有沒有笑。

我咬著塑膠杯杯緣，咬到都聽見塑膠劈啪的聲音。我低頭看，杯子出現一條垂直的白色裂縫。我想起前一夜玩遊戲時，玻碧的表現。

我們合得來，最後我說。

絕對有可能。他是個失意的演員，婚姻又快完蛋了，這些都是完美的元素。

他還算是個小有成就的演員吧？

這個嘛，他以前確實成名有望，結果沒有，如今已經太老了。和個年輕女人搞婚外情，可能有助他重建自信。

他才三十二歲，我說。

我覺得他的經紀人已經放棄他了。反正他看起來一副沒臉活著的樣子。

我一面聽她說，一面開始有種可怕的感覺。那隱微但具體的可怕感覺悄悄爬上肩頭。起初我不知道那究竟是什麼，只覺得頭暈，或者應該說是某種模模糊糊的怪異感覺，彷彿就快要生病似的。我努力思索是什麼原因造成的，是我吃的東西，或是稍早之前搭車的緣故。就在想起前一天晚上的事情時，我明白了，我感覺到的是罪惡感。

我確信他還愛著梅麗莎，我說。

人呢，可以一面愛著配偶，一面搞婚外情。

和愛著其他人的人上床，我會覺得難過。

玻碧坐起來，我聽得見她的動靜。她雙腳甩下床，踏到地上，我知道她低頭看著我，盯著我的頭皮看。

我覺得妳已經思索過這件事了，她說，是他對妳表白了，還是怎樣？

不是這樣的。我只是不喜歡當別人的備胎。

不是這樣的？

我的意思是，他也許是想讓她吃醋，我說。

她滑下床，抓起酒瓶，交給我。我們一起坐在地板上，上臂交疊在一起。我倒了一點酒到裂了縫的塑膠杯裡。

妳可以同時愛好幾個人，她說。

這倒未必。

這和同時擁有好幾個朋友有什麼不一樣？妳和我是朋友，也可以和別人交朋友，難道這就表示妳不重視我嗎？

我沒有其他朋友，我說。

她聳聳肩，又拿回酒瓶。我把杯子轉個方向，免得酒從裂縫滲出來，然後喝了兩口溫溫的酒。

他有沒有勾引妳？她說。

沒有，我只是說，就算他有，我也沒興趣。

妳知道嗎，我吻過梅麗莎一次。我沒告訴過妳，對吧？

我轉頭，扭過脖子，盯著她看。她笑起來。她臉上浮現古怪的夢幻表情，讓她看起來比平常更迷人。

什麼？我說，什麼時候？

好啦，我知道。是她的慶生會，在花園裡，我們兩個都喝醉了。當時妳已經上床睡覺了。眞的好蠢喔，這事。

她瞪著那瓶酒。我看著她的側臉，這半張臉的輪廓看起來好怪。她耳朵旁邊有個小小的傷口，或許是抓傷的，顏色豔紅如花。

怎樣？她說，妳是要批評我嗎？

沒，沒有。

我聽見瓦萊麗的車子停進外面的車道，我們把酒瓶藏在尼克的枕頭下。玻碧挽著我的手臂，輕輕親了我的臉頰一下，讓我很意外。她的皮膚非常柔軟，頭髮聞起來有香草的味道。我錯看梅麗莎了，她說。我吞了吞口水，說：嗯，我們都錯看某些事情了。

17

晚餐的主菜是鴨肉，配上烤小馬鈴薯和沙拉。肉甜得像蘋果酒，輕輕一切，片片飽含奶油的深色鴨肉就從骨頭上剝落。我儘量慢慢吃，免得不禮貌，但實在又餓又累。餐廳很大，牆面有木頭鑲板，還有扇面向落雨街道的窗戶。瓦萊麗講話帶著有錢英國人的口音，有錢到讓人不敢覺得可笑的程度。她和德瑞克聊起出版業，我們其餘的人都插不上嘴。她覺得出版界很多人都是江湖術士，再不然就是拿錢幫人搖筆桿的，只不過她並不覺得難過，反倒覺得好玩。後來，她用餐巾一角揩揩酒杯上的一抹污漬，我們全都看著梅麗莎的臉。她臉皺了起來，然後像彈簧似的垮下來。

儘管晚餐剛開始的時候，梅麗莎已經一一介紹我們給瓦萊麗認識，但是上甜點時，她問玻碧是哪一個。玻碧說是她，瓦萊麗回答說：噢，是啊，沒錯。但是像妳這樣的容貌恐怕也不會持久，我可以告訴妳，因爲我是個老女人。

還好玻碧不只是長得漂亮而已，伊芙琳說。

嗯，早點結婚，這是我的建議，瓦萊麗說，男人反覆無常的。

酷，玻碧說，不過我是女同志。

梅麗莎臉紅起來，盯著自己的杯子。我緊抿嘴唇，一語未發。瓦萊麗挑起一邊眉毛，用叉子指著玻碧和我之間。

原來，瓦萊麗說，妳們兩個是……

噢，不是的，玻碧說，以前曾經是，但現在不是。

噢，我想也不是，瓦萊麗說。

玻碧和我互看一眼，立刻轉開視線，免得大笑或尖叫。

法蘭希絲是位作家，伊芙琳說。

呃，勉強算是啦，我說。

別這麼說，梅麗莎說，她是詩人。

寫得好嗎？瓦萊麗問。

說這句話的時候，她連看都沒看我一眼。

她很出色，梅麗莎說。

噢，好吧，瓦萊麗說，我總是覺得寫詩沒什麼前途。

我身爲一個對寫詩的前途並無任何意見的業餘詩人，再加上瓦萊麗顯然也沒注意到我的存在，所以我什麼也沒說。玻碧在桌子底下踩踩我的腳趾，咳了一聲。吃過甜點，尼克到廚房煮咖啡。他一離開，瓦萊麗就放下叉子，瞄一眼關上的門。

他看起來情況不太好，對吧？她說。他身體還好嗎？

我瞪著她看。她始終沒正眼瞧我一眼，也沒對我說過一句話，但我知道她是假裝沒注意到我在看她。

時好時壞，梅麗莎說。他有陣子很好，但上個月又有些狀況，我想。在愛丁堡的時候。

這個嘛，他得了肺炎，伊芙琳說。

不只是肺炎，梅麗莎說。

眞是可惜，她說，他眞的很消極，老是讓這些事把他擊垮，妳還記得去年的事。我們不必讓這兩個女孩跟我們回憶往事，是吧？伊芙琳說。

也沒什麼好保密的，瓦萊麗說。在這裡的都是朋友。我說呢，尼克有憂鬱症。

是啊，我說，我知道。

梅麗莎抬頭看我，我沒理她。瓦萊麗看著瓶裡的花，目光散漫地從一朵盛開的花，慢慢移到其他花上。

妳是他的朋友，對不對，法蘭希絲？瓦萊麗說。

我以爲在這裡的都是朋友，我說。

她終於正眼看我。她戴著精美的褐色樹脂首飾，手指上好幾只漂亮的戒指。

我問起他的健康狀況，他不會介意的，我知道，瓦萊麗說。

那妳也許應該要趁他人在這裡的時候問，我說。

法蘭希絲，梅麗莎說。瓦萊麗是我們的老朋友了。

瓦萊麗笑起來，說：拜託，梅麗莎，我也沒那麼老吧？我下巴顫抖，把椅子往後一推，離開餐廳。伊芙琳和玻碧眼睜睜看著我走，像是遠去的汽車後窗裡不住點頭的狗。尼克在走廊上，手裡端著兩杯咖啡。哈囉，他說。噢，怎麼回事？我搖頭，聳聳肩，沒有任何意義的蠢動作。我從他身邊走過，步下後門臺階，走進花園。我沒聽見他跟來，我想他應該是到餐廳，和其他人在一起。

我一直走到花園盡頭，打開通往後巷的門。此時在下雨，我身上穿的是短袖襯衫，但並不覺得冷。我用力摔上後門，離開房子，走向海邊。我腳濕了，用手背拼命揉臉。車輛駛過，車燈白晃晃的。但路上一個行人也沒有。通往海邊的路沒有路燈，我開始覺得冷了。我不能回屋裡去。我緊緊摟著自己的身體，站在那裡發抖，感覺到雨水滲透了我的襯衫，棉布黏在我皮膚上。

不管瓦萊麗說了什麼，尼克看來應該不會煩心。他很可能只會聳聳肩，甚至不會發現。我替他感覺到的痛苦，似乎和他自身的感覺完全沒有關係。這情形以前也發生過。高中最後一年，玻碧競選學生會會長，另一個女生以三十四對十二票擊敗她。玻碧很失望，我看得出來，但她並不傷心。她微笑恭喜當選的女生，那時鈴聲響起，我們拿起書要去上課。但我沒去教室，把自己鎖在樓上的廁所裡，一直哭到午休鈴響，哭得撕心裂肺，臉都花了。我沒辦法解釋自己爲什麼反應這麼激烈，這麼生氣又痛苦，但偶爾想起那次的選舉，淚水還是會湧上我的眼睛。

我聽到後門打開，以及涼鞋啪啪的聲音。玻碧的聲音說：妳這個大傻瓜，看看妳現在什麼樣子？快進來喝咖啡吧。在漆黑的夜色裡，我起初看不見她，接著感覺到她的手臂滑到我手臂底下，她的風衣發出沙沙聲。妳表現得很好，她說，我好久沒看見妳像這樣發脾氣了。

去妳的，我說。

別生氣。

她把溫暖的頭靠在我脖子上。我想起她那天在湖邊脫掉衣服。

我討厭那個女人，我說。

我感覺到玻碧呼在我臉上的氣息，帶著喝過黑咖啡的苦澀味，這時她親吻我的嘴巴。她抽身的時候，我抓住她的手腕，想要盯著她看，但夜太黑了。她宛如思緒一般，掙脫了我的掌握。

我們不該這樣的，她說，很顯然。但妳義憤填膺的時候很可愛。

我雙手無所事事地垂在身體兩側，她開始往回走。藉著過往車輛的車燈，我看見她雙手插在風衣口袋裡，腳踩過水窪，濺起水花。我跟在她後面，一句話都沒說。

回到屋裡，大家已散去，有的在客廳，有的在廚房，音樂聲飄揚。我渾身濕淋淋的，在鏡子裡看見自己的臉，是很不自然的亮粉紅色。我和玻碧一起走進廚房，伊芙琳、德瑞克和尼克站在一起喝咖啡。噢，法蘭希絲，伊芙琳說。妳濕透了。尼克靠站在水槽前，從壺裡倒了杯咖啡，遞給我。我們的眼睛彷彿可以自行交談似的。對不起，我說。伊芙琳摸摸我的手臂。我喝了口咖啡，玻碧說：我應該去給她拿條毛巾吧？你們這些人，眞是的。她說完就走出去，關上門。

對不起，我又說一遍，我剛才發脾氣了。

哎，可惜我沒看到，尼克說，我都不知道妳有脾氣可發。

我們就這樣看著彼此。玻碧回到廚房裡，交給我一條毛巾。我想起她的嘴，那異常熟悉的味道，打個冷顫。對剛才發生的一切，或即將發生的一切，我似乎已經失去控制的力量。就像潛伏已久的高燒爆發出來了，我得要躺下來，等病痛自己過去。

我擦乾頭髮後，我們就到另一個房間去。梅麗莎和瓦萊麗都在這裡。瓦萊麗看到我，露出誇張的開心表情，還說她有興趣讀我的作品。我病奄奄地微笑，想找其他話來說或其他事來做。沒問題，我說。我會寄一些我的東西給妳，沒問題。尼克拿出白蘭地，他倒給瓦萊麗的時候，她充滿母愛地抓住他的手腕，說，尼克，我兒子要是能長得像你這麼英俊就好了。他把杯子遞給她，說：還有誰要？

瓦萊麗就寢之後，我們陷入某種緊張懊悔的沉默。伊芙琳和玻碧想討論她們看過的電影，結果兩人講的並不是同一部電影，於是話題又中止。梅麗莎站起來，要把空杯子拿進廚房，說：法蘭希絲，妳也許可以幫我。我站起來，感覺到尼克盯著我看，像是看著媽媽走進校長室的學童。

我們拿起其餘的酒杯，走進黑漆漆的廚房。梅麗莎沒打開燈，直接把杯子擺進水槽，就這樣站在那裡，雙手貼著臉。我把手上的東西擺在流理臺，問她還好嗎。她停了很長一會兒，我以為她就要尖叫或丟什麼東西了。接著一個迅捷的動作，她打開水龍頭，開始給水槽裝水。

妳知道嗎，我也不喜歡她，梅麗莎說。

我呆呆看著她，在幾乎不見光線的黑暗裡，她的皮膚微有銀光，宛如鬼影。

我不希望妳以爲我喜歡她，梅麗莎說，或者以爲我喜歡她那樣談論尼克，以爲她的行爲是恰當的。我並不這樣認爲。對不起，晚餐的時候讓妳覺得不好受。

不，我才要對不起，我說。我鬧得場面很難看，眞是抱歉。我不知道我幹嘛要那樣。別道歉。要是我有骨氣，也會那樣做。

我吞吞口水。梅麗莎關掉水龍頭，開始在水槽裡洗杯子，但不太在意杯子上的污漬是不是洗乾淨了。

如果沒有她的支持，我很難再出版下一本書，我想，梅麗莎說。告訴妳這件事，實在很丟臉。

不，不會的。

對不起，我今天下午那麼不講理。我知道妳會怎麼看我。只是因爲去年發生了一些事，所以我今天特別緊張。我想讓妳知道，我平常不會這樣對尼克講話。我們兩個之間確實不算百分之百美滿，但我愛他，妳知道的。我眞的愛他。

當然，我說。

她繼續洗杯子。我站在冰箱旁邊，不知道該說什麼。她抬起濕淋淋的一隻手，抹了抹眼睛下方，然後繼續洗。

妳沒和他上床吧，法蘭希絲？她說。

噢，當然沒有，我說，沒有。

好吧，對不起。我不應該問的。

他是妳的丈夫。

是啊，我知道。

我還是站在冰箱旁邊，但開始冒汗。我感覺到汗水淌下雙肩間的頸背，但什麼話也沒說，咬緊舌頭。

妳可以回客廳和其他人坐坐，如果妳想的話，她說。

我不知道該怎麼說，梅麗莎。

去吧，沒事的。

我回到客廳，所有人都轉頭看我。我想我該去睡了，我說。所有人都認爲這是個好主意。

那天夜裡我敲尼克房門時，他已經熄燈了。我聽見他說進來，我走進去，關上門，輕聲說：我是法蘭希絲。嗯，我也希望是，他說。他坐起來，打開檯燈，我坐在他床邊。我告訴他，梅麗莎問我的事，他說她也問過他同樣的問題，只是更早一點，是我在外面淋雨的時候。

我說沒有，尼克說，妳也說沒有吧？

我當然說沒有。

那瓶松塞爾白酒在他的床頭櫃上。我拿起來，打開瓶塞。尼克看著我喝，然後接過我遞給他的酒瓶。他把瓶裡剩下的酒全喝光，然後擺回櫃子上。他看著自己的指甲，接著仰頭看天花板。

我不太擅長這樣的對話，他說。

我們不必講話，我說。

好吧。

我爬上床，他脫掉我的睡衣。我雙手摟住他的脖子，把他拉得非常之近。他親吻我結實得像只倒扣的碗的腹部，也親吻我的大腿內側。他給我口交的時候，我咬住自己的手，避免發出聲音。他的嘴巴感覺好硬。我的牙齒咬得拇指開始流血，我臉濕濕的。他抬頭看我，說：還好嗎？我點頭，感覺到床頭板緊緊抵在牆上。他跪起來，我嘴巴裡發出某個模糊不清的長音節，像動物般的叫聲。尼克摸著我，我猛地閉攏大腿，說不，我快來了。噢，太棒了，他說。

他從床頭櫃的抽屜裡拿出小盒子，我閉上眼睛。我感覺到他的身體，他的溫度，他的重量。我用食指和拇指緊緊捏住他的手，像是要把他的手捏成某種可以入口的形狀。好，我說。我拼命想不要太快來。他深入我的體內，我覺得自己快死掉了。我雙腿夾在他背上，他說，天哪，我好愛這樣，我好愛妳這樣做。我們一遍又一遍輕輕叫喚彼此的名字。然後，一切就結束了。

事後，我頭枕在他胸口，聽著他的心跳。

梅麗莎看來像個好人，我說，你知道的，我指的是心地善良。

是啊，我相信她是。

這會讓我們變成壞人嗎？

我希望不會，他說。反正妳不會。至於我，也許會。

他心臟狂跳，像只興奮或痛苦的鐘。我想起玻碧讀過一篇枯燥的意識型態文章，討論非一夫一妻的愛情，我想講給尼克聽，或許是當成笑話吧，不是認眞的，但就只是想提出這個可能性，看他會怎麼想。

你考慮過要告訴她我們的事嗎？我說。

他嘆口氣，這淸晰可聞的嘆息宛如一句話。我坐起來，他看著我，眼神哀傷，彷彿這個問題讓他心情沉重。

我知道我應該告訴她，他說。爲了我的關係，害妳不得不欺騙其他人，我覺得很不好受。而且我連謊話都說不好。前幾天梅麗莎問我，我是不是對妳有感情，我說對。

我的手掌貼在他的胸骨上，隔著皮膚，我仍然感覺得到他血管的脈動。噢，我說。

但是如果我告訴她，結果會怎麼樣呢？他說。我是說，妳會希望怎麼樣？我不認爲妳會希望我和妳同居。

我笑起來，他也是。儘管我們發笑是因爲我們的關係不可能長久維持，但感覺還是很好。

不希望，我說。但她以前有外遇，也沒搬出你家啊。

是啊，但是妳要知道，情況很不一樣。聽我說，最理想的情況是告訴她，而她說，好吧，你去過你的日子吧，我才不在乎。我並不是說這樣的情況不會發生，只是我認爲可能性不大。

我用手指輕輕撫摸他的鎖骨，說：我不記得我在一開始的時候是不是想到過，這段關係註定不會有幸福的結局。

他點點頭，看著我。我想過，他說。只是我認爲這樣是值得的。

我們沉默了好幾秒鐘。你現在怎麼想呢？我說。我猜要看最後的結局有多不幸吧。

不，尼克說，雖然很怪，但我並不覺得會這樣。聽我說，我會告訴她的，好嗎？我們會想辦法搞定。

我還來不及說什麼，就聽見後面的樓梯傳來腳步聲。我們都噤口不出聲，但腳步聲來到房門口。有人敲門，接著是玻碧的聲音說：尼克？他關燈，說：噢，等一下。他下床，套上運動褲。我躺在床墊上看著他。他打開門。透過門口的一小道光線，我看不見玻碧，只能看見尼克背部的輪廓，和緊貼著門框的手臂。

法蘭希絲不在她房間裡，玻碧說，我不知道她去哪裡了。

噢。

我找過浴室和花園。你想我應該到外面去找她嗎？我們應該叫醒其他人嗎？

不，不用，尼克說。她，呃，噢，天哪。她在這裡，和我在一起。

一晌漫長的沉默。我看不見玻碧的臉，也看不見他的臉。我想起她今晚親吻我的嘴唇，說我義憤填膺。太可怕了，尼克竟然就這樣告訴她了。我知道這有多可怕。

我沒搞清楚狀況，玻碧說，對不起。

沒關係。

噢，對不起。晚安。

他也祝她晚安，關上門。我們聽著她的腳步聲下樓到底層的房間。噢，幹！尼克說。幹！我面無表情地說：她不會告訴任何人的。尼克發出生氣的嘆息，說：好啊，希望她不會。他的心思好像飄走了，不再注意到我人就在房間裡。我穿上睡衣，說我要回樓下睡覺了。當然，好吧，他說。

我和玻碧隔天早上出發時，尼克還沒起床。梅麗莎陪我們提行李走到車站，默默看著我們搭上公車。

第二部

18

這時是八月底。玻碧在機場問我：你們兩個在一起多久了？我告訴她。她聳聳肩，彷彿是說，好吧。從都柏林機場回城裡的公車上，我們聽見新聞報導，說有個女人死在醫院裡。我之前曾經追過這條新聞，但後來忘了。反正我們也累得無法討論。公車停在大學外面時，落下的雨又開始敲打車窗。我幫玻碧從行李廂裡拿出她的行李，她捲起風衣的袖子。大雨下不停，她說，老是這樣。我要搭火車回巴利納，和我媽待幾天，我告訴玻碧說我會打電話給她。她招了輛計程車，我走到公車站，搭一四五路到休斯敦火車站。

那天晚上抵達巴利納，我媽做番茄肉醬麵。我坐在廚房的餐桌旁，解開糾結的頭髮。廚房窗外的樹葉滴著水，宛如一方方波紋絲綢。她說我曬黑了。我讓幾縷髮絲從指尖滑落到地板上，嘴裡說：噢，是嗎？我明知道我是曬黑了。

妳在法國的時候有和妳爸聯絡嗎？她說。

他打過一次電話給我。他不知道我在哪裡，而且好像喝醉了。

她從冰箱裡拿出一個裝有大蒜麵包的塑膠袋。我喉嚨發疼，想不出來要說什麼。

他以前沒這麼慘的，對吧？我說。他是後來變了的吧。

他是妳爸爸，法蘭希絲，妳說呢。

我又沒有每天和他在一起。

燒水壺響了，冒出一縷蒸汽，擱架和烤麵包機都蒙在霧氣裡。我打個冷顫。我不敢相信這天早上我醒來的時候，人還在法國。

我的意思是，妳嫁給他的時候，他就是這個樣子了嗎？我說。

她沒回答。我望著窗外的花園，樺樹上掛了一個餵鳥器。我媽特別偏愛某幾種鳥。這餵鳥器是替格外嬌弱的小鳥準備的。烏鴉絕對別想討她喜歡。她只要一看見烏鴉，就趕牠們走。不都是鳥嘛，我說。是沒錯，她說，但有些鳥可以保護自己。

擺放餐具的時候，我覺得頭開始痛了起來，但我並不想說。每回我說頭痛，我媽就說那是因爲我吃得不夠，血糖過低，不過我從沒去查證這個說法究竟有什麼科學根據。晚餐上桌時，我連背部都開始痛了，很像是某種神經痛或肌肉痛，痛得我連坐直起來都很不舒服。

吃完飯後，我幫忙把碗碟放進洗碗機，我媽說她要去看電視。我拎著行李箱到我的房間，但爬樓梯的時候，我已經覺得自己很難挺直身體走路。我的視線似乎變得比平常更清晰明亮，但我不敢太用力移動，怕會引發劇痛，讓情況更加惡化。我緩緩走進浴室，關上門，雙手抓住洗臉臺，穩住身體。

我又開始流血。這一次鮮血滲出我的衣服，我沒力氣馬上把衣服脫掉。我利用洗臉臺支撐身體，分好幾個步驟，慢慢脫掉衣服。我的衣服濕答答的，很像從傷口上剝下來的皮膚。我套上掛在門後的浴袍，坐在浴缸邊緣，雙手緊壓肚子，沾了血的衣服丟在地上。一開始我覺得稍微好些，但接著又更痛了。我想要淋浴，但我擔心自己太過虛弱，可能會跌倒或暈倒。

我發現血液裡有一團團濃稠的灰色血塊，看起來很像皮膚組織。我從未見過這樣的東西，簡直嚇壞了，唯一能讓我稍微寬心的想法是：這一切或許並未發生。每一次感覺到自己又心慌時，我就開始這麼想，彷彿精神失常或幻想另一個平行時空的幻覺，比起眞實發生的情況，反而沒那麼可怕。也許一切並未發生。我任由雙手顫抖，等著正常的感覺再次出現。但後來我醒悟到，這並不只是一種感覺，也不是我可以自己解決的問題。這是我無法改變的外在現實。我以前從未這麼痛過。

我蹲下來拿手機，撥了家裡的電話。我媽接起電話時，我說：妳能上樓來一下嗎？

我很不舒服。我聽見她爬上樓梯，喊著：法蘭希絲？寶貝？她一進浴室，我就告訴她發生了什麼事。我痛到無法感覺羞愧，什麼也管不了了。

妳經期晚了嗎？她問。

我努力回想。我的經期向來都不太規律，上次應該是五個星期前，也許已經接近六個星期。

我不知道，也許是，我說。爲什麼問？

我在想，妳有沒有可能懷孕？

我吞了吞口水，沒答話。

法蘭希絲？她說。

非常不可能。

不是不可能？

我的意思是，沒有什麼事情是絕對不可能的，我說。

嗯，我不知道該怎麼對妳說。要是妳眞的這麼痛，我們得馬上去醫院。

我左手抓著浴缸邊緣，抓得非常之緊，指關節都變白了。然後我轉頭，對著浴缸吐。幾秒鐘之後，我知道我不會再吐了，於是用手背抹抹嘴巴，說：也許我們應該去醫院，沒錯。

等了許久，他們終於在急診室裡給我安排了一張病床。我媽說她要回家睡幾個鐘頭，要是有任何狀況，就打電話給她。疼痛稍微減輕了，但並沒有消失。她說再見的時候，我抓著她的手。她的手大而溫暖，彷彿是從土裡長出來的東西。

我一躺到病床上，就有位護理師給我吊上點滴，但她不告訴我點滴的作用是什麼。我努力讓自己平靜地盯著天花板，在腦袋裡從十開始倒數。從我的病床望去，所有的病患似乎都是老年人，但還是有個年輕人，看起來不是喝醉，就是嗑藥嗑嗨了。我看不見他，但聽得見他在哭喊，只要有護理師從他身邊經過，他就大聲道歉。護理師會對他說什麼：凱文，你不會有事的，堂堂男子漢之類的。

來給我抽血檢驗的醫師，看起來不比我大多少。他好像需要抽不少血，也需要尿液，還問我的性愛史。我告訴他，我每次的性行為都有防護措施。他不太相信地動動下唇，說：每次都有，很好。我咳了一聲，說：嗯，也不完全是啦。拿著夾紙板的他抬頭看我。從表情看來，他肯定覺得我是個白癡。

不完全都有防護措施？他說，我不了解妳的意思。

我感覺到自己臉頰發熱，但還是儘量用淡漠平靜的語氣回答。

不，我的意思是，不算是完全的性行爲，我說。

好。

我看著他說：我的意思是，他並沒有進到我裡面，這樣說得夠清楚了嗎？他又低頭看他的夾紙板。我們痛恨彼此，我看得出來。他走開之前，說他們要給我驗尿，看我是不是懷孕了。一般來說，ｈＣＧ[30]值在十天之內就會開始增加，他走之前丟下這句話。

我知道他們會替我驗孕，因爲他們認爲我可能是流產。我在想，是不是血塊裡的纖維讓他們有這樣的推論。一想到這裡，我不禁焦慮起來，心底升起一股灼熱。我心底的焦慮無論是因爲什麼因素而觸發，形式基本上都是一樣的：首先是感覺到我會死，接著是認爲其他人也會死，最後是知道整個宇宙最終也將要毀滅。這樣的思緒不斷膨脹，往外擴張，越來越大，大到我的身體無法容納。我發抖，手冒冷汗，覺得自己又要吐了。我莫名所以地掐著自己的腿，彷彿這樣就可以阻止宇宙毀滅似的。我在枕頭下摸出手

30 Human chorionic gonadotropin，絨毛膜性腺激素，在胚胎著床後就開始分泌，是懷孕的早期信號之一，可作為妊娠檢測的依據。

機，撥了尼克的電話號碼。

響了幾聲之後，他接起電話。我講話的時候聽不見自己的聲音，但我想我是說了我想要和他講話之類的。我牙齒打顫，講起話來顛三倒四。而他壓低嗓音回答。

妳喝醉了嗎？他說。妳幹嘛這時間打電話給我？

我說我不知道。我肺部灼熱，額頭濕冷。

這裡現在是半夜兩點，妳知道的，他說。大家都還沒睡，在別的房間裡。妳是想害我惹上麻煩嗎？

我說我不知道，他又問我是不是喝醉了。他的嗓音奇妙地揉和了遮掩與忿怒的語氣：因遮掩而增長了忿怒，而忿怒則又更需要遮掩。

其他人可能都看見妳打電話給我了，他說。老天爺啊，法蘭希絲，要是有人問起，我該怎麼解釋？

我開始覺得難過，但這總比驚慌好。好吧，我說，再見。我掛掉電話。他沒再打回來，但傳了一則簡訊，是一連串的問號。我在醫院，我輸入，但又按下刪除鍵，一個字一個字慢慢刪掉，直到整行字全部消失。我把手機塞回枕頭底下。

我想讓自己有條不紊地思考。焦慮只是一種會產生負面情緒的化學現象。情緒就只是情緒，沒有具體的實形。就算我曾經懷孕，現在也已經流掉了。那又怎樣？懷孕的事已經過去了，我不需要再思索愛爾蘭憲法、旅行權[31]、銀行存款之類的問題。然而，這也意味著，我曾在某段時間，不知不覺地懷著尼克的孩子，這個神祕混合了一半我、一半尼克的孩子，就在我自己的身體裡面。這似乎是我應該調適的事，雖然我並不知道該如何調適，或調適什麼，也不知道我這樣想究竟有沒有道理。我已經筋疲力盡，緊緊閉上雙眼。我發現自己想著，那會不會是個男孩。

幾個鐘頭後，醫生回來，確認我並沒有懷孕，所以不是流產，而且我的身體沒有發炎的跡象，或其他異常現象。他對我講話的時候，一定看見我在發抖，臉上汗涔涔，看起來八成像隻受驚的狗，但他沒問我情況還好嗎。所以，我想，我應該沒事。他說婦產科醫師八點來上班以後，會過來看我。他就這樣走了，連病床旁的簾子也沒拉起來。戶外已經慢慢變亮了，我一直沒睡。這個不存在的寶寶重新被歸類到不存在，也就是說，某個東西終止了存在的狀態，而事實上，它原本就不存在。我覺得自己很傻，以爲自己

31　愛爾蘭為天主教國家，向來嚴格禁止墮胎，一九八三年的憲法第八修正案賦與胎兒生命權，所以有許多女性赴英國墮胎。二〇一八年舉行公投，愛爾蘭終於有條件地讓墮胎合法化。

懷孕的這個念頭，眞是天眞得可以。

婦產科醫師八點到。她問我一些月經週期的問題，然後把簾子拉好，進行骨盆檢查。我其實並不知道她一雙手在我身上做了些什麼，但不管究竟做了什麼，都非常之痛。彷彿我體內有個極度敏感的傷口被擰住了。事後，我雙臂摟住自己，她說什麼我都點頭，雖然我根本聽不清楚。她剛才把手伸進我體內的時候，是我這輩子最痛的經驗，而她居然還不停地對我說話，彷彿希望我記得她說的話，在我看來，這簡直是瘋了。

我只記得她告訴我，說我需要照超音波，因爲我的問題有好幾種可能性。然後她開了避孕藥的處方給我，說我如果願意的話，可以連續吃兩盒，這樣就可以讓月經週期拉長到六週。我說我想要這樣。她告訴我，我再過幾天就會收到照超音波的通知。

就這樣，她說，妳可以走了。

我媽在醫院門口接我。我關上前座車門，她說：妳看起來一副剛打完仗的樣子。我告訴她，生小孩要是像骨盆檢查那麼痛，我眞不敢相信人類還能存活這麼久。她笑起來，摸摸我的頭髮。可憐的法蘭希絲，她說，我們該拿妳怎麼辦呢？

一回到家，我就躺在沙發上睡著了，到下午才起來。我媽留了張字條給我，說她要去上班，如果需要什麼，就告訴她。這時我已經覺得好多了，可以不必彎腰駝背地走路。我泡了杯咖啡，烤了吐司，給吐司塗上厚厚一層奶油，小口小口慢慢吃。接著去淋浴，沖到覺得身體非常乾淨，才裹著浴巾回到臥房。坐在床上，水從頭髮滴到背上，我哭了起來。哭沒關係，因爲沒有別人看見，我也絕對不會告訴任何人。

哭完之後，我覺得很冷，指尖開始變成怪異的灰白色。我用浴巾好好擦乾身體，拿吹風機把頭髮吹到劈啪響。我摸著左手手肘內側柔軟的部分，用拇指和食指緊緊掐住，掐到破皮。就這樣。結束了。一切都會沒事的。

19

我媽那天下午提早回家，我坐在餐桌旁喝茶，她忙著弄冷雞肉。她準備晚餐的時候沒怎麼理我，直到坐下來吃飯，才真正開口對我講話。

所以妳沒懷孕，她說。

沒有。

妳昨天晚上好像沒這麼肯定。

呃，檢驗很準的，我說。

她露出有點古怪的微笑，拿起鹽罐，小心地在雞肉上灑了一點點，然後擺回胡椒罐旁邊。

妳沒告訴我說妳有交往的對象，她說。

誰說我和人交往來著？

不是和妳們一起去度假的那個朋友吧。那個長得很帥的演員。

我平靜地吞了一口茶，對晚餐已經失去胃口。

妳知道是他太太邀請我們去度假的，我說。

我沒聽妳再提起他。妳以前常提起他的名字。

但是不知道為什麼，妳還是記不住他的名字。

她哈哈大笑，說，我記得，他叫尼克什麼的。尼克．康威。長得很好看。我有天晚上在電視上看見他，我替妳下載下來了。

妳想得太週到了，媽。

嗯，我不希望這事和他有任何關係。

我說菜很好吃，謝謝她替我準備晚餐。

妳聽見我跟妳說什麼嗎，法蘭希絲？她說。

我不想談這件事，真的不行。

我們默默吃完晚餐。之後我上樓，照鏡子，看我在手臂上用力掐破皮的地方。看起來紅紅的，有點腫，摸摸還有點刺痛。

接下來幾天，我待在家裡，走到哪裡躺到哪裡，看書。開學之前，我得先預習很多功課，但我卻開始讀福音書。不知爲什麼，我媽在我房間的書架上擺了本皮面的新約聖經，就夾在小說《艾瑪》和美國早期文選之間。我在網上查到的資料說，應該從馬可福音開始讀，接著是馬太福音，再來是約翰福音，最後是路加福音。我很快就讀完馬可福音，因爲其中分成很多小段，所以很容易讀。我把有趣的段落記在一本紅色筆記本裡。在馬可福音裡，耶穌話並不多，這讓我更有興趣讀其他福音書。

我從小就討厭宗教。我十四歲之前，我媽每個星期天都帶我去望彌撒，但她並不相信上帝，只把彌撒當成是社交儀式。出門望彌撒之前，她會要我先洗頭。我之所以讀聖經，是認爲耶穌很可能在哲學層次有其存在意義。結果我發現他說的話常常晦澀難懂，有些我甚至完全不認同。「凡沒有的，連他所有的也要奪去[32]」，雖然我不懂這句話眞正的意義，但我不喜歡。在馬太福音裡有一段，法利賽人來問耶穌關於婚姻的事，這天晚上我媽看報紙的時候，我把這段反覆讀了八、九遍。耶穌說因爲婚姻，「夫妻不再是兩個人，乃是一體，神所配合的，人不可分開。[33]」讀到這一段，我覺得很不高興。丟開聖經，但心情也沒因此變好。

住院的隔天，我收到尼克寄來的電子郵件：

嘿，昨天晚上講電話的態度很不好，對不起。我只是怕有人會看見我電話螢幕上跑出妳的名字，那樣可能會鬧出風波來。還好沒人看見，我告訴他們說是我媽打來的（請不要覺得我心理有問題）。但我覺得妳聲音怪怪的，還好嗎？

Ps. 從妳離開之後，每個人都說我心情很不好。伊芙琳覺得我離不開妳，真是夠了。

我反覆讀了很多遍，但沒回信。隔天早上，醫院的通知來了，排定在十一月照超音波。我覺得這未免等得太久了吧，但我媽說國民醫療服務可以照顧妳，已經不錯了。可是他們根本不知道我有什麼問題，我說。她說要是我的問題很嚴重，他們就不會讓我出院了。這我可不知道。反正，我拿了處方箋去領藥，開始吃避孕藥。

我打了幾次電話給我爸，但他沒接，也沒回我電話。我媽說我應該「順路」去他位在市區另一頭的家。我說我還是覺得不舒服，他既然不回電話，我也不想白跑一趟。她

32 馬太福音十三章十二節：「凡有的，還要加給他，叫他有餘，凡沒有的，就他所有的也要奪去。」
33 馬太福音十九章六節。

回答我說：他是妳爸。她像唸經似地說個不停。我不理會。他還是沒和我聯絡。

我媽很不喜歡我提起我爸的樣子，彷彿他就只是另一個普通人，而不是贊助我學費、和我格外親近的人，甚至不是個小有名氣的人。這怒氣雖然是衝著我而來，但其實也是她心中的失望所表現出來的症狀，因爲她希望我能對我爸有些敬意，而我爸卻沒能贏得我的尊敬。我知道他們還沒離婚之前，她睡覺時都把錢包塞在枕頭底下。我也看過她哭，因爲他穿著內衣躺在樓梯上睡覺。我看見他躺在那裡，像個渾身粉紅的巨人，頭枕在手臂上。他鼾聲大作，彷彿這是他這輩子睡得最熟的一次。我不愛他，讓她無法理解。妳一定要愛他啊，我十六歲的時候，她告訴我。他是妳父親。

誰說我一定要愛他？我說。

這個嘛，我很想相信妳是會愛自己父母的那種人。

妳想相信什麼，就相信吧。

我相信我從小就教育妳要對別人好，她說。這是我所相信的。

我對別人好嗎？很難有定論。我擔心的是，要是我眞有所謂的個性，這個性恐怕是會對人很不好的那種。我之所以煩惱這個問題，只是因爲身爲女人，必須把別人的需求擺在我自己面前嗎？所謂的「對人好」只是面對衝突時讓步的另一種說法嗎？我少女時代就寫過類似的東西：身爲女性主義者，我有權利不愛任何人。

我找到玻碧提過的一部紀錄片，是一九九二年的電視節目《神童》。尼克並非這個節目的主角，因爲節目裡總共介紹了六名興趣領域不同的天才兒童。我跳過前面，直接看尼克的段落。尼克在看書，有旁白說這位年僅十歲的「尼可拉斯」已經讀完多部古代哲學的重要著作，而且也寫了幾篇形上學的論文。小時候的尼克瘦得像竹節蟲。首先出現的鏡頭是他們位在道爾齊[34]的豪宅，門口停了兩部氣勢雄偉的大車。接著尼克出現在節目裡，背景是藍色的，有個女性主持人問他有關柏拉圖理想主義的問題，他回答得胸有成竹，卻一點也不傲慢。後來主持人問：你爲什麼這麼愛古代？尼克緊張地張望四周，彷彿在找他爸媽。呃，我並不喜歡，他說。我只是研究古代而已。你不認爲自己是正在崛起的哲學之王？主持人幽默地問。不，尼克非常嚴肅地回答。他拉拉外套的袖子，仍然四下張望，彷彿期待有誰會來幫他。那會是我最大的夢魘，他說。主持人笑起來，尼克整個人明顯放鬆了。女人的笑聲向來可以讓他放鬆，我想。

出院幾天之後，我打電話給玻碧，問她說我們還是不是朋友。我感覺得到，問出這

---

34 Dalkey，位於都柏林東南海岸的富裕區域。

個問題的時候，我的語氣顯得多蠢，儘管我想要表現得像只是在開玩笑。我以爲妳幾天前就會打電話給我，她說。我在醫院裡，我告訴她。我覺得舌頭在嘴巴裡變得龐大無比，不受控制。

什麼意思？她說。

我把發生的事告訴她。

他們以爲妳流產，她說。情況很嚴重，對吧？

是嗎？我不知道，我不知道該有什麼感覺。

她大聲對著話筒嘆了口氣。我想要對她解釋，我不知道自己的感受有多強烈，又或者在事過境遷之後，回想起來還能有多少感覺。我很驚慌，很想對她說。我又開始思索宇宙終將熱寂[35]。我打電話給尼克，然後又掛掉。但我之所以這樣做，是因爲我以爲有某件大事就將要發生在我身上，但卻沒有發生。懷上寶寶的這件事，情感重量無比沉重，哀慟也可能持續不斷，結果卻化爲烏有。我從一開始就沒懷孕。追悼從未懷上的胎兒是完全不可能，甚至說來也是很莫名的事，儘管此刻回想起來，那哀傷的感覺還如此眞實。以往，我分析自身痛苦的時候，玻碧總是很能理解，但這一次，我怕自己一開口解釋就會對著電話哭。

對不起，尼克的事情讓妳覺得我欺騙了妳，我說。

妳道歉只是因爲我這樣覺得？那好吧。

情況很複雜。

是啊，玻碧說。我猜婚外情都是很複雜的。

妳還是我的朋友嗎？

還是。妳什麼時候去照超音波？

我告訴她說是十一月。我也告訴她說醫生問我做愛的時候有沒有採取保護措施，她哼了一聲。我坐在床上，腳伸到床罩下。我在對面牆上的鏡子裡看見我的左手，沒拿聽筒的那隻手，緊張地抓著枕頭縫線上上下下移動。我丟下枕頭，看著它躺在被子上。

不過，我還是不相信尼克不用保險套就射了，玻碧說，這太不像話了。

我嘟嘟囔囔辯護，說什麼：呃，我們沒有……妳知道的，我們沒眞的……

---

35 Heat Death，關於宇宙最終命運的一種假說，由威廉・湯姆森（William Thomson）在一八五〇年提出，認為宇宙的有效能量終將全數轉化為熱能，所有物質溫度達到熱平衡，這種狀態稱之為「熱寂」，這樣的宇宙再也沒有任何可以維持運動或生命的能量存在。

我不是怪妳，她說，是他讓我很意外，就只是這樣。

我企圖想要說些什麼。我們做的這些蠢事其實並不是尼克的錯，因爲他只是照我的話做而已。

我們之所以這麼做，多半是我的主意，我說。

妳這樣講話，活像被洗腦了。

不，是眞的。他那人很被動。

好吧，那他也可以說不要吧，玻碧說。也許他就是喜歡表現得被動，這樣不管發生什麼事，他都不會被指責。

我在鏡子裡看見我的手又開始動了。這不是我想進行的對話。

妳把他說得一副很有心機的樣子，我說。

我並不是說他是有意這麼做。妳有沒有告訴他說妳住院？

我說沒有。我覺得我又張開嘴巴，想說那天晚上我打電話給他，他以爲我喝醉了，但我決定不告訴她，只說：呃，沒有。

可是妳和他很親密，她說。妳什麼事情都告訴他。

我不知道。我不知道我們究竟有多親近。

這個嘛，妳告訴他的事，比告訴我的還多。

才不，我說，比妳少。他八成以爲我什麼事情都不告訴他。

那天晚上我決定重新查看我和玻碧以前的即時通訊紀錄。我以前也曾經打算這樣做過，就在我們分手之後不久，但拖到現在，我又多了好幾年的舊訊息要看。我很慶幸，玻碧和我的友誼並未只封存於記憶之中。就算她不再喜歡我，只要有必要，我還是可以從這些文字紀錄裡找出她曾經喜愛過我的證據。這顯然也是我分手的時候心裡想的。玻碧以後不能全盤否認她曾經喜歡過我，這對我來說很重要。

這一次，我下載全部的聊天紀錄，包括時間紀錄，成爲一個龐大的檔案。我告訴自己，檔案太大，沒辦法從頭到尾讀完，而且敍述的形式也不一致，所以我決定搜尋特定的字句，讀一讀有這些關鍵字的片段。我先搜尋「愛」，跳出了我們在六個月前的對話：

玻碧：如果不把愛當成人與人之間的一種現象

玻碧：而從價值體系的角度來加以理解

玻碧：就會發現愛站在資本主義的對立面，因為違反了「自私」這個核心概念

玻碧：所有的不公背後的邏輯都是自私

玻碧：而且這也是一種屈從，貪圖便利

玻碧：例如母親撫養子女，完全無私，不謀求任何利益

玻碧：從某個角度看來，違反了市場機制

玻碧：但實際上只是為了提供免費的勞動力

我：沒錯

我：資本主義就是把「愛」當成謀利的工具

我：愛只是一種論述實踐，免費勞動力才是真正達成的結果

我：我的意思是，妳說的這些我都瞭解，我反對這樣的愛

玻碧：這是廢話，法蘭希絲

玻碧：妳不能光說妳反對什麼，還得做點什麼才行

讀完這段對話之後，我從床上起身，脫掉衣服照鏡子。我偶爾會因為衝動而這樣做，雖然我的身體向來都沒有什麼變化。我的臀骨依舊醜陋地從我的骨盆兩側凸出，肚子摸起來仍然硬硬圓圓的。我整個人看起來像是某種從湯匙滑落下來的東西，還沒來得及定型。我的肩膀上分布著支離破碎的淡紫色微血管。我就這樣站了好一會兒，盯著鏡

裡的自己，覺得厭惡的感覺越來越強烈，彷彿是在做實驗，看我的感覺能有多強烈。最後我聽見袋子裡傳來鈴聲，於是忙著去掏出電話。

但拿出電話來時，卻顯示我已經錯過我爸的來電。我回撥，但沒人接。這時我覺得好冷，所以穿上衣服，到樓下告訴我媽說，我要去爸爸家。她坐在餐桌旁看報紙，頭也沒抬。好孩子，她說，替我問候他。

我走慣常的路線，穿過市區。我沒帶外套，到他家門口按了門鈴之後，我不住跳上跳下，好讓身體暖起來。我哈出的氣讓玻璃霧濛濛的。我再按一次門鈴，還是沒有任何動靜。我打開門，屋裡一點聲音都沒有。玄關聞起來有濕氣，還有某種比濕氣更難聞的味道，微帶酸味。玄關桌底下有只打了結的垃圾袋。我喊我爸的名字，丹尼斯？

我看見廚房亮著燈，所以走上前推開門，但馬上反射動作似地舉手掩住臉。令人作嘔的腐臭味濃烈得彷彿有實體，像高溫或是觸摸。餐桌和流理臺上堆著好些吃了一半的菜餚，腐壞程度不一，周圍丟著骯髒的衛生紙和空瓶子。冰箱門微開，黃色的燈光在地板上映出一個三角形。一大罐打開的美乃滋裡插著餐刀，一隻青蠅順著刀慢慢爬行，還有四隻拼命撞擊廚房窗戶，想飛出去。垃圾桶裡有好幾隻白色的蛆，盲目蠕動，像正在煮的米飯。我離開廚房，關上門。

我在玄關再次打電話給丹尼斯。他沒接。站在他家，像看著某個熟悉的人對我咧開微笑，但嘴裡沒了牙齒。我很想再次傷害自己，只爲了想感覺到我安穩躲回身體裡。但我沒有，就這樣轉頭離開。我用袖子裹著手，關上門。

20

文學經紀公司的實習，在九月初正式結束。珊妮逐一和我們個別面談，談我們未來的計畫，以及我們在實習期間學到了什麼，雖然我實在想不出來對這些問題，我有什麼話可說。上班最後一天，我到她辦公室，她要我關上門，坐下。

嗯，妳不想在文學經紀公司工作，她說。

我微笑，彷彿聽見她說了個笑話。她本來在看文件，這時推到一旁，雙肘擱在辦公桌上，用手撐著臉，若有所思。

我對妳很好奇，她說，妳好像沒有任何計畫。

是的，我確實沒有任何計畫。

妳只希望自己無災無難。

我的目光飄到她背後的窗外，看著美麗的喬治時代風格建築，以及行經的公車。又開始下雨了。

妳的假期過得怎樣？她說，梅麗莎那篇報導寫得如何？

我談起埃塔布勒，聊到德瑞克，她認識他。也聊起瓦萊麗，珊妮聽說過她，說她是個「讓人害怕的女人」。我微微皺眉，和她一起哈哈大笑。我發現我並不想離開珊妮的辦公室，我覺得我好像要拋下某件還沒有完成的工作。

我不知道我要做什麼，我說。

她點點頭，意味深長，又莫可奈何地聳聳肩。

好吧，妳的報告一向寫得很好，她說。如果妳需要推薦信，妳知道可以在哪裡找到我。我相信我們很快會再見面。

她給了我最後一個滿懷同情或失望的眼神，就繼續埋首在辦公桌上的文件裡。她要我出去的時候順便叫菲利浦進來。我照辦。

這天晚上在我的公寓裡，我熬夜到很晚，思索著我正在寫的一首長詩裡的逗點。我看見尼克在線上，就傳訊息給他：哈囉。我坐在廚房的餐桌旁喝薄荷茶，因爲冰箱裡的牛奶已經發酸了。他回訊，問我有沒有收到他五天前寄給我的電子郵件。我說有，別理會我打的那通莫名其妙的電話。我不想告訴他說我當時人在醫院，或爲什麼。那是沒有結局的故事，而且也很丟臉。他告訴我，他們在法國都很想念玻碧和我。

我：同樣想念？

尼克：哈哈

尼克：嗯，我大概想妳多一點吧

我：謝啦

尼克：我夜裡一聽見樓梯上有人就醒來

尼克：然後才想起妳已經離開了

尼克：失望的不得了

我逕自笑起來，屋裡並沒有其他人在，也沒有人會看見我。我很喜歡他像這樣和我親密的感覺，我倆的關係就像是兩人合力撰寫編輯的一個Word檔，或者是某個很長的祕密笑話，除了我們之外，沒有別人能懂。我喜歡認為他是我的合作夥伴。我喜歡認為他夜裡醒來，心裡念著我。

我：這樣真的很可愛
我：我想念你那甜蜜英俊的臉
尼克：我本來想傳一首歌給妳，因為那歌讓我想起妳
尼克：但我覺得妳會笑我，所以我就退縮了
我：哈哈哈
我：拜託，傳給我
我：我保證不笑你
尼克：我可以打電話給妳嗎
尼克：我正在喝酒，打字很費力，簡直要我的命
我：你喝醉了，才這麼溫柔
尼克：濟慈給了像妳這樣的女人一個特別的名字
尼克：一個法文名字
尼克：妳懂我在說什麼吧
我：請打電話

他打電話給我。從電話裡的聲音聽起來，他其實並沒醉，只是有點睡意迷濛，好的那種迷濛。我們又說了一遍有多想念彼此。我握著裝薄荷茶的杯子，覺得杯子變涼了。尼克再次為那天晚上的電話道歉。我是個壞人，他說。我叫他別這麼說。不，我很壞，他說。我是個壞人。他告訴我他們在埃塔布勒的情況，天氣，以及他們造訪的幾座城堡。我告訴他我的實習結束了，他說我反正從來就沒特別用心投入。也許是因為我的心力都耗費在我戲劇化的個人生活裡了，我說。

噢，是啊，我正打算要問呢，他說，妳和玻碧怎麼樣？我猜，讓她這樣發現我們之間的事，實在不太妙。

是啊，很尷尬。讓我很困擾。

自從妳們分手之後，這是妳第一次和別人交往，是嗎？

我想是吧，我說。你覺得是因為這樣才怪怪的嗎？

這個嘛，妳們雖然分手了，但也沒各走各的。從某個角度來說，妳們還是整天膩在一起。

是她主動和我分手的。

尼克頓了一下，再開口的時候，聲音聽起來好像他正露出奇怪的微笑。是啊，這我知道，他說。這有關係嗎？

我翻白眼，但很高興他這麼說。我把手裡的茶擺在桌上。噢，我知道了，我說。我知道你爲什麼打電話給我，很好。

什麼？

你要和我搞電話性愛。

他開始笑。這是我預期達到的效果，我樂在其中。他又笑了好一會兒。我知道，他說。典型的我。這時我想告訴他醫院的事，因爲他現在心情這麼好，也許會說幾句安慰我的話，可是我也知道，提到這件事，會讓我們的對話變得嚴肅起來。我不喜歡把他拉進嚴肅的對話裡。對了，他說，我在海邊看到一個長得很像妳的女生。

老是有人說某人長得像我，我說。但等我看見那人，就發現是個長相平庸的人，我還得要假裝不在意。

噢，這個女生不是喔。她很迷人。

你是要告訴我，你碰見某個很迷人的陌生人，眞是太貼心了。

她長得像妳！他說。不過，她比較沒那麼有敵意。也許我應該和她搞婚外情才對。

我喝了一口茶，吞下喉嚨。拖這麼久沒回他的信，我覺得很蠢，也慶幸他沒老提這件事，或表現得一副受傷的模樣。我問他這天都幹什麼了，他說他在躲他爸媽的電話，覺得很有罪惡感。

你爸也像你一樣英俊嗎？我說。

幹嘛，妳也想打他的主意嗎？他那人很右派的。我應該告訴妳，他已婚，不過這向來沒能阻擋妳吧？

噢，太好了。現在有敵意的是誰？

對不起，他說。妳說得沒錯，妳是可以誘惑我爸。

你覺得我是他的菜嗎？

噢，是喔。妳和我媽很像。

我開始笑。這是眞心的笑，但我還是很希望能讓他聽見。

我是開玩笑的，他說。妳是在笑，還是在哭？妳和我媽不像啦。

你爸眞的是右派，還是這也是開玩笑？

噢，不是玩笑，他是個很有錢的大佬，痛恨女人，百分之百討厭窮人。所以妳可以想像他有多愛我，我這個娘娘腔的演員兒子。

我眞的放聲大笑。你才不娘娘腔，我說，你是個雄糾糾的男子漢。你甚至有個才二十一歲的情婦。

我想我爸應該會很贊成吧。謝天謝地，他還不知道。

我看著空蕩蕩的廚房，說：我趁你還沒從法國回來之前，先清理了廚房。

眞的？太好了，這大概眞的算是電話性愛了吧。

你會來看我嗎？

他沉吟一晌說：當然會。我不覺得我已經失去他，但也感覺到他心裡有別的事。這時他說：妳前幾天講電話的時候眞的有點怪，妳是喝醉了嗎？

別再提那天的事了。

妳不是愛打電話的人。妳那天是心情不好還是怎麼了？

我聽見尼克那頭有個奇怪的聲音，隱隱約約的咯啦聲。哈囉？他喊著。有扇門打開，然後我聽見梅麗莎的聲音說：噢，你在講電話。尼克說：是啊，等我一下。門又關上。我什麼都沒說。

我會去看妳的，他靜靜地說。我得走了，好嗎？

沒問題。

對不起。

去吧，我說，去享受你的生活。

他掛掉電話。

隔天，我們的朋友梅黎安從布魯克林回來，告訴我們她見到什麼名人。喝咖啡的時候，她給我們看她手機裡的照片：布魯克林大橋、康尼島，還有她微笑著和某個男人合照的照片。那男人面容看不清楚，但我暗忖，他應該不是布萊德利·庫柏。哇，菲利浦說。酷，我也說。玻碧舔舔湯匙背後，什麼也沒說。

再次見到梅黎安，我很開心。聽她講她的問題，彷彿我的人生還走在既定的軌道上。我問起她的男朋友安德魯，他還喜歡他的新工作嗎？他的前女友在他的臉書上留言是怎麼回事？我也誇大菲利浦實習期間的表現，說他會成爲擅獵人才的文學經紀人，變成百萬富翁。我看得出來，這讓他很樂。這總比賣軍火好吧，他說。玻碧哼了一聲。天哪，菲利浦，你的野心就只有這樣啊，她說，只要比賣軍火好就行了？

到了這時，我已控制不了聊天的方向。我還來不及對梅黎安丟出另一個問題，菲利浦就開始問起我們到埃塔布勒的事。尼克和梅麗莎還在那裡，要再過兩個星期才會回來。玻碧告訴他，我們玩得不錯。

和尼克有進展嗎？他問我。

我瞪著他。他對梅黎安說：法蘭希絲和個已婚男人搞婚外情。

沒有，我才沒有，我說。

菲利浦是在開玩笑，玻碧說。

那個有名的尼克？梅黎安說，我很想聽聽他的事。

我們只是朋友，我說。

但他肯定暗戀妳，菲利浦說。

法蘭希絲，妳這個妖女，梅黎安說，他不是結婚了嗎？

還好是，我說。

爲了改變話題，玻碧提起她想搬出來住，找個離市區近一點的公寓。梅黎安說現在住屋問題很嚴重，她說她是在新聞裡聽到的。

而且房東不收學生，梅黎安說，我是說眞的，去看看租房訊息就知道了。

妳要搬出來住？菲利浦說。

拒收學生應該是違法的，梅黎安說，這擺明了歧視。

妳在找哪裡的房子？我問。妳知道我住的地方有另一間臥房要出租。

玻碧看看我，發出一聲輕笑。

我們可以當室友，她說，租金多少？

我得問問我爸，我說。

自從上次去過爸爸家之後，我就沒再和他講過話。這天晚上我打電話給他，他接了，語氣聽起來相當清醒。我努力想抹去那罐美乃滋的影像，以及青蠅拼命撞擊玻璃的聲音。我希望和我講話的對象是個住在乾淨房子裡的人，或者是個只有聲音，他的生活我一無所知的人。我在電話裡提起要分租出去的那個房間。他說他哥哥已經安排了幾個人來看房，我說玻碧在找住處。

誰？他說，玻碧是誰？

你認識玻碧的，我們是高中同學。

所以是妳的朋友？哪個朋友？

欸，我就這麼一個朋友，我說。

我以爲妳希望和妳住在一起的是個女生。

玻碧是女生。

噢，是姓林奇的那個女生，對吧？他說。

玻碧姓康納利，但她母親姓林奇，所以我就沒糾正他。他說他哥哥可以用六百五十元的月租租給她，這個租金玻碧的爸爸願意付。他希望我找個安靜的地方讀書，她說。他什麼都不知道。

隔天，她爸爸開著他的吉普車，載著她所有的家當過來。她帶了床單被套，名牌懸臂檯燈，以及三箱書。我們把東西搬下車，她爸爸就開車走了。我幫玻碧鋪床，給枕頭套上枕頭套，她則開始在牆面貼上明信片和照片。她放上了我們兩人高中時穿制服坐在籃球場的合照。我們穿著長長的格子呢裙子，皺巴巴醜得要死的鞋子，但兩人都在笑。我們一起看著這張照片，兩張小臉看著我們，彷彿是我們的祖先，甚或是我們自己的小孩。

學校要再過一個星期才開學，這段時間，玻碧買了一把紅色的烏克麗麗，躺在沙發上彈巴布．狄倫的〈西班牙皮靴〉（*Boots of Spanish Leather*），等我煮晚飯。她在這裡非常自在，我白天出門的時候，她就把傢俱挪來移去，剪下雜誌的圖片貼在鏡子上。她對街坊鄰居有了強烈的興趣。有一天我們經過肉鋪，進去買絞肉，玻碧問櫃檯裡的那個男孩，他的手還好嗎。我完全不知道她在說什麼，我甚至不知道她以前來過這家店，但這時我注意到那男孩的手腕打了藍色的石膏。別說了，他說，我得動手術啊什麼的。他鏟起紅色的絞肉，裝進塑膠袋裡。噢，不會吧，玻碧說。什麼時候開刀？他說是聖誕節。他媽的，我還不能請假咧，這男孩說，除非你進了馬西殯儀館，否則休想在這裡請一天假。他把裝了絞肉的袋子交給她，補上一句：躺在棺材裡抬進去。

專訪在課程就要重新開始前刊出了。出刊那天，我到伊森書店去翻雜誌，找我的名字。翻到一張我和玻碧的全版合照，是我們在埃塔布勒的花園裡拍的。我不記得梅麗莎拍過這張照片。我們兩個一起坐在早餐餐桌旁，我傾身，彷彿在玻碧耳邊輕聲說著什麼，而玻碧在笑。這是一張醒目的照片，光線很美，散發自然溫暖的氣氛，是之前我們刻意擺姿勢拍攝的照片所欠缺的感覺。我很想知道玻碧會怎麼說。接下來的報導並不長，主要是讚美我們的朗詩表演，並介紹都柏林朗詩表演的整體狀況。我們的朋友讀了，說照片實在太美了，珊妮還為此寫了封電子郵件給我。有段時間，菲利浦走到哪裡都帶著這本雜誌，怪腔怪調地朗讀其中的片段。但玩笑終究會自然疲乏。像這樣的報導只刊登在小眾雜誌上，而且玻碧和我已經有好幾個月沒一起演出了。

學期一開始，課業又讓我忙個不停。我和菲利浦一起走路去上課，但我們對十九世紀的各個小說家看法略有不同，但他最後總會說什麼：嗯，妳的看法八成是對的。有天晚上，玻碧和我打電話給梅麗莎，謝謝她的那篇報導。我們給電話開擴音，坐在餐桌旁和她講話。梅麗莎提起我們離開之後，他們在埃塔布勒的情況，大雷雨，參觀城堡之類的，都是我早就知道的事。我們告訴她說，我們住在一起，她很高興。玻碧說：我們要找時間邀妳來玩。梅麗莎說太好了。她告訴我們，他們明天就要回來。我拉長袖子，心不在焉地擦著桌上的一小塊污漬。

我繼續看我和玻碧的聊天紀錄，似乎是故意輸入會惹惱我自己的關鍵字。搜尋「情感」時，挖出了一段對話，是我們念大二時候的往事：

玻碧：嗯，妳從不坦率表露妳的情感
我：妳老是這樣看我
我：覺得我有某種祕密的感情生活
我：我只是沒情緒而已
我：我不談，是因為沒什麼好談的
玻碧：怎麼可能有人沒有情緒
玻碧：就像有人說沒有想法一樣
我：妳過著情緒豐富的生活，所以以為每個人都像妳一樣

我：如果有人不談，就以為他們是在隱瞞什麼
玻碧：嗯，好吧
玻碧：我們看法不同

我們的交談也並非都是如此。我搜尋「情感」這兩個字，也找到了我們一月的這段對話：

我：我的意思是，我向來對權威人物抱持負面看法
我：但這樣的情感是在認識妳之後才變成信念的
我：妳懂我的意思
玻碧：就算沒有我，妳自己遲早也會有這樣的想法
玻碧：妳有共產黨人的直覺
我：才怪，我之所以痛很權威，大概是因為討厭別人叫我做這做那的
我：要不是妳，我可能會變成邪教教主
我：或者艾茵．蘭德[36]的粉絲

玻碧：嘿，我也討厭別人告訴我怎麼做!!

我：沒錯，但妳是出於精神上的純粹理念

我：而不是為了擁有權力

玻碧：從很多方面來看，妳都是差勁到極點的心理學家

我記得這段對話；我還記得我當時有多費神，因爲玻碧誤解我的意思，甚至刻意忽略我努力所想表達的。我坐在我媽家樓上的臥房裡，蓋著被子，雙手冰冷。回到巴利納度過沒有玻碧的聖誕節，我想告訴她說我想念她。我一開始是要說這個的，至少是想這麼說的。

尼克回到都柏林幾天之後，到我家來。當時玻碧去上課了。我讓他進門，我倆怔怔看著彼此，看了好幾秒鐘，那感覺彷彿喝下了冰涼的水。他曬黑了，頭髮比以前更金亮。噢，幹，你比以前更帥，我說。他笑了起來，牙齒非常之白。他打量了一下玄關，說：嗯，這公寓不錯。就在市中心，租金多少？我說這是我伯父的房子，他看看我，說：哇，妳也是擁有信託基金的小寶貝呢，妳沒告訴我說妳的家族在市中心有房地產。

是整棟房子，還是就只有這間公寓？我輕輕捶了他手臂一記，說：只有這間公寓。他摸著我的手，我們再次接吻，我低聲說：好，好。

36 Ayn Rand，1905-1982，俄裔美國哲學家與小說家，是知名的公共知識分子，著有《阿特拉斯聳聳肩》等。

21

隔週，玻碧和我一起去參加一場新書發表會。新書收錄了梅麗莎的一篇隨筆。發表會在天普酒吧區舉行，我知道梅麗莎和尼克會一起出席。我挑了一件尼克格外喜歡的襯衫，幾顆釦子故意不扣，露出鎖骨。還花了好幾分鐘的時間，用彩妝粉餅仔細遮蓋臉上的小斑點。玻碧準備好之後，敲我的房門：快點。她對我的打扮不置一詞。她身穿灰色高領上衣，不管怎樣看起來都比我漂亮。

這個星期以來，尼克和我見過幾次面，總是趁玻碧去上課的時候來。他會帶小禮物來給我。有一天他帶了冰淇淋。星期三是在歐康諾街的攤子買的甜甜圈。他到的時候，甜甜圈還是熱的，我們配著咖啡吃，一面聊天。他問我，最近有沒有和我爸聯絡，我抹掉沾在嘴唇上的糖，說：我覺得他情況不太好。我告訴尼克那幢房子的情況。天哪，他說，太慘了。我吞了一口咖啡。是啊，我說，讓人很不舒服。

那次的對話之後，我問自己，我爲什麼能和尼克這樣談我爸爸，而卻沒辦法和玻碧提起這樣的話題。沒錯，尼克很聰明，也善於傾聽，我們聊完之後，我的心情總是會好一些。但玻碧也和他一樣啊。只是尼克的憐憫似乎是沒有條件的，不管我怎麼做，他都會支持我。而玻碧對任何人都有一套嚴格的標準，就連對我也一視同仁。我很怕玻碧對我的批評，但卻不怕尼克怎麼看我。他喜歡聽我講話，就算我說的話沒什麼道理，就算我講起種種有損自己形象的行爲，他都還是聽得很開心。

尼克到公寓來的時候，總是穿著考究，就像他平常一樣。他身上的衣服，我猜都很貴。他脫下衣服時，不是隨手丟在地上，而是整齊折好，搭在我臥房椅子的椅背上。他喜歡穿淺色的襯衫，有時是看起來微皺的亞麻襯衫，有時是領尖有釦子的牛津襯衫，但都會把袖口捲起來，露出手肘。他似乎特別喜歡一件帆布高爾夫球外套，但是天冷的時候，他會穿有藍色絲質襯裡的灰色喀什米爾大衣。我很喜歡這件大衣，喜歡這件單排釦、小領子的大衣聞起來的味道。

星期三，我趁尼克在浴室的時候，偷穿這件大衣。我從床上爬起來，光裸的手臂穿進袖子裡，感覺到冰涼的眞絲布料貼在皮膚上。大衣口袋沉甸甸的，裝了很多個人物品：他的手機和皮夾，他的鑰匙。我把這些東西拿在手上，掂掂重量，好像是我自己的東西。我看著鏡裡的自己，裹在尼克的大衣裡，顯得非常纖細，蒼白，像根白色的蠟燭。他回到房間裡，對著我笑，是溫和親切的那種笑。他向來都是穿好衣服才去上洗手間，免得玻碧無預警地回來。我們的目光在鏡裡相逢。

妳不能留下這件大衣，他說。

我喜歡這件。

眞不巧，我也喜歡。

這很貴嗎？我說。

我們依舊看著鏡裡的彼此。他站在我背後，用手指拉起大衣。他凝視我，而我看著他。

這……呃……他說，我不記得價錢了。

一千歐元？

什麼？沒。大概兩三百歐元吧。

眞希望我也有錢，我說。

他的手滑進大衣裡，摸著我的胸部。妳談起錢的那種性感模樣，非常有意思，他說。雖然也讓我很不安。妳該不會希望我給妳錢吧？

我是有點想，我說。不過我不會相信我的這種衝動。

是啊，那太怪了。我有些閒錢，也很願意給妳。可是給妳錢的這種交易行爲，會讓我覺得很怪。

你不喜歡覺得自己擁有太多權力。又或者，你不喜歡別人提醒你，你有多麼喜歡自己擁有權力。

他聳聳肩。他仍然在大衣底下摸著我。這感覺很好。

我覺得，關於我們這段感情的倫理問題，我已經有過太多掙扎了，他說。給妳錢，對我來說，可能會讓問題更加複雜。不過，我也不知道。說不定有了錢，妳會更快樂。

我看著他，眼角餘光瞥見我自己，看見我微微抬起下巴。在這模糊的一瞥裡，我覺得自己看起來糟透了。我鑽出大衣，讓他自己拿著衣服。我回到床上，舌頭舔著嘴唇。

我們的關係讓你內心有衝突？我說。

他站在原地不動，手裡的大衣軟軟地垂著。我看得出來他很開心，想都沒想到要把衣服掛起來。

不，他說，好吧，是有一點，但只是某種抽象的想法而已。

你不會離開我吧？

他微笑，羞怯的微笑。要是我離開妳，妳會想念我嗎？他說。

我仰躺在床上，莫名其妙地笑起來。他掛好大衣。我凌空抬起一條腿，緩緩疊在另一條腿上。

我會想念透過對話控制你的感覺，我說。

他躺在我身邊，手平貼在我肚子上。繼續，他說。

我想你也會想念我。

想念被妳控制？我當然會。這簡直是我們的前戲。妳說一些我聽不懂的話，然後我給一些不知所云的回答。妳取笑我，接著我們就上床。

我笑起來。他稍微坐起來，看著我笑。

很不錯，他說，這讓我有機會享受自己的無能。

我用手肘撐起身體，親吻他的唇。他靠過來，彷彿眞的很想讓我親他似的，我突然覺得自己湧起一股可以征服他的力量。

我讓你覺得自己很糟糕嗎？

妳有時候對我太過嚴厲了，但我不是在怪妳。絕對不是，我覺得我們現在處得很好。

我低頭看著自己的手，然後小心翼翼地，彷彿挑戰自己有沒有膽量似的說：我之所以嚴厲譴責你，就只是因爲你看起來並沒這麼脆弱。

他看著我，甚至沒笑，就只是皺起眉頭，彷彿認爲我在取笑他。好吧，他說。好吧，我想沒有人喜歡被譴責。

可是我的意思是，你看起來不像個性脆弱的樣子。比方說，我很難想像你試穿衣服的模樣。你不像是會照著鏡子，看自己穿上某件衣服好不好看的這種人。你是會覺得這類事情很尷尬的人。

錯了，他說。我的意思是，我也是普通人，我買衣服之前會先試穿。但我覺得我明白妳的意思。大家通常會覺得我很冷漠，好像，呃，不太有趣。

我以爲只有我才是這樣，沒想到他也和我有同樣的經驗，這讓我覺得很興奮，馬上說：大家也都覺得我很冷漠，不太有趣。

眞的？他說，我向來覺得妳很有魅力。

我突然有一股難以遏止的衝動，想說：我愛你，尼克。說來這也不是什麼不好的感覺，帶點趣味，也有點瘋狂，就像猛然從椅子裡起身，才發現自己醉得有多厲害一樣。但這是眞的，我確實愛上他了。

我想要那件大衣，我說。

噢，是啊，但妳不能留下這件衣服。

隔天晚上我們抵達新書發表會的會場時，尼克和梅麗莎已經到了。他們站在一起，和我們也認識的人講話：德瑞克，還有其他幾個人。尼克看見我們進來，但我盯著他看時，他並沒有迎上我的目光。他一發現我，就轉開視線，就這樣。玻碧和我翻著書，但沒買。我們和認識的人打招呼，玻碧傳簡訊給菲利浦，問他在哪裡，而我則假裝讀作者簡介。接著，朗讀會就開始了。

在梅麗莎朗讀的時候，尼克從頭到尾都專注地看著她，該笑的時候就笑。我愛上尼克，不僅僅是一時的迷戀，而是會長遠影響我幸福快樂的那種深度的心理依戀。這個發現讓我對梅麗莎產生了一種新的嫉妒。我不敢相信他每天晚上回到她身邊，也不敢相信他們一起吃晚餐，或偶爾一起看電視上播映的電影。他們談了什麼？他們帶給彼此樂趣嗎？他們討論他們的感情生活，推心置腹嗎？他對梅麗莎比對我還尊重嗎？他更喜歡她嗎？如果我們同時陷身火窟，而他只能救一個人，他肯定會救梅麗莎而不是我嗎？和一個人上過那麼多次床，最後卻眼睜睜看著她被燒死，在我看來是不折不扣的罪大惡極。

梅麗莎朗讀完畢，我們鼓掌，她露出燦爛的笑容。回座之後，尼克附在她耳邊不知說了什麼，她的笑容變了，變成眞正的燦笑，露出牙齒，瞇起眼睛。在我面前，他總是稱她「我太太」。起初我以爲是鬧著好玩，甚至帶有某種諷刺意味，彷彿她並不是他眞正的太太。如今我發現並非如此。他不在乎我知道他愛著別人，他甚至希望我知道。然而，他卻怕梅麗莎發現我們的關係。這是他引以爲恥的事，是他不希望她知道的事。他把我祕密封存在他某一部分的生活裡，是他和別人在一起時，不願看、不願想起的部分。

全部的朗讀結束之後，我去拿一杯葡萄酒。伊芙琳和梅麗莎端著氣泡水，就站在附近。伊芙琳招手叫我過去。我恭喜梅麗莎朗讀得很棒。越過她的肩頭，我看見尼克朝我們走來，接著他看見我，遲疑了。伊芙琳正談起這本書的編輯。尼克走到她身邊，兩人用力擁抱，伊芙琳杯子一歪，趕忙拿正。尼克和我客氣地點點頭。這一次他的眼神多在我臉上停留了一會兒，比平常的禮貌注視多了一秒鐘。他彷彿很遺憾，我們在這樣的情況下見面。

你看起來很不錯，伊芙琳對他說，眞的。

他簡直是住在健身房裡，梅麗莎說。

我喝了一大口白酒，漱了漱牙齒。他是這樣告訴妳的呀，我心想。

嗯，很有用，伊芙琳說，你看起來健康，容光煥發。

謝謝，他說，我覺得很好。

梅麗莎帶著自豪的神情看尼克，彷彿是她照顧久病的他恢復健康。我忖思，他說「我覺得很好」是什麼意思，他讓我聽見這句話又是什麼意思。

妳呢，法蘭希絲？伊芙琳說，妳最近好嗎？

很好，謝謝妳，我說。

妳今天晚上看起來心情不太好，梅麗莎說。

伊芙琳開心地說，如果我是妳，肯定也心情不好，整個晚上和我們這些老傢伙混。玻碧呢？

噢，她在那裡，我指著收銀臺的方向，雖然我並不知道她究竟在哪裡。

妳應付我們老人家應付累了嗎？梅麗莎說。

沒，才沒有，我說，我還希望自己老一點呢。

尼克盯著他的杯子。

我們得給妳找個老一點的女朋友，梅麗莎說，很有錢的那種。

我不敢看尼克，手捏著酒杯杯腳，用拇指指甲掐著另一根手指的側邊，掐到我覺得刺痛。

就算眞有這樣的對象，我也不確定能在這種關係裡扮演什麼角色，我說。

妳可以寫愛的十四行詩給她，伊芙琳說。

梅麗莎咧嘴笑。別低估年輕和美貌的力量，她說。

這兩者聽起來是釀成悲慘不幸的條件，我說。

妳才二十一歲，梅麗莎說，本來就應該悲慘不幸。

我正在努力辦到，我說。

這時有人過來，和梅麗莎講話，我趁機離開，去找玻碧。她在靠近大門的地方和收銀員講話。玻碧從來沒做過任何工作，但喜歡和別人討論他們在工作時做的事。即便再平凡的細節，也會勾起她的興趣，只不過她很快就會拋在腦後。這名收銀員是個年輕男子，瘦瘦高高，臉上長著青春痘。他興奮地對玻碧談起他的樂團。書店店長走過來，開始聊起我們既沒讀過，當然更沒買過的書。我站在他們旁邊，遠遠望著書店另一頭的梅麗莎。她的手臂自然而然地搭著尼克的背。

我發現尼克在看我們，就轉頭面對玻碧，還撥開她的頭髮，好在她耳邊竊竊私語。她看著尼克，突然拉住我的手腕，非常用力，她從來沒這麼用力抓我。她拉得我好痛，我輕輕哀叫一聲，於是她又放開我。我用另一手握著這手的手腕，貼在胸前。玻碧用平靜得驚人的語氣，直勾勾盯著我的臉說：別他媽的利用我。她瞪著我看了一秒鐘，眼神異常凌厲，然後又轉頭和那個收銀員講話。

我起身去拿我的外套。我知道沒有人在看我，沒有人在乎我做什麼或想什麼，我覺得我彷彿擁有了滿滿的力量，因著這新擁有的自由而產生的力量。如果我願意，大可以尖叫或脫掉衣服，大可以在回家的路上走到公車面前，誰會知道呢？玻碧不會跟著我，而尼克在公共場合甚至不願意有人看見他與我交談。

我沒和任何人道別，自己一個人走路回家。打開大門門鎖時，我已經覺得雙腳抽痛了。這天晚上，我坐在床上，在手機下載了一個約會應用程式。我甚至放上一張自己的照片，是梅麗莎幫我拍的照片，雙唇微張，眼睛看起來很大，宛如幽靈一般。我聽見玻碧回來的聲音，聽見她把皮包丟在玄關，沒掛起來。她哼唱著〈綠色石子路〉，唱得很大聲，所以我知道她喝醉了。我坐在漆黑的房間裡，滑動螢幕，看著附近區域的一個個陌生人。我試著想像他們，想像他們吻我，但是我眞正想著的卻是尼克，想著他躺在枕頭上仰望我，伸手撫摸我的胸部，彷彿那是屬於他的。

我沒告訴我媽，說我帶了那本小開本的皮面新約聖經回都柏林。我知道她不會發現書不見了，就算我想解釋，她也不會理解我爲什麼會對聖經感興趣。福音書裡，我最喜歡的是馬太福音裡的一段，耶穌說：當愛你們的仇敵，爲迫害你們的祈禱[37]。面對敵人，我也渴望自己擁有道德的優越感。耶穌總是希望自己成爲更好的人，我也是。我用紅色鉛筆給這一段反覆畫線，表明我理解基督徒的生活方式。

對於聖經，我有一種更好的理解方式，近乎完美的理解方式，那就是把玻碧視爲耶穌的角色。她說話從來不直截了當，經常語帶諷刺，再不然就是面露詭異疏離的表情。提到丈夫與妻子的時候是諷刺，而說到要愛仇敵的那一段，卻是發乎眞心。所以她和我這種當別人情婦的女人交朋友，同時又擁有一群願意傳播她理念的信徒，我覺得理所當然。

新書發表會隔天，是星期五，我給玻碧寫了一封長長的電子郵件，爲我們在書店發生的不快道歉。我想解釋我當時覺得自己很脆弱，但我沒寫出「脆弱」這兩個字，或任何相似的詞彙。但我說了對不起，連說了好幾次。她不到幾分鐘就回信：

> **沒事，我原諒妳。但我最近常覺得自己眼睜睜看著妳消失。**

看完這封電子郵件之後，我從書桌旁站起來，這才想起我人在學校圖書館，但並沒眞的看見圖書館內周遭的景象。我走向洗手間，把自己鎖在一個小隔間裡。腹部湧起滿

---

37 馬太福音第五章第四十四節。

口的酸水，我俯身靠著馬桶，開始吐。我的身體消失了，消失得無影無蹤，再也沒人看得見。會有人想念我嗎？我用一張衛生紙擦擦嘴巴，沖了馬桶，回樓上去。我的蘋果筆電螢幕已經休眠，因著天花板照明的反射，映出一方長方形的亮光。我坐下，登出電子信箱，開始讀一篇詹姆斯．鮑德溫的文章。

認眞說起來，我並不是在新書發表會之後的那個週末就開始禱告的，但我確實上網查了該如何冥想。主要就是閉上眼睛，呼吸，同時也要放空雜念。我把注意力集中在呼吸上，冥想是可以這樣做的，甚至可以數自己的呼吸。最後你可以隨便想什麼，想什麼都可以，但數了五分鐘的呼吸之後，我什麼都不願意想了。我覺得心裡很空虛，就像玻璃罐子的內部一樣。我把擔心自己終將完全消失的這種恐懼，當成是一種精神的修練。我把消失視爲某種可以揭露、可以昭示的東西，而不是必須整體概括、徹底擊潰的狀態。而多半時候，我的冥想都是失敗的。

星期一晚上大約十一點，我爸打電話給我，說他已經把生活費存進我的戶頭了。他在電話那頭的聲音有點猶疑，我心中慢慢湧起罪惡感。噢，謝謝，我說。

我多存了一點錢，他說，誰也不知道什麼時候用得到錢。

你不必這麼做的。我錢夠用。

嗯，給妳自己買點好東西。

講完電話之後，我覺得很不安，渾身發熱，彷彿剛從樓下跑上來。我躺下，但情況並沒有改善。這天尼克寄給我一封郵件，附了一個連結，是喬安娜．紐森的一首歌。我回了另一首歌的連結，是比莉．哈樂黛的〈我是笨蛋，才會想要你〉，但他沒回覆。

我走到客廳，玻碧正在看一部關於阿爾及利亞的紀錄片。她拍拍身旁的沙發椅墊，於是我坐下。

妳會不會有時候不知道該拿妳的人生怎麼辦才好？我說。

我正在看這部片子，玻碧說。

我看著螢幕，是戰時的舊影片，新配上旁白，解說法軍的角色。我說：我有時候會有這樣的感覺。玻碧豎起一根手指，貼在唇上，說：法蘭希絲，我在看電視。

星期三晚上，我透過約會軟體找到一個名叫羅薩的人。他傳了幾條訊息給我，問我要不要碰面，我說：當然好。我們一起在魏斯特莫蘭街的酒吧喝酒，他也是大學生，主修醫學。我沒告訴他，我的子宮有毛病。事實上，我還吹噓自己有多健康。他談起他在學校有多努力用功，彷彿認爲這是很重要的人生經驗，我說我很替他高興。

我從來沒努力做過任何事情，我說。

妳之所以主修英文，應該就是因爲這樣吧。

他馬上說他是在開玩笑的，他自己在中學時代曾經得過作文比賽冠軍。我很愛詩，他說，我很愛葉慈。

葉慈，我說，如果法西斯主義有任何好處的話，那就是他們出產了幾個好詩人[38]。

他對詩沒有什麼其他可說的。後來他邀我回他的公寓，我讓他解開我的襯衫釦子。我想：這很正常。做這樣的事情很正常。他上身短小柔軟，完全不像尼克的身材。而且他也不像尼克那樣，在上床之前會有些動作，例如撫摸我很久，壓低嗓音對我講話。我們馬上就開始，完全沒有前戲。我的身體幾乎沒有任何感覺，就只有輕微的不適。我讓自己變得僵硬，沉默，等待羅薩發現我的僵硬，停下他的動作，結果他並沒有。我想過要開口叫他停止，但想到他可能會不加理會，就讓我覺得比忍受眼前的情況更難受。別給自己惹上什麼法律麻煩，我想。所以我躺在那裡，讓他繼續。他問我喜不喜歡粗暴一點，我說我不太喜歡，但他還是用力扯我的頭髮。我想笑，笑完之後又很討厭自己，因爲我竟然覺得有優越感。

回到家，我直接走進房間，從抽屜裡拿出單片塑膠包的OK繃。我很正常，我想。我有和其他人一樣的身體。我抓著手臂，抓到流血，原本只有一小點的紅色，慢慢擴大成一滴。我數到三，撕開ＯＫ繃，謹慎地貼在手臂上，丟掉塑膠包裝。

38 曾獲諾貝爾文學獎的愛爾蘭詩人葉慈（William B. Yeats, 1865-1939）曾與義大利獨裁者墨索里尼往來，也寫過幾首歌頌法西斯主義的詩，但從未發表。他後來公開表示，他反對法西斯主義。

22

隔天我開始寫一篇小說。這天是星期四，我要下午三點鐘才有課。我坐在床上，一杯黑咖啡擺在床頭櫃上。我原本沒打算寫小說的，只是我隔了好一會兒才發現，我沒按下換行鍵，所以這幾行字就變成完整的句子，彼此連結，像是一整段完整的文字。停下來的時候，我已經寫了三千多字。這時已經三點多，而我沒吃東西。我雙手離開鍵盤，在窗戶射進來的陽光裡，顯得瘦削且不健康。從床上站起來的時候，一陣暈眩襲來，周圍的一切彷彿成了眼睛可見的噪音。我給自己弄了四片吐司，沒抹奶油就吃掉。我給這個檔案存檔，檔名是「b」。這是我這輩子寫的第一篇小說。

玻碧、菲利浦和我這天晚上看完電影之後去喝奶昔。看電影的時候，我查看手機六次，看看尼克有沒有回覆我傳給他的訊息。他沒有。玻碧穿了一件丹寧夾克，抹了暗得近似黑色的深紫色唇膏。我把買奶昔的收據折成一個複雜的幾何形，菲利浦不停遊說我們再開始一起表演。我們始終迴避這個問題，雖然我並不知道是爲什麼。

我有學校的功課要應付，玻碧說，而法蘭希絲有個祕密男朋友。

我抬起頭，用驚恐至極的表情看她。我從齒間感覺到我的驚恐，那駭然的感覺敲擊著我每一條神經的末梢。她皺起眉頭。

怎麼？玻碧說。他早就知道了，他前幾天不就提起了嗎。

提起什麼？菲利浦說。

法蘭希絲和尼克啊，玻碧說。

菲利浦瞪著她，然後又瞪著我。玻碧緩緩抬起手，打橫掩住嘴巴上，輕輕搖了搖頭。這個動作足以讓我知道，她是眞的不小心說溜嘴，不是在演戲。

我以爲你知道，玻碧說。我以爲你知道，所以前幾天才會提起。

妳是在開玩笑吧，菲利浦說，妳不會眞的和那個人有任何關係吧？

我想要張開嘴巴，擠出一個沒什麼大不了的表情。梅麗莎要去她姐姐家度週末，所以我傳簡訊問尼克，她不在家的時候，他要不要來過夜。玻碧不會在意的，我寫道。他已經讀過訊息，但沒回覆。

該死，他已經結婚了耶，菲利浦說。

別這麼道貌岸然，玻碧說，這我們可不需要。

我就只是噘起嘴巴，越縮越小，越縮越小，沒抬眼看任何人。

他要離開他太太嗎？菲利浦問。

玻碧用拳頭揉揉眼睛。我用縮得小小的嘴巴悄聲說：不會。

我們一桌人陷入漫長的沉默，過了良久，菲利浦看著我說：我以爲妳不會讓任何人像這樣佔妳便宜。說這句話的時候，他臉上出現喘不過氣來的尷尬表情。我爲我們感到難過，我們彷彿是一群假裝自己是大人的小孩。他說完就走，玻碧把他沒喝完的奶昔推過桌子到我面前。

對不起，她說，我眞的以爲他知道。

我決定一口氣喝掉奶昔，能喝多少，就喝多少。喝到嘴巴發疼，還是沒停。喝到頭開始痛，我還是沒停。玻碧說：法蘭希絲，妳是要溺死自己嗎？這時我才抬頭，彷彿一切都很正常，說：什麼？

這個週末，尼克邀我去他家過夜。我星期五傍晚抵達的時候，他正在煮飯。見到他，我放下心中的大石頭，如釋重負到想做出浪漫的舉動，例如投進他的懷裡。但我沒有這麼做。我坐在餐桌旁，咬著手指甲。他說我好安靜，我用牙齒咬下拇指的一小塊指甲，不以爲然地看著手指。

也許我應該告訴你，我說，我前幾天和 Tinder 上認識的人上床了。

噢，眞的？

尼克正在切蔬菜。用他一貫有條不紊的手法，把蔬菜切成小塊。他喜歡做菜，他告訴我說這可以幫助他放鬆。

你沒生氣，對吧？我說。

我爲什麼要生氣？妳想和任何人上床都可以。

我知道。我只是覺得自己好蠢。我覺得這是件蠢事。

眞的嗎？他說。他長什麼樣子？

尼克還在切菜，沒抬頭。他把切碎的洋蔥丁，用菜刀扁平的刀身掃到砧板的一側，然後開始切紅椒。

他太可怕了，我說。他竟然說他喜歡葉慈，你相信嗎？害我還得制止他在酒吧裡背〈茵夢湖島〉給我聽。

哇，妳眞的是太可憐了。

而且上床的經驗也很糟糕。

喜歡葉慈的人，怎麼可能懂得人與人之間的親密關係。

我們吃晚餐的時候，完全沒碰觸彼此。狗睡醒了，想要出去，我幫忙收拾碗碟，擺進洗碗機裡。尼克到屋外抽菸，敞著門，好和我講話。我覺得他彷彿希望我離開，只是因爲太過客氣，而沒這麼說。他問起玻碧的近況。還好，我說。梅麗莎好嗎？他聳聳肩。最後他摁熄香菸，我們一起上樓。我逕自走向他的床，開始脫衣服。

妳確定這是妳想要的？尼克問。

他老是說這種話，所以我也只是說沒錯，或點點頭，然後就解開身上的腰帶。我突然聽見他在我背後說：因爲我覺得，呃，我不知道。我轉身，看見他呆站著，手揉著左肩。

妳好像有點疏遠，他說。彷彿寧可……彷彿寧可自己是在別的地方，我不希望妳覺得被困在這裡了。

不是這樣的。對不起，我並不是故意要顯得疏遠。

不，我不……我只是覺得和妳談話有點困難。這也許是我的錯，我不知道，我只是覺得有種……

他從沒像這樣不把一句話說完。我開始生起氣來，又說了一遍，我不是故意要顯得和他疏遠。我不知道他究竟想說什麼，同時也很害怕他會說出什麼來。

如果妳不是眞心想做，而是爲了其他理由而這麼做，他說，那麼就別做。妳知道的，我眞的不想，我眞的不想那樣。

我喃喃說著什麼沒問題之類的，但其實我根本不清楚他究竟在說什麼。他好像很擔心我會對他產生感情，他想說的是除了上床之外，他沒有興趣和我發展出任何關係。不管他是什麼意思，反正我都附和他。

在床上，他壓在我身上，但我們沒怎麼眼神交會。一時衝動，我拉起他的一隻手，按在我的脖子上。他就這樣靜止了幾秒鐘，然後說：妳想要我怎麼做？我聳聳肩。我想要你殺了我，我心想。他的手指輕輕撫摸我脖子上緊繃的肌肉，然後放開手。

完事之後，他問起我手臂上的ＯＫ繃是怎麼回事。是妳自己弄傷的？他說。我看著ＯＫ繃，但什麼話也沒說。我聽見尼克的呼吸聲，非常用力，彷彿是累了。我心中湧起許多我不希望有的感覺。我覺得自己是個殘破不堪的人，不值得擁有任何東西。

你會打我嗎？我說。我的意思是，如果我要求你打我的話。

尼克沒看我，他的眼睛是閉著的。他說：呃，我不知道。幹嘛？妳希望我這麼做？

我也閉上眼睛，放慢呼吸的速度，久久不吸氣，直到肺部沒有空氣，直到小腹變得平坦。

是的，我說，我希望你現在就動手。

什麼？

我希望你打我。

我不覺得我想這麼做，他說。

我知道他坐起來，俯望著我，雖然我眼睛還是閉著的。

有人喜歡這麼做，我說。

妳指的是做愛的時候嗎？我不知道妳喜歡這種花樣。

我睜開眼睛。他皺著眉頭。

等等，妳還好嗎？他說。妳幹嘛哭？

我沒哭。

出乎意料的，我竟然哭了。我們講話的時候，我的眼睛就自己掉下淚來。他摸摸我淚濕的臉頰。

我沒哭，我說。

妳以爲我想要傷害妳？

我感覺到淚水湧出眼眶，但並不像眞的眼淚那樣有著暖暖的溫度，感覺起來像是湖裡流出來的水潤。

我不知道，我說，我只是告訴你，你可以這麼做。

但這是妳希望我做的？

你想對我做什麼都可以。

是啊，他說，對不起，妳這樣說，我實在不知道該說什麼好。

我用手腕擦乾臉。算了，我說，別再想了。我們想辦法睡一會兒吧。尼克起初什麼也沒說，就只是躺在那裡。我沒轉頭看他，但我感覺到躺在床上的他，肌肉緊繃，彷彿隨時準備要坐起來。最後他說：妳知道，我們已經談過這個問題，妳不能每次心情不好，就譴責我。

我沒譴責你，我說。

要是我和別的女人睡覺，然後來妳家大吹特吹，妳會怎麼想？

我整個人僵住了。我已經忘了我和羅薩約會的事。剛才聽我談起的時候，尼克的反應很冷淡，所以我覺得那個意外沒什麼大不了，也就拋在腦後了。我甚至沒想到這和尼克的情緒變化有關係。我暗想，要是他也這麼對我——出去找別的女人，莫名其妙和她上床，然後在我為他做晚飯的時候，隨口告訴我——我肯定這輩子都不想再見到他。但我們的情況不一樣啊。

你是他媽的有婦之夫，我說。

是啊，謝謝妳，非常謝謝妳告訴我。就因爲我有老婆，所以妳想怎麼對我都可以，我猜。

你竟然想扮演被害人，我眞是不敢相信。

我才沒有，他說。但我想，妳如果對自己夠誠實，應該會很慶幸我已經結婚了。因爲這麼一來，妳想怎麼做都可以，反正怪來怪去，都會怪到我頭上。

我不習慣他這樣責備我，這讓我害怕。我以爲自己是個獨立自主的人，其他人的看法對我來說一點都不重要。但我現在卻怕尼克說得沒錯：我盡力讓自己不受批評，如此一來，不管我的行爲再怎麼惡劣，也都還能立於不敗之地。

你答應過，要告訴梅麗莎我們的事，我說。你有沒有想過，我欺騙每一個人，心裡是什麼感覺？

我不認爲妳有這麼在乎。老實說，我還認爲妳之所以要我告訴她，只因爲妳想看我們吵架。

如果這就是你對我的看法，我們幹嘛還在一起？

我不知道，他說。

我起床，開始穿衣服。他認爲我冷酷卑鄙，一心想破壞他的婚姻。他不知道他幹嘛還要和我在一起。他不知道！我扣上襯衫鈕釦，覺得自己被狠狠羞辱一頓，連呼吸都變得不順暢起來。

妳在幹嘛？他說。

我想我該走了。

他說好吧。我穿上開襟外套，從床邊站起來。我知道我要對他說什麼。我要講出最不顧一切的話，彷彿我徹底喪失尊嚴還不夠，非得要讓情況變得更慘不可。

問題不是你已經結婚，我說。問題是我愛你，而你顯然不愛我。

他深吸一口氣，說：妳實在是太誇張了，法蘭希絲。

去你的，我說。

我走出他的臥房，用力摔上門。我走下樓梯的時候，聽見他大聲嚷嚷，但我聽不清楚是什麼。我走到公車站，知道我受到的羞辱已經大到不能再大了。儘管我知道尼克不愛我，卻還是繼續讓他隨心所欲和我上床。我放手一搏，天眞地希望這是因爲他不知道他傷害了我。此時此刻，就連這個希望也破滅了。他知道我愛他，他利用我對他的溫柔情感，卻一點都不在乎。已無法挽回了。坐上回家的公車，我咬著臉頰內側，眼睛瞪著漆黑的窗外，直到嘴巴裡有血的味道。

23

星期一早上，我想提領一些現金吃早餐，ATM提款機卻告訴我，我餘額不足。這天下雨，我站在湯瑪斯街，腋下夾著個帆布袋，覺得眼球後面很痛。雖然我後面已經有好幾個人在排隊，而且還有人罵我是「該死的觀光客」，但我還是重新插卡，再試一次。機器喀噠一聲，又把我的卡吐出來。

我拿帆布袋遮住頭髮，走到銀行。在銀行裡，我和一群穿套裝的人一起排隊，聽著一個冷漠的女聲廣播，如：請到第四櫃檯。終於輪到我走到一個櫃檯前面的時候，玻璃板後面的男生叫我插卡。他的名牌寫著：「達倫」，一張娃娃臉，看起來像還沒進入青春期。達倫迅速看了電腦螢幕之後，說我的帳戶已經透支三十六歐元。

不好意思？我說。對不起，你說什麼？

他把螢幕轉過來，讓我看見帳戶最近的異動數字：我從ATM提了二十歐元現鈔，還刷卡買了咖啡。已經一個月沒有錢匯進來了。我感覺到自己臉上血色盡失，記得自己心裡想：在銀行工作的這個男生肯定以爲我是笨蛋。

對不起，我說。

妳在等錢入帳嗎？

是的，不好意思。

入帳可能需要三到五個工作天，達倫親切地說。要看匯款的方式。

我看著自己映在玻璃窗上的輪廓，蒼白且悲傷。

謝謝，我說，我瞭解了。謝謝你。

走出銀行之後，我站在門口，撥了我爸爸的電話號碼。他沒接電話。我就這樣站在街上，打給我媽。她接了。我告訴她剛才發生的事。

爸說他要匯給我生活費的，我說。

他一定是忘了，親愛的。

可是他打電話給我，說他已經匯了。

妳有沒有再打電話給他？她說。

他沒接。

這樣啊，我幫妳吧，她說。我今天下午先存五十元到妳的戶頭，妳再和他聯絡看看。好嗎？

我想要告訴她，償還透支的錢之後，五十元就只剩十四元了。但我沒說。

謝謝，我說。

別擔心。

我們掛掉電話。

回到家，我收到瓦萊麗的一封電子郵件。她說她對我的作品有興趣，梅麗莎把我的信箱郵址給她。瓦萊麗居然對我有印象，讓我有了某種尖酸刻薄的成就感。雖然她那天吃晚飯時對我不理不睬，現在卻對我有了進一步瞭解的興趣。懷著得意揚揚的報復心態，我把剛寫完的那個短篇小說寄給她，連拼字都沒再檢查一遍。在我看來，這世界就像揉成一團的報紙，是可以用來踢的。

這天晚上，噁心想吐的情況又發生了。我兩天前才吃完我的第二份排裝的避孕藥。坐下來吃晚飯的時候，食物在嘴巴裡黏答答的，味道很不對勁。我把盤子裡的東西倒進垃圾桶，但那味道還是讓我反胃，冒汗。我背部疼痛，嘴巴流口水。我用手背摸摸額頭，感覺濕濕的，很燙。又來了，我知道，但我什麼辦法也沒有。

大約凌晨四點，我到浴室去吐。把胃吐空了，躺在浴室地板上發抖，疼痛宛如某種動物，沿著我的脊椎往上竄。我心想：說不定我會死掉，但有誰會關心呢？我知道我正在大量出血。我躺到覺得可以爬動的時候，就爬上床去。我發現尼克在半夜發來一則訊息說：我想打電話給妳，我們可以談談嗎？我知道他不想再見到我了。他是個很有耐性的人，而我磨光了他的耐性。我痛恨自己對他說的那些可怕的話，那些話揭露了我這個人的眞面目，我深痛惡絕。我希望他對我殘忍一點，因爲我是自做自受。我希望他能用他所能想得出來最惡毒的話來罵我，再不然就狠狠搖晃我，晃到我無法呼吸爲止。

到了早晨，疼痛還未消失，但我決定如常去上課。我吃了稍微過量的普拿疼，穿上外套，走出家門。到了學校，雨都還沒停。我坐在教室後排發抖，打開筆電的計時器，好知道什麼時候可以再吃止痛藥。有幾個同學問我還好嗎，下課之後，連老師都問我沒事吧。他看起來人很好，所以我告訴他說，因爲生病的關係，我缺了好幾堂課沒上，現在我不能再缺課了。他看著我說：喔。雖然還在發抖，但我露出可愛的微笑，這時計時器響了，我可以再吃普拿疼了。

下課之後，我到圖書館開始寫兩個星期之後要交的報告。因爲淋了雨，我的衣服是濕的。右耳有點耳鳴，但我不想理會。我眞正擔心的，是我吹毛求疵的敏銳度是不是還一如往常。我不確定自己是不是還記得「認識論」眞正的意義，也不知道我是不是還能閱讀。我在圖書館桌上趴了好幾分鐘，聽著耳鳴越來越大聲，最後聲音大到像有個朋友貼在我耳朵旁，對著我講話。妳可能會死，我想，在此刻，這是個讓人安心的想法。我想像死亡是個開關，可以關掉所有的疼痛與噪音，抹去一切。

離開圖書館的時候，雨還在下，而且冷的不得了。我牙齒開始打顫，想不起來任何一個英文字。小雨宛如電影特效，一波波飄過步道。我沒帶傘，知道我的臉、我的頭髮全都濕了，濕到讓我覺得自己不正常。我看見玻碧站在藝術大樓外面躲雨，我開始走向她，努力回想大家打招呼的時候都說些什麼。我思索得很費力，這是從未有過的感覺。我向她揮手，她朝我走來，我覺得她走得好快，對我說著我並不明白的話。

然後我就暈過去了。醒來的時候，我躺在雨篷下，有好幾個人圍站在我身邊，我嘴巴說：怎麼了？見我開口說話，每個人似乎都鬆了一口氣。有個保全拿起對講機講了幾句話，但我聽不見他說什麼。腹部的疼痛像緊握的拳頭，我想要坐起來，看玻碧在不在這裡。我看見她在講電話，一手掩著耳朵，彷彿要聽清楚電話那一頭講話的聲音。雨聲好大，像沒調準頻道的收音機。

噢，她醒了，玻碧對著電話說。等我一下。

玻碧看著我。妳還好嗎？她說。她看起來乾爽潔淨，宛如型錄裡走出來的模特兒。

水從頭髮滲到我臉上。我沒事，我說。她又繼續講電話，我聽不見她在說什麼。我想用衣袖抹抹臉，但袖子甚至比我的臉還濕。雨篷外面的雨白茫茫的，像牛奶。玻碧放下電話，扶我坐起來。

對不起，我說，很對不起。

這和妳上一次發生的情況一樣嗎？玻碧說。

我點點頭。玻碧拉長袖子蓋住手，擦擦我的臉。她的毛衣是乾的，而且非常柔軟。謝謝妳，我說。圍觀的人開始散去，保全走到轉角張望。

妳需要再去一趟醫院嗎？她說。

我想他們只會叫我等到照完超音波再看看。

那我們回家，好嗎？

她把手臂伸到我的腋下，撐著我走到拿騷街，剛好有輛計程車駛過。司機停下車，讓我們上車，不理會後面的車子拼命按喇叭。玻碧給了地址，他們交談的時候，我頭往後靠，瞪著窗外。街燈讓行人沐浴在宛如天使般純潔的光線裡。我看見商店門口，看見公車車窗裡的臉孔。然後閉上眼睛。

計程車開到我們住的那條街時，玻碧堅持要付車錢。在公寓外面，我抓著鐵欄杆，等她開門。回到家之後，她問我要不要泡個澡。我點頭說好。我緊貼在走道牆上，她去打開水龍頭放水，我緩緩脫下外套。體內竄出一陣疼痛，非常之痛。玻碧再次出現在我面前，幫我把外套掛好。

妳需要我幫妳脫衣服嗎？她說。

我想起早上寄給瓦萊麗的那篇小說。此刻我憶起，那篇小說是以玻碧爲主角，把她刻劃成一個神祕無比的人物，像個我難以忍受的謎團，有股我難以用意志馴服的力量，但卻又是我終生至愛。想起這件事，讓我臉色發白。不知爲什麼，我之前都沒意識到，或者是強迫我自己不要去注意這個事實，但此時此刻，我全想起來了。

別難過，她說，我以前見過妳脫衣服幾百次了。

我勉強擠出微笑，但我用嘴巴呼吸，八成扭曲了臉上的微笑。

別提醒我，我說。

噢，少來，又沒那麼慘。我們以前也處得挺好的。

妳這是在和我調情啊。

她笑起來。在那個短篇小說裡，我描述了大學入學考試之後在某人家裡舉行的派對，我喝了很多伏特加，一整個晚上都在吐。只要有人想過來照顧我，我就趕走他們，說：我只要玻碧。但玻碧甚至沒參加這場派對。

我會用毫不性感的方式替妳脫衣服，她說，別擔心。

浴缸水龍頭的水還在流。我們進到浴室，我坐在闔上蓋子的馬桶上，她捲起袖子，試試水溫。她說水很熱。我這天穿了白色上衣，想解開釦子，但手卻在發抖。玻碧關掉水龍頭，蹲下來，幫我解開釦子。她手指濕濕的，在釦眼周圍留下小小的深色水漬。她像剝馬鈴薯皮似的，很輕鬆地把我的衣袖扯下來。

會弄得到處都是血，我說。

還好在這裡的是我，不是妳的男朋友。

不，別這樣說。我和他吵架了。這，呃。我們有點問題。

她站起來，又走到浴缸旁邊，彷彿突然轉移了注意力。在浴室的白色燈光裡，她的頭髮和指甲都閃閃發亮。

他知道妳病了嗎？她說。

我搖搖頭。她說她要去幫我拿毛巾還是什麼的，就走出浴室了。我緩緩站起來，剝掉身上的衣服，想辦法爬進浴缸裡。

在那篇小說裡，我寫進了一段我並未親身參與的情節。我們十六歲的時候，玻碧到柏林進修六個星期，接待她的那個寄宿家庭，有個和我們同齡的女兒，名叫莉茲。有天晚上，玻碧和莉茲莫名其妙地就上了床。她們動作輕悄悄的，免得莉茲的爸媽聽見，而事後兩人也沒再提起。玻碧沒詳談她們當時上床的感官細節，也沒談到在事發之前，她是不是就對莉茲懷有欲念或其他什麼感情。要是學校裡的其他同學告訴我這樣的事，我肯定不相信，但因爲是玻碧，所以我馬上就相信這是事實。我和莉茲一樣渴望玻碧，只要能和她在一起，我什麼都願意做。她告訴我這個故事，是爲了讓我知道她並不是處女。她講出莉茲名字的時候，沒有特別的愛恨，彷彿就只是個她認識的女生。事後好幾個月，說不定是永遠，我都很怕她有一天也會像這樣冷漠地講出我的名字。

有著肥皂泡的洗澡水略微過熱，一碰到我的身體，就在我腿上留下一圈粉紅。我強迫自己泡進浴缸裡，水淫蕩地舔著我。我希望把痛楚趕出我的身體，趕進水裡，溶解消失。玻碧敲門，拿著一條粉紅色的大毛巾進來，是她從她爸媽家帶來的新毛巾。她把毛巾掛在毛巾架上，我則閉上眼睛。我聽見她再次離開浴室，另一個房間的水龍頭打開了，她的臥房門打開，又關上。我聽見她講話的聲音。她應該是在講電話。

幾分鐘之後，她又回到浴室裡，把手裡的電話遞給我。

是尼克，她說。

什麼？

尼克要和妳講電話。

我雙手都是濕的。我從水裡伸出手，忙亂地在浴巾上擦了擦，才從她手裡接過電話。她再次走出浴室。

嘿，妳還好嗎？是尼克的聲音。

我閉上眼睛。他嗓音溫柔，彷彿某種中空的東西，可以讓我懸浮於其中。我好想爬進他的聲音裡。

我現在沒事了，我說，謝謝你。

玻碧告訴我妳的事，一定很可怕。

我們兩人沉默了好幾秒，接著又同時開口。

你先講，我說。

他告訴我，他想過來看我。我說歡迎啊。他問我需不需要什麼東西，我說不用。

好吧，他說。我現在就去開車。妳剛才要說什麼？

等你來再告訴你。

我掛掉電話，小心翼翼擺在腳踏墊乾燥的部分。然後再次閉上眼睛，讓洗澡水的暖意漫進身體裡，洗髮精有著合成的水果香味，浴缸塑膠的部分硬邦邦的，而宛如迷霧的水氣濕了我的臉。我冥想。我數著自己的呼吸。

似乎過了很久之後，也許是十五分鐘或半個鐘頭吧，玻碧又進來。我睜開眼睛，浴室非常之亮，燦爛輝煌，異常美麗。還好嗎？玻碧說。我告訴她說尼克要過來，她說：好，然後就在浴缸旁邊坐下。我看著她從外套裡掏出一包菸和打火機。

她點了菸之後，對我說：妳打算寫本書嗎？我這才明白，菲利浦問我們是不是要再一起表演時，她沒回答，是因爲她有點意識到情況變了，知道我在忙別的事情。她注意到我的動靜，讓我有了某種自信，但同時也顯示，我的一舉一動都瞞不過玻碧。對於鄙俗或平庸的事，玻碧或許很慢才會發現，但我內在眞正的變化，從來都瞞不了她。

我不知道，我說，妳要寫嗎？

她閉起一隻眼睛，彷彿這眼睛有什麼不對勁，然後又睜開。

我幹嘛寫書？她說，我又不是作家。

那妳打算做什麼？學校畢業之後。

我不知道。在大學工作吧，如果可以的話。

「如果可以的話」，這句話讓我知道玻碧想認眞地告訴我某件事情。這事情非常嚴肅，不能以尋常的言詞溝通，而必須透過我們關係的某種轉變來達成。玻碧在句尾加上一句「如果可以的話」，簡直荒謬，因爲她出身富裕家庭，勤學用功，成績很好。而這句話套用在我們的關係裡更是沒道理。對我來說，玻碧向來不是「如果可以的話」的那種人。在我的認知裡，她是一個，或許也是唯一一個，瞭解自己對於外在人事物擁有多麼殘酷且驚人力量的人。她想要的，沒有一樣要不到，我知道。

妳說「如果」是什麼意思？我說。

我問得太露骨，玻碧沉默了好一會兒，捻起開襟外套衣袖上的一根髮絲。

我還以爲妳要去擊垮全球資本主義呢，我說。

這個嘛，靠我一個人可辦不到。一定要有人和我一起從小事開始做起才行。

我不認爲妳是個做無關緊要工作的人。

我本來就是這樣的人，她說。

我其實不知道我所謂的「做無關緊要工作的人」是什麼意思。我相信無關緊要的工作有其價值，例如養小孩，摘水果，打掃清潔，這些都是我認爲很有價值的工作，而做這些工作的人，是最值得尊敬的人。我有點不解，我怎麼會突如其來地告訴玻碧說，在大學裡工作，對她來說不夠好。但是想像玻碧做著這麼庸碌平凡的事，又讓我覺得很安慰。我的皮膚被洗澡水泡得熱烘烘的。我抬起一隻膝蓋，伸到水面外，接觸到冰冷的空氣，馬上又縮回水裡。

好吧，妳會成爲世界知名的教授，我說，妳可以在法國的索邦大學教書。

不。

她好像很惱火，彷彿就要開口說什麼，但是眼神隨卽變得平靜且遙遠。

妳以爲妳喜歡的每個人都很特別，她說。

我想坐起來，因爲浴缸抵在我的骨頭上感覺硬邦邦的。

我只是個平凡人，她說。妳喜歡上某個人的時候，就把他們想像成和其他人都不一樣。妳對尼克是這樣，以前對我也是這樣。

不。

她抬頭看我，不冷酷，也不生氣，開口說：我不是要惹妳難過。

但妳現在讓我難過了，我說。

噢，對不起。

我扮了個鬼臉。她擺在腳踏墊上的手機開始響。她拿起電話，說：喂？是啊，等我一下。她隨卽掛掉電話。是尼克，她走出浴室去按開樓下的門鎖，放他進來。

我躺在浴缸裡，什麼也沒想，什麼也不做。幾秒鐘之後，我聽見她打開大門，她的聲音說：她今天很不好過，所以對她好一點。尼克說：我知道，我會的。這一刻，我好愛他們兩個，恨不得像個善良的好精靈出現在他們面前，爲他們的人生灑上祝福。謝謝你們，我想說，謝謝你們兩個。你們是我的家人。

尼克走進浴室，關上門。這不是那件漂亮的大衣嗎，我說。他正穿在身上。他微笑，揉揉眼睛。我很擔心妳，他說。還好妳情況好轉了，可以像平常那樣崇拜物質生活，我很開心。妳會痛嗎？我聳聳肩。沒那麼痛了，我說。他直盯著我看。接著低頭看他的鞋子，吞吞口水。你還好嗎？我說。他點點頭，用衣袖抹抹鼻子。見到妳，我很開心，他說。他的聲音聽起來有點嘶啞。別擔心，我說，我沒事。他仰頭看天花板，彷彿在嘲笑自己。他眼睛濕濕的。很高興聽妳這麼說，他說。

我告訴他，我想站起來。他從架上幫我拿來毛巾。我從水裡站起來的時候，他看著我的眼神不帶一絲淫穢，是看過某人身體無數次，讓你和這個身體產生了特殊關係的那種眼神。我目光凝注在他身上，沒轉開，也不覺得尷尬。我試著想像自己的模樣：濕淋淋的，因爲蒸騰的熱氣而渾身通紅，頭髮上一滴一滴的水落在肩膀上。我看著他站在那裡，眼睛眨也不眨，表情平靜得像風平浪靜的大海。我們不必開口說話。他把毛巾裹在我身上，我從浴缸裡出來。

24

回到我的房間裡，尼克坐在床上，我穿上乾淨的睡衣，用毛巾擦乾頭髮。我們聽見玻碧在另一個房間裡，胡亂彈奏烏克麗麗。一股平靜祥和的氣息從我體內深處散發出來。我很疲累，很虛弱，但也有平靜的感覺。後來我坐在尼克身邊，他伸出手臂摟著我。他問起我的身體狀況，我告訴他說我在八月的時候曾經住院，正在等待照超音波。他摸摸我的頭髮，說我之前沒告訴他，他覺得很遺憾。我說我不希望他同情我，他沉默了好一會兒。

那天晚上的事，我眞的很抱歉，他說，我覺得妳好像故意要傷害我的情感，所以反應過度，對不起。

不知爲什麼，我唯一能說出口的就只有：沒關係，別擔心。我心裡就只想到這句話，所以我儘量用最溫柔的語氣說。

好吧，他說，呃，我可以告訴妳一件事嗎？

我點點頭。

我告訴梅麗莎了，他說。我告訴她說我們在交往。這沒關係吧？

我閉上眼睛。怎麼回事？我平靜地說。

我們聊了一會兒。我想她不會有事，我告訴她說，我想和妳繼續交往，她也理解。

你不必告訴她的。

我一開始就該這麼做，他說。沒必要讓妳受這麼多折磨，我太懦弱了。

我們沉默了好幾秒鐘。我有種心滿意足的疲累感，彷彿體內的每一個細胞都鬆弛下來，各自進入深沉的睡眠。

我不是個什麼了不起的人，他說，但我眞的愛妳，妳知道。我當然愛妳。對不起，我以前沒告訴妳，因爲我不知道妳是不是想聽到我這麼說。對不起。

我綻開微笑，但眼睛還是閉著。我把一切都想錯了，但這種感覺眞好。你從什麼時候開始愛我的？我說。

自從第一次見到妳開始，我想。如果要說得更玄一些，我會說我在見到妳之前就愛上妳了。

噢，你讓我好開心。

是嗎？他說。很好。我希望能讓妳非常開心。

我也愛你。

他親吻我的額頭。他開口講話時，聲音非常之輕，但我從他的語氣裡聽見了潛藏的情感。這讓我很感動。好吧，他說。嗯，妳吃的苦頭夠多了，從此以後，就認真開心吧。

隔天，我收到梅麗莎寄來的電子郵件。郵件寄達時，我正坐在圖書館裡，打著筆記。我決定，先在圖書館的桌椅間散個步，再打開郵件。我緩緩起身，開始散步。圖書館裡所有的東西都是褐色的。但透過窗戶，我看見一陣風颯颯吹過林木。板球場上，有個穿短褲的女人在跑步，手肘像小活塞似的一上一下。我回頭瞥了書桌一眼，確定我的筆電還在。電腦螢幕對著一片空無，射出不祥的亮光。我繞著房間走了半圈，又回到我的座位，彷彿繞著圖書館桌椅走，事實上是某種體能測試似的。這時我才打開電子郵件：

嗨，法蘭希絲。我希望妳知道，我沒生妳的氣。我和妳聯絡，是因為我覺得，有些事情我們兩人都必須明白，這很重要。尼克不想離開我，我也不想離開他。我們會繼續住在一起，也會繼續維持婚姻關係。我之所以寫信告訴妳，是因為我不相信尼克會對妳坦白說出這些。他個性軟弱，向來只說別人愛聽的話給他們聽。簡單來說，如果妳和我丈夫上床，是因為妳暗自相信他有一天會成為妳的丈夫，那妳就大錯特錯了。他不會和我離婚，也永遠不會娶妳。同樣的，如果妳和他上床，是因為他的憐愛可以證明妳是個好人，甚至是聰明或迷人的人，那妳也應該知道，吸引尼克的，通常並不是長得漂亮或品格高尚的人。他喜歡的是能為他的所有決定負起全部責任的伴侶，僅僅如此。妳不可能從這段感情裡，得到永遠的自尊自重。我相信，妳現在一定會覺得，他從不爭辯的默許非常迷人。但在婚姻關係裡，他這樣的個性讓人筋疲力盡。和他吵架是不可能的，因為他順從到病態的地步。對他大吼大叫，只會讓妳更加痛恨自己而已。我之所以知道，是因為我今天罵了他好久。因為我自己過去也曾「犯了大錯」，所以他背著我和二十一歲的女生上床，我很難覺得自己毫無責任，但我痛恨這樣的感覺。我和碰到這種狀況的其他人有同樣的感受。我哭得很厲害，不只是一想到就哭，而且每次一哭就是一個多鐘頭。我曾經在一個文學節上和某個女人上床，幾年之後，尼克住進精神療養院的時候，我又和他最要好的朋友外遇，甚至在我知道尼克已經發現之後，我還和他繼續來往。就因為這樣，所以我現在有什麼感受完全不重要。我知道我是個怪物，他八成也對妳講過很多我的事。我有時候發現自己在想：要是我真的這麼可怕，他幹嘛不離開我？我知道什麼樣的人會對自己的配偶有這樣的想法。大概是那種最後會殺死自己配偶的人吧。我不會殺尼克，但我必須讓妳知道，就算我打算殺他，他也絕對會乖乖讓我動手。就算他知道我在暗中策劃謀殺他的計畫，他也不會說出來，免得我難過。我已經習慣把他當成是個可悲，甚至可鄙的人，所以忘了其他人還是有可能愛上他。其他女人一旦知道他的真面目，就會對他失去興趣。但妳沒有。妳愛他，對吧？他告訴我說，妳父親酗酒。我父親也是。我在想，我們之所以被尼克吸引，是不是因為他給了我們可以掌控情勢的感覺，而那正是我們童年時代所缺乏的。他以前告訴我說你們之間什麼事也沒發生，就只是暗戀而已，我還真的相信。我覺得如釋重負，這不是很可怕嗎？我當時想，好吧，他只是剛好在暑假遇見妳，他當時狀況不太好，之後就好多了。現在我明白，是妳讓他好轉的吧，法蘭希絲？妳怎麼有權利這麼做？我發現他現在白天會起床，也開始會回覆電子郵件，會接電話。我工作的時候，他有時會寄一些關於希臘左翼有趣的文章給我看。他也寄給妳同樣的東西嗎，還是只特地寄給我？我承認，妳這麼年輕，讓我備感威脅。知道自己的丈夫投入更年輕的女人懷抱，讓我非常震驚。我以前從沒發現他是這樣的人。二十一歲很年輕，對吧？但如果妳十九歲，他還會這麼做嗎？他是那種年過三十，還會偷偷覺得十五歲小女生很迷人的病態男人嗎？他曾經在網上搜尋過「少女」這個關鍵字嗎？這是在妳踏進我們的生活之前，我從來不需要思考的問題。現在我在想，他是不是很恨我。我和別人交往的時候，並不恨他。事實上，我還覺得我更喜歡他了。但如果他現在這樣告訴我，我一定會吐他口水。我想我最震驚的是，他竟然沒有選擇最簡單的方法，也就是離開妳。這讓我知道，我已經被妳取代了。他說他還愛我，但如果他不再照我說的話做，那我還能相信他嗎？他對我從來沒有這樣的過度反應，所以我向來覺得自己運氣很好，因為他沒這麼做。現在，我甚至懷疑他究竟愛不愛我。嫁給一個不愛妳的人是很難想像的，但這確實是尼克會做的事，因為他很忠心，也因為他渴望懲罰自己。妳也瞭解他的這一面嗎，還是只有我知道？我有點希望我能和妳成為朋友。我以前覺得妳冷漠，不友善，起初我以為是玻碧的關係，這讓我覺得很憤慨。如今我知道妳只是因為嫉妒恐懼，我對妳的觀感就完全不同了。但妳不必嫉妒我，法蘭希絲。對尼克來說，妳大概已經和他的幸福密不可分了。我一點都不懷疑，他認為妳是他成年以來最愛的一個人。他和我從沒背著誰搞轟轟烈烈的婚外情。我知道我不能要求他別再見妳，雖然我很想這麼做。我可以要求妳別再見他，但我為什麼要這樣做呢？情況好轉了，就連我都看得出來。我以前傍晚回家的時候，他通常都上床睡覺了。再不然就是坐在電視機前面，從起床之後就看著同一個頻道。有一次我回到家，看見他在看某種軟調色情片，有兩個啦啦隊員在親吻。他一看見我，聳聳肩說：「我沒在看，我只是找不到遙控器。」當時我假裝不相信他，因為我覺得，他真的在看啦啦隊電影，總比因為太過沮喪，不想起身找遙控器，而心不甘情不願地讓電視固定在某一個頻道上來得好吧。這個月，我每天傍晚回家，他都在做菜，聽收音機。他每天鬍子都刮得一乾二淨，問我今天過得好不好，而且上健身房穿的衣服也都擺進洗衣機裡。有時候我會看見他在照鏡子，臉上露出自我評估的表情。當然啦，我怎麼可能沒發現？可是我向來都說，我希望他快樂，現在我知道，我這個想法是真誠的。我真的希望他快樂。即便事態如此，我還是希望他快樂。

所以，就是這樣。也許我們應該找個時間一起吃晚飯（我也會邀玻碧）。

這封電子郵件我讀了好幾遍。梅麗莎故意不分段，顯得很矯揉造作，彷彿是在說：看，我的情緒排山倒海而來。我也相信，她精心編輯郵件，是爲了要達到特別的效果：記住啊，法蘭希絲，誰才是作家？是我，不是妳。我心中不斷浮現這樣的念頭，很刻薄的念頭。她沒說我是壞人，在這樣的情況下，她怎麼罵我都不爲過，但她什麼惡毒的話都沒說。也許情緒眞的排山倒海吞沒了她。信裡提到我很年輕，這讓我頗有所感。這究竟是不是她精心設計的文字，我覺得都無所謂。我比較年輕，她比較老，這就足以讓我覺得很不好受，就像我多投了銅板進販賣機一樣。讀第二遍的時候，我的眼睛直接跳過這段不讀。

這封電子郵件裡我眞正想瞭解的，是關於尼克的那段。他曾經住過精神療養院，這是我之前不知道的。我其實沒那麼排斥這件事。我看過書，對於資本主義令人發瘋的這個想法也不陌生，但我一直認爲因爲精神問題而住院的人，和我認識的人不一樣。我發現自己進入了一個新的社會場域，在這裡，嚴重精神疾病不再是過時的隱喩。我正要經歷第二次的成長：學習一組全新的假設，假裝自己擁有比我實際的理解力更高一層的理解力。按照這個邏輯，尼克和梅麗莎就像引領我踏入新世界的父母，或許比我親生父母更恨我，也更愛我。這也意味著，我是玻碧邪惡的雙胞胎姐妹，在那個當下，這個譬喩似乎並不爲過。

我循著這樣的思緒，就像眼睛跟著駛過的車子一路望去似的，只看著表面的文字，而沒有深入思索其中的意涵。我整個人蜷縮在圖書館的座椅裡，活像一根彈簧，雙腿交叉再交叉，左腳腳背緊緊抵在椅腳上。我覺得很有罪惡感，因爲尼克曾經病得這麼重，儘管他不肯告訴我，我卻還是知道了。我不知道該如何消化這個消息。梅麗莎在電子郵件裡淡淡提起這件事，彷彿尼克生病，只是她出軌的背景，一個宛如黑色喜劇的背景。我不知道她是眞的這樣覺得，又或者只是用這樣的語氣來掩飾她眞正的感受。我想起伊芙琳那天在書店裡，一次又一次地告訴他說，他看起來很好。

一個鐘頭之後，我寫了一封回信給她：

有很多問題要想。一起吃個飯不錯。

25

那時是十月中。我想辦法在房間裡找到了一些現金，還有我忘了存進銀行的生日和聖誕節紅包。總共湊足了四十三歐元，然後花了四塊半在德國超市買了麵包、義大利麵和番茄罐頭。每天早上我都問玻碧說，我可不可以喝她的牛奶，她每回都擺擺手，彷彿說：愛喝多少就喝多少吧。傑瑞每個星期給她零用錢，我也注意到她開始穿一件有玳瑁釦子的黑色羊毛新大衣。我不想告訴她說我的帳戶出了什麼問題，只刻意用漫不經心的口吻說我「破產了」。我每天早晚都打電話給我爸，但不管是早上或晚上，他都沒接電話。

我們去梅麗莎和尼克家吃晚飯。而且去了不止一次。慢慢的，我發現玻碧開始喜歡和尼克在一起，甚至比和我與梅麗莎在一起更開心。我們四個人在一起的時候，她和尼克常假裝拌嘴，再不然就是互相比賽什麼，把梅麗莎和我排除在外。吃完晚飯之後，他們一起玩電玩或磁性跳棋，而梅麗莎和我則討論印象主義。有一回他倆喝醉了，甚至在後院裡賽跑。尼克贏了，但他事後非常疲累，玻碧叫他「老頭子」，撿起落葉往他身上丟。她問梅麗莎：誰比較漂亮，尼克或我？梅麗莎看看我，用俏皮的語氣回答說：你們都是我的孩子，我一樣愛。玻碧和尼克的關係，對我產生微妙的影響。看著他們兩個全神貫注地關注彼此，我有一種詭異的美學觸動。他們外表如此完美，如同一對雙胞胎。有時候我發現自己心裡想著，希望他們能再靠近彼此一點，甚至觸摸彼此，好像要完成在我心中尚未完成的某件事情似的。

我們經常討論政治，儘管我們立場相似，但表達的方法卻不一樣。例如，玻碧是個反抗體制的人，而悲觀的梅麗莎傾向於支持法治。尼克和我的立場則落在她倆中間，比較喜歡批評，而不是支持某一方的看法。有天晚上，我們談起美國司法體系特有的種族主義，我們不必刻意搜尋，就能在網路上看見警察行使暴力的影片，而且我們都覺得那樣的鏡頭「難以直視」。身爲白人的我們，這樣說究竟是什麼意思呢？我們都承認自己「難以直視」，但卻也都解釋不了是爲什麼。其中有段影片，一名身著泳衣的黑人少女，哭喊著向媽媽求救，因爲有個白人警察跪壓在她背上。尼克說這個影片讓他不舒服到了極點，他看不下去。

我知道這是在縱容，他說。但我也認爲，就算我看完了，又能怎麼樣呢？光是這個想法，就讓我覺得很沮喪。

我們也討論了，像這樣的影片是否讓我們歐洲人滋生了某種程度的優越感，彷彿歐洲警察種族歧視沒這麼厲害。

但歐洲警察也有種族歧視啊，玻碧說。

沒錯，我不認爲我們應該因此認爲「美國警察都是渾蛋」，尼克說。

梅麗莎說，她一點都不懷疑，這是我們共同面對的問題，但是如果不先理解問題的根源，我們很難眞正解決，甚至也很難眞正有所作爲。我說我有時候會很想否認自己是白人，彷彿是，雖然我明明是白人，但我並不像別的白人那樣白得「貨眞價實」。

我沒有要冒犯妳的意思，玻碧說，但老實說，這樣的想法一點好處都沒有。

妳沒有冒犯我，我說。我同意妳的看法。

自從尼克告訴梅麗莎我們在交往之後，尼克和我的關係就有了一些變化。我會在白天發給他感情用事的簡訊，他喝醉的時候會打電話給我，說我的個性有多好。性愛本身和以往差不多，但完事之後的情況卻不一樣了。我不再像以前那樣覺得平靜，而是失去所有的防備能力，像隻裝死的動物。彷彿尼克可以穿透我柔軟如雲的皮膚，任意取走我體內的東西，肺臟或其他器官都可以，我甚至不會出手制止他。我把這樣的感覺告訴他的時候，他說他也有相同的感受。但他很想睡，所以很可能根本就沒認眞聽我在講什麼。

校園到處有一堆堆的落葉，我花很多時間在上課，或在烏雪圖書館找書。沒下雨的日子，玻碧和我沿著少有人跡的小徑散步，一路踢著落葉，一面討論諸如風景畫概念之類的話題。玻碧說人們崇拜「未被破壞的大自然」，本質上是父權與民族主義。我說我喜歡房舍勝過於田野。房舍更加詩情畫意，因爲有人住在裡面。然後我們一起坐在學生餐廳，看著雨滴打在窗戶上。我倆之間有些微妙的變化，但我不知道這變化究竟是什麼。我們仍然可以輕易察覺到彼此心緒的波動，也常有心照不宣的表情，對話也還是漫長而充滿機鋒。她替我放洗澡水的那次，讓情況有了改變，儘管我們都還是原來的我，但玻碧和我的關係已經起了變化。

那個月底的某個下午，我口袋裡大概只剩下六歐元，突然收到一個名叫路易斯的人寄來電子郵件。他是都柏林一家文學雜誌的編輯。信上說瓦萊麗把我的短篇小說寄給他，希望他們發表，所以如果徵得我同意的話，他們應該會刊登在下一期的雜誌上。他說他對這件事情「非常興奮」，要是我有興趣的話，他願意提供一些修改意見。

我打開我寄給瓦萊麗的檔案，一口氣讀完，沒停下來想想我在做什麼。小說裡的人物一眼就看得出來是玻碧，主角的爸媽也一眼看得出來就是她爸媽，而我自己也一眼就看得出來就是我。只要認識我們的人，一眼就會在小說裡認出玻碧來。我的描述並不怎麼正面。小說裡強調了玻碧和我個性裡跋扈的一面，因爲這個故事就是在探討人與人之間的相互支配。但是，我想，寫作原本就是該就素材有所選擇，有所強調。玻碧會比其他人更能理解。

路易斯也提到，他們會給我稿費，並且提供了新人作家的稿酬標準。如果按照目前的字數發表，我這篇小說的稿費有八百多歐元。我回信給路易斯，謝謝他對這篇小說的興趣，並告訴他說我很樂意和他合作，按他認爲合適的方式進行修改。

那天晚上尼克到公寓來接我，到蒙克斯敦去。梅麗莎到基爾戴爾和她的家人住幾天。在車上，我對尼克談起了那篇小說，提起玻碧和我在浴室裡的對話，說她覺得自己沒那麼特別。慢著，尼克說，妳說妳那篇小說賣了多少錢？我甚至不知道妳會寫文章呢。我笑起來，我喜歡他表現得一副以我爲榮的模樣。我告訴他說這是我寫的第一篇小說，他說我太嚇人了。我們聊起小說裡的玻碧，他說他也常出現在梅麗莎的作品裡。

但只是過場的角色，我說，就像「外子也在場」之類的。但在這篇小說裡，玻碧是主要的角色。

是啊，我忘了妳讀過梅麗莎的書。妳說得沒錯，她沒對我著墨太多。反正我相信玻碧不會在意的。

我在想，應該永遠都不要告訴她。她不會看那本雜誌的。這個嘛，我想這樣不太好，他說。那得要其他人也不告訴她才行。比方說常和妳在一起的那個叫菲利浦的傢伙，諸如此類的人。我太太。不過，妳是老闆，這事妳說了算。

我只「嗯」了一聲，因為我覺得他說得沒錯，但我不願意這樣想。我喜歡他叫我老闆。他心情很好，雙手拍著方向盤。我怎麼老是和作家搞在一起？他說。

你就是喜歡在智力上可以擊敗你的女人，我說，我敢說，你念書的時候一定暗戀老師。

我在這方面眞的是惡名昭彰，念大學的時候，我和老師上床，我有沒有告訴過妳？

我要他說給我聽，於是他就說了。那女人可不是助教，而是如假包換的教授。我問她幾歲，尼克靦腆微笑，說：大概四十五吧？說不定五十。她很可能會丟掉工作，我們眞是瘋了。

我能理解她的想法，我說。我不是在你太太的慶生會上吻你了嗎？

他說他拼命想瞭解，他為什麼會給人這樣的感覺。類似的事情在他的人生裡雖然不常發生，但每次發生都非常激烈，而他自己卻彷彿置身事外。十五歲的時候，他哥哥有個朋友就對他產生了這樣的情感。那個女生當時差不多二十歲，尼克說。她很迷戀我。我就是這樣失去童貞的。

你也迷戀她嗎？我說。

不，我只是不敢對她說不而已。我不希望傷害她的感情。

我告訴他說這聽起來好慘，讓我覺得很難過。他馬上說：噢，我不是在博取同情。我確實答應她了，那不……嗯，那八成是違法的，但我還是同意了。

因爲你太害怕，不敢說不，我說。要是我碰上像這樣的事，你也會說是我自己同意的嗎？

這個嘛，不會。但那並不是肢體的威脅。我的意思是，她這麼做，確實是很個怪異，但我們當時也都還只是十幾歲的年輕人。我不認爲她是個邪惡的人。

我們還沒開出城，車子塞在北碼頭的車陣裡。時間才剛入夜，但天色已暗。我看著窗外往來的行人，以及在路燈下飛舞的雨霧。我告訴他，他之所以是這麼有吸引力的戀愛對象，部分原因是因爲他的異常被動。我知道我非得要主動吻你不可，我說。知道你絕對不會吻我，這讓我覺得自己很脆弱。但另一方面，我也覺得自己擁有極大的權力，就像是，你既然肯讓我吻你，那麼你還會讓我對你做什麼其他的呢？這是一種心醉神迷的感覺。我沒辦法斷定，我究竟是對你擁有絕對的控制權，又或者是一點控制權都沒有。

妳現在覺得呢？他說。

比較像擁有絕對的控制權。這樣不好嗎？

他說他不在意。他覺得如果努力矯正權力的偏差，我們的關係會比較正常一些，但他又說，他不覺得我們可以徹底做到。我告訴他，梅麗莎認爲他「順從到病態的地步」，他說要是因爲這樣就認爲他在和女人的關係裡一點權力都沒有，那就大錯特錯了。他告訴我，「無助」有時也是行使權力的一種方式。我告訴他說，他的口吻聽起來和玻碧很像，他笑了起來。法蘭希絲，妳對男人的最高讚美，莫過於此吧，他說。

那天夜裡在床上，我們聊起他姐姐的寶寶，說他有多愛她，心情很沮喪的時候，他甚至會到蘿拉家裡，就只爲了親近寶寶，看看她的臉。我不知道他和梅麗莎是不是打算生小孩，也不知道，他既然這麼愛小孩，他們爲什麼還沒生小孩。我不想問，因爲我怕發現他們確實有這樣的計畫，所以我只用諷刺的口吻說：說不定我們兩個該生小孩。我們可以在多重伴侶社區撫養他們，讓他們選擇自己的姓名。尼克告訴我說，他也有過類似的邪惡念頭。

要是我懷孕了，你還會愛我嗎？我說。

當然會。

是盲目迷戀的愛嗎？

呃，我不知道，他說。我覺得我比十年前更瞭解懷孕的女人。我總是想像自己對她們做些好事。

這聽起來就像是盲目迷戀啊。

對妳來說，什麼都和盲目迷戀有關。我指的其實是替她們煮飯之類的。但如果妳問的是，要是妳懷孕了，我還會不會想和妳做愛？答案是肯定的。請放心。

我轉頭，把嘴巴貼在他耳朵旁邊。我閉上眼睛，覺得自己彷彿在玩某種遊戲，一切顯得不太真實。嘿，我說，我真的很想要你。我感覺到尼克點點頭，甜蜜熱切的點頭。謝謝妳，他說。他這樣說。我們接吻。我背壓在床墊上，他用奇怪的方式撫摸我，像鹿用臉碰觸東西似的。尼克，你是老天的恩賜，我說。我把皮夾留在大衣口袋裡了，他回答說。等我一下。我說：我們直接做吧，反正我吃了避孕藥。他的手平貼在枕頭上，就在我的頭旁邊，有那麼一會兒，他什麼都沒說，呼出的氣息非常之熱。好吧，妳真的希望這樣？他說。我告訴他，我真的想要，他不停喘氣，說：妳讓我覺得自己好厲害。

我雙臂環抱他的脖子，他一手滑進我雙腿之間，讓他可以進到我體內。我們以前都用保險套，而這一次讓我有不同的感受，或許他也覺得很不一樣。他皮膚潮濕，喘息聲沉重。我覺得自己的身體先是敞開，接著闔上，就像逐格動畫影片裡的花朵一樣，花瓣一張一合，這感覺如此眞切，簡直像幻覺似的。尼克說了：幹！然後又說：對不起，法蘭希絲，我不知道這感覺如此之棒。他的嘴巴極爲柔軟，極爲接近。我問他是不是射了，他深吸一口氣，說：對不起，眞的很對不起。我想起他希望我懷孕的邪惡念頭，想到我懷孕之後會變得多麼飽滿龐大，他會多麼愛憐、多麼驕傲地撫摸我，這時我聽見自己說：不用道歉，太棒了，我也希望這樣。這感覺非常怪異，但也非常美好，他告訴我說他愛我，我記得。他在我耳邊喃喃低語：我愛妳。

當時我有好幾篇報告已近繳交期限，所以我規劃了一份大致的時間表。早上，在圖書館開門之前，我坐在床上，修潤路易斯寄給我的修訂稿。我看得出來，我所寫的這篇小說逐漸成形，逐漸開展，篇幅變得更長，內容也更扎實。接著淋浴，換上寬大的毛衣，展開在校園裡的整天活動。我經常想辦法熬過一整天不吃東西，直到晚上回家，給自己煮兩把義大利麵，拌著橄欖油和醋吃，然後就睡覺，有時甚至連衣服都沒換掉。

尼克開始排練新戲《哈姆雷特》，週二和週五收工之後，他就到我的公寓過夜。他抱怨說我家廚房老是空空如也，但聽我用挖苦的語氣說我已經破產，他說：噢，眞的嗎？對不起，我不知道是這樣的。之後他開始帶食物到我家來。他在酒吧區的麵包店買新鮮麵包，還有一罐罐覆盆子果醬、鷹嘴豆泥和全脂奶油乳酪。他看著我吃這些東西的時候，問我究竟有多缺錢。我聳聳肩。之後他開始帶雞胸肉和包在塑膠容器裡的牛絞肉塞進我家冰箱。這讓我覺得自己像是被包養的女人，我說。但他說：聽好了，要是妳明天不吃，記得要冷凍起來喔。我覺得我應該要對這些食物表現出逗趣滑稽的反應，因爲我認爲，要是尼克知道我眞的身無分文，就靠他帶來的麵包和果醬過日子，他肯定會很不自在。

玻碧似乎很喜歡尼克到我們的公寓來，部分的原因是他這人很管用。有一回他幫我們煮晚飯的時候，我聽到他和梅麗莎通電話，談起她和編輯的一些爭執，他說對方的說法「完全站不住腳」。但通話的大部分時間，他都只是點頭，一面移動小平底鍋，一面說：嗯，我知道。他最愛扮演這樣的角色：靜靜聆聽，問幾個有深度的問題，顯示他確實在聽。這讓他覺得自己被需要。他那次講電話的表現精彩極了。我一點都不懷疑，是梅麗莎主動打電話給他的。

那些夜晚，我們通常聊天聊到很晚，甚至有時百葉窗外的天色漸白，我們都還沒睡。有天晚上我告訴他，我靠助學金支付學費，他非常意外，但馬上說：對不起，我表現得這麼意外，實在是太無知了。我不應該假設每個人的父母都有能力負擔這些費用的。

這個嘛，我們家並不窮，我說。我這麼說並不是為了自我辨護，只是不想讓他留下印象，認為我出身貧寒。

當然啦。

你知道嗎，我確實覺得我和你與玻碧不一樣，雖然差異或許也不算大。擁有好東西，讓我有點不太自在。例如我的筆電，雖然是我表哥給的二手筆電，但我還是覺得很不自在。

妳值得擁有好東西，他說。

我用拇指和食指捏起被子一角。這被子的布料有點粗硬，不像尼克家裡用的那種埃及棉。

我爸有點不負責任，沒按時給我生活費，我說。

噢，眞的？

是啊，所以我現在基本上一毛錢都沒有。

妳當眞？尼克說，那妳怎麼過日子？

我手指捏捏被子，感覺到那粗糙的紋理。這個嘛，玻碧讓我用她的東西，我說。而且你常帶吃的來。

法蘭希絲，這太瘋狂了，他說。妳怎麼沒告訴我？我可以給妳錢。

不，不行。你說過的，那樣太詭異了。你說你擔心會有道德問題。

我更擔心妳會餓死妳自己。聽我說，要是妳堅持的話，可以以後再還我錢，我們可以當成是借款。

我瞪著被子，被子上是醜陋的花草圖案。我這篇小說會有稿費，我說，到時候我再還你錢。隔天早上，玻碧和我吃早餐的時候，他去ＡＴＭ提款。他回來之後，我看得出來他很不好意思，不敢當著玻碧的面給我錢。我很慶幸，因爲我也不希望她知道我需要錢。他要離開的時候，我跟著他走到玄關，他掏出皮夾，數了四張五十歐元面額的鈔票。眼睜睜看著他這樣數錢給我，讓我有點不安。太多了，我說。他露出苦惱的表情瞥我一眼，說：那就改天再還我，別擔心。我張開嘴，但他沒讓我有講話的機會：法蘭希絲，這沒什麼大不了的。對他來說可能沒什麼大不了。他親吻我的額頭，然後離開。

十月的最後一天，我交出一篇報告，之後，玻碧和我一起出去找朋友喝咖啡。當時我過得很快樂，是我記憶中最快樂的一段時光。我修改完的稿子，路易斯很滿意，準備在一月號的雜誌登載這篇小說。我身上有尼克借我的錢，日後拿雜誌付給我的稿費還掉欠款之後，也還會剩下不少錢，所以覺得自己很有錢，彷彿終於擺脫了童年，擺脫了對其他人的依賴。我爸再也傷害不了我。站在這個制高點上，我對他生出一種前所未有的眞誠同情，是善良的旁觀者會油然生出的那種同情。

那天下午我們和梅黎安碰面，還有她那個幾乎人見人厭的男朋友安德魯。菲利浦也在，還帶了他最近開始交往的女生卡蜜兒。看見我，菲利浦好像有點尷尬，不時小心翼翼地迎上我的目光，我只要講笑話，他就露出微笑，但那個表情感覺上是在表達同情，甚至是憐憫，而非眞正的友誼。我覺得他的舉止實在太好笑，所以也不生氣，雖然我記得當時心裡暗暗希望玻碧也注意到了，這樣我們事後就可以討論這件事。

我們坐在學院綠地附近一家小咖啡館的樓上，聊天話題不知怎麼地轉到一夫一妻制，這是個我沒有任何看法可以發表的議題。一開始，梅黎安提到一夫一妻制究竟是不是一種傾向，就像同性戀一樣，有些人「天生」就沒辦法過一夫一妻的生活。這番話引來玻碧反駁，她說沒有任何性傾向是「天生的」。我喝了一小口玻碧請我喝的咖啡，什麼也沒說，只想聽她說。她說一夫一妻制以承諾模型爲基礎，主要是爲滿足父系社會的需要，便於他們將財產傳給有血緣關係的子嗣，而傳統上，就透過對妻子行使性權力來達成這個目的。非一夫一妻制可以建立在完全不同的基礎上，玻碧說。例如隨興所至的雙方合意。

像這樣聽玻碧論理分析，讓我覺得很興奮。她每一個句子都清晰透澈，彷彿是用清澄的玻璃或水在空中勾勒出具體的形狀來。她從不遲疑，也不再三重複。她不時看著我，而我總是點頭：對，沒錯。我的贊同似乎激勵了她，她彷彿在我的眼神裡尋求認同，然後再轉開視線，繼續說：我的意思是……

她講話的時候，好像把同桌的其他人都當空氣，但我發現菲利浦和卡蜜兒偷偷交換眼神。後來菲利浦看著安德魯。我們這一桌人，除了菲利浦之外，就只有安德魯一個男生。安德魯挑起雙眉，彷彿玻碧是在胡言亂語，或煽動反猶太主義。我覺得菲利浦盯著安德魯看，是一種懦弱的行爲，因爲我知道他根本不喜歡安德魯，而且這讓我覺得很不舒服。我慢慢發現，其他人已經好一會兒沒講話了，梅黎安開始不安地瞪著她的筆電。雖然我喜歡聽玻碧像這樣講話，但也開始希望她別再說了。

我只是覺得不可能同時愛超過一人，卡蜜兒說，我指的是，全心全意，眞正的愛。

妳爸媽有特別偏愛某個孩子嗎？玻碧說，對妳來說，那一定很不好受。

卡蜜兒發出緊張的笑聲，不確定玻碧是不是在開玩笑。她和玻碧不夠熟，不知道玻碧平常就是這樣講話。

這和對子女的愛不一樣，卡蜜兒說，對吧？

這個嘛，就看妳是不是相信在不同文化裡都存在的那種跨越時空的浪漫愛情囉，玻碧說。但我想，我們都相信蠢事，對吧？

梅黎安瞥了我一眼，飛快的一眼，但我看得出來，她和我有相同的感受：玻碧今天比平常更好鬥，她眼看著就要傷害卡蜜兒的感情，而這會惹惱菲利浦。我看著菲利浦，知道來不及了。他鼻孔微微張開，是生氣了，他要和玻碧吵架，而且絕對吵不贏。

很多人類學家都認同，人類天生是一夫一妻的生物，菲利浦說。

你在理論上抱持這樣的觀點嗎？玻碧說。

不是任何東西都可以用文化理論來分析的，菲利浦說。

玻碧笑起來，燦爛美麗的笑容充滿自信，讓梅黎安不由得皺起眉頭。

天哪，他們竟然讓你畢業？玻碧說。

那耶穌呢？我說，祂愛每一個人。

他也是獨身主義者，菲利浦說。

這個問題還有歷史爭議，玻碧說。

你那篇探討小說《錄事巴托比》[39]的報告寫得怎麼樣了，菲利浦？我說，你今天交了，對吧？

玻碧對我這拙劣的介入手段咧嘴笑笑，身體往後靠在椅背上。菲利浦沒看我，而是看著卡蜜兒，綻開微笑，彷彿分享著只有他倆才知道的笑話。我很生氣，因爲我出手拯救他，讓他不致受到羞辱，他卻不知感激，完全無視我的努力。他轉頭，開始談起他的報告，彷彿是爲了逗我開心，但我假裝沒聽見。玻碧開始在皮包裡翻找香菸，揚起頭說：你應該要讀吉爾·德勒茲[40]的。菲利浦又看著卡蜜兒。

我讀過了，菲利浦說。

那你顯然沒讀到他的重點，玻碧說。法蘭希絲，妳想和我一起去抽根菸嗎？

我跟著她走。這時還是黃昏，空氣爽冽，天空是深藍色的。她開始笑，我也笑起來，因爲和她單獨在一起非常快樂。她給我們兩人點菸，然後吐出一口白色煙霧，笑得太厲害而咳了幾聲。

人性啊，妳說說看，她說，妳這人簡直是牆頭草。

---

39 *Bartleby the Scrivener*，梅爾維爾（Herman Melville, 1819-1891）的短篇小說。

40 Gilles Deleuze，1925-1995，法國後現代主義哲學家。

我覺得我只是盡可能保持沉默，讓自己顯得聰明一點而已。

這句話逗樂了她，她憐愛地把我的一綹頭髮撥到耳後。

這是個暗示嗎？她說。

噢，不是。我要是有像妳這樣的口才，我肯定從早到晚講個不停。

我們同時對著彼此微笑。天冷了，玻碧的菸頭閃著鬼魅似的橘色火光，星星點點的火花四散。她揚起臉，面對街道，彷彿展示她側面完美的輪廓。

我最近過得一團糟，她說。家裡那些屁事，我不知道。妳以為妳是可以應付某些事情的人，結果等事情眞的發生了，妳卻發現妳根本應付不來。

她把菸擱在下唇，靠近嘴角，開始用手把頭髮往後攏成一個髻。因爲是萬聖節，街上人車繁忙，一群群人走過，身穿披風，戴假眼鏡，或扮成老虎。

妳指的是什麼？我說，出什麼事了？

妳知道傑瑞性情喜怒無常，對吧？其實也無所謂。家庭鬧劇，妳何必在意？

發生在妳身上的事，我都在意。

她又把菸夾在手指之間，用袖子抹抹鼻子。橘色的光映在她眼裡，像一把火。

他不想離婚，玻碧說。

我不明白。

唉，他眞的很渾蛋。他對艾蓮諾有各式各樣的陰謀論，說她拐走他的錢什麼的。最要命的是，他竟然還希望我站在他那邊。

我想起她對卡蜜兒說的：妳爸媽有特別偏愛某個孩子嗎？我知道傑瑞向來偏愛玻碧，他覺得她妹妹被寵壞了，他認爲他老婆歇斯底里。我知道他曾經告訴玻碧這些事，好爭取她的信任。我一直認爲傑瑞的偏愛，對玻碧來說是一種特權，但此刻我明白，這樣的偏愛同時也是麻煩與危險的。

我不知道妳經歷了這些事情，我說。

每個人都會經歷某些事情，不是嗎？基本上來說，這就是人生。只會有越來越多的事情必須忍受。妳和妳爸也有很多狗屁倒灶的事，只是妳從來不提而已。妳的人生也沒那麼完美。

我什麼也沒說。她唇間吐出一縷細細的煙，然後搖搖頭。

對不起，她說，我不是故意的。

不，妳說得沒錯。

有那麼一會兒，我們就這樣站著，一起躲在菸霧的屏障之後。我發現我們手臂相觸，接著，玻碧吻了我。我接受她的吻，甚至還感覺到我伸手去拉她的手。我感受到她嘴唇的輕柔壓力，她嘴唇微張，護唇膏有著化學甜味。我以爲她就要摟住我的腰，但沒有，她放開我，紅著臉，看起來比平常更漂亮。她用腳踩熄菸蒂。

我們該回樓上嗎？她說。

我身體裡面響起嗡嗡聲，像機器似的。我看著玻碧，想搜尋跡象，搞清楚剛才發生了什麼事。但她臉上什麼都沒有。她只是證實了她對我再也沒有任何感覺，親吻我就像親吻一道牆？這是某種實驗嗎？我們上樓拿外套，一起走回家，聊著學校，聊著梅麗莎的新書，聊著和我們其實並不相干的事。

26

隔天傍晚，尼克和我去看一部講吸血鬼的伊朗電影。去電影院的路上，我告訴他說玻碧吻了我，他想了幾秒鐘，說：梅麗莎有時候也會吻我。我不知道自己心裡究竟是什麼滋味，於是就開玩笑說，你竟然背著我吻其他女人！反正我們也快到電影院了。我眞的想讓她開心，他說，也許妳寧可不要談這件事。我雙手插在大衣口袋，站在電影院門口。談什麼？我說。談你吻你太太？

我們現在處得比較好了，他說。比我們以前好。但我的意思是，妳不會想要知道這些的。

我很高興知道你們處得好。

我覺得我應該謝謝妳，讓我成爲一個比較能和別人相處的人。

我們呼出的氣息懸浮在我倆之間，宛如一團霧。電影院的門敞開來，飄出一股暖意，以及爆米花的油脂味。

我們快趕不上電影了，我說。

我不說了。

看完電影後，我們到貴婦街吃油炸丸子。坐在雅座裡，我告訴他說我媽隔天要到都柏林來看我阿姨，然後開車載我回家做超音波檢查。尼克問我哪天要做檢查，我說是十一月三日下午。他點點頭，不想繼續談這些事情。所以我改變話題，說：我媽覺得你有點可疑，你知道的。

有這麼慘？尼克說。

店裡的女人端來我們的餐點，於是我們不再講話，開始吃東西。尼克提起他的爸媽，說「經過去年那些事情之後」，他沒怎麼和他們見面。

去年好像出了很多事，我說。

是嗎？

我零零星星聽說了一些，去年似乎不怎麼好過。

他聳聳肩，繼續吃。他八成不知道我已經曉得他住過精神病院。我小口喝著我的可口可樂，沒說話。他用餐巾揩揩嘴巴，開始講話。我沒期待他開口，但他卻開口了。我們附近的雅座都沒有人坐，也沒有人在聽我們講話。他的語氣很眞誠，帶著自貶的味道，不是爲了逗我笑，也不是要讓我難過。

尼克告訴我，去年夏天他在加州工作。他說工作排得很滿，非常累人，他累到不行，菸抽得很凶，把一邊的肺給搞壞了。他沒能把電影拍完，最後住進美國一家可怕的醫院裡，身邊沒有半個認識的人。當時梅麗莎爲了寫一篇移民社區的報導，在歐洲各地採訪，他們並不常聯絡。

他告訴我，等兩人都回到都柏林，他已經身心俱疲。他不想和梅麗莎到任何地方去，要是她有朋友來，他也多半留在樓上，想辦法睡覺。他們常對彼此發脾氣，不時吵架。尼克告訴我，剛結婚的時候，他們都想要有小孩，但慢慢的，只要他提起這件事，梅麗莎就拒絕討論。她已經三十六歲了。十月的某個夜晚，她告訴他說，她決定不要生小孩了。他們大吵一架。他說他講了一些不理性的話。我們都講了，他說。但我很後悔對她說了那些話。

最後他搬進客房。他白天大部分的時間都在睡覺，瘦了不少。剛開始的時候，他說，梅麗莎很生氣，她覺得他是在逼她，或者是在強迫她做她不想做的事。但後來她知道他是眞的病了。她想幫他，和醫生、心理諮商師約了時間，但尼克從來不去。我沒辦法解釋清楚我心裡的想法，他說，現在回頭想想，我也不懂自己爲什麼那樣做。

後來在十二月，他就住進了精神病院。他在醫院裡住了六個月，在那段時間，梅麗莎開始和別人交往，是他們共同的一位朋友。他之所以發現，是因爲她把原本要發給另一個人的簡訊發給了他。這對我的自尊心是很大的打擊，但我也不想小題大作，他說我甚至不知道那時我究竟還有沒有自尊。他出院之後，梅麗莎說她想要離婚，他說好。他謝謝她爲幫助他所做的一切，她突然哭了起來。她告訴他說，她這段時間有多害怕，光是早上離開家門，都會讓她覺得有罪惡感。我以爲你就要死了，她說。他們談了很久，互相道歉。最後他們同意，在找到其他解決方法之前，繼續住在一起。

春天的時候，尼克恢復工作。他做更多運動，在朋友導演的亞瑟．米勒舞臺劇裡演出一個小角色。梅麗莎和交往的那個男人——克里斯——分手，尼克說他們的生活就這樣如常繼續。他們想辦法協調，過著這種他稱爲「半婚姻」的狀態。他們和彼此的朋友見面，晚上一起吃飯。尼克重續健身房會員，下午到沙灘遛狗，晚上開始看小說。他喝蛋白質飲料，恢復了一些體重，生活過得還算可以。

妳現在應該瞭解，他說，我很習慣每一個人都當我是負擔。例如我的家人和梅麗莎，他們都希望我情況好轉，但他們並不喜歡有我在身邊。儘管我開始恢復正常，但我還是覺得自己一點價值都沒有，是個可悲的人，妳知道的，就好像我在浪費大家的時間。就在這個時候，我遇見了妳。

我盯著坐在對面的他。

很難相信妳竟然會對我有興趣，他說。妳知道的，妳寄給我那些電子郵件，有時候我會發現自己在想，這是眞的嗎？但是每次我都對自己竟然抱有這樣的念頭，覺得很羞愧。就像是，呃，可悲的已婚男人竟然相信有個漂亮的年輕女孩願意和他上床，還有什麼比這樣的癡心妄想更令人絕望呢？妳知道的。

我不知道該怎麼說。我搖了搖頭，再不然就是聳了聳肩。我不知道你有這樣的感覺，我說。

不，呃，我不想讓妳知道。我希望在妳心目中，我始終是妳認爲的那個很酷的男人。我知道妳有時候覺得我不愛表達心裡的感情，這對我來說眞的很困難。不過聽起來八成像是在找藉口。

我設法對他擠出個微笑，搖搖頭。不會，我說。我們就這樣沉默了一晌。

我有時候很殘酷，我說，現在想起來眞是可怕。

噢，不，別對自己這麼嚴格。

我瞪著桌面。我們都沉默下來。我繼續喝完我的可樂，他折起他的餐巾，擺在盤子上。

一會兒之後，他告訴我，這是他頭一次講述去年的風波和發生的事情。他說他從來沒用自己的角度聽過這個故事，因爲他通常都讓梅麗莎說，而這兩個版本聽起來當然不一樣。感覺好怪喔，他說，聽我自己說這件事，彷彿我就是主角。雖然我認爲我所說的都是事實，但聽起來很像是在說謊。梅麗莎的說法和我並不一樣。

我喜歡你講這件事的樣子，我說，你還想生小孩嗎？

當然想，但現在已經沒有這個選項了，我想。

這很難說。你還年輕。

他咳了一聲，好像要開口說什麼，但終究沒說。他看著我喝可樂，我抬眼看他。

我覺得你會是很好的父親，我說。你天性善良，很有愛心。

他裝出吃驚的可笑表情，然後嘴巴吐了一口氣。

妳把我說得太好了，他說。謝謝妳這麼說。我得要大聲笑，否則就要哭了。

我們吃完東西，離開餐廳。穿過貴婦街，沿著碼頭走，尼克說：我們應該一起離開，去度個週末或什麼的，妳想去嗎？我問說要去哪裡，他說，去威尼斯如何？我笑起來。他雙手插口袋，也笑了起來。我想他是覺得一起遠走高飛的主意很棒，又或者只是因爲逗我笑而開心。

就在這時，我聽見我媽的聲音。我聽見她說，嘿，妳好啊，小姐。她就站在馬路上，在我們面前。她身上一件蓬鬆的黑色外套，戴著有愛迪達商標的針織帽。我記得尼克穿的是他那件漂亮的灰色大衣。他和我媽看起來像電影裡的角色，只不過是由兩個不同導演所拍攝的兩部不同電影。

我不知道妳今天晚上就來了，我說。

我才剛停好車，她說。我和妳柏妮阿姨約好一起吃晚飯。

噢，這是我的朋友尼克，我說。尼克，這是我媽。

我只能飛快瞥他一眼，但我看見他露出微笑，伸出手。

大名鼎鼎的尼克，她說，我常聽到你的名字。

這個嘛，彼此彼此，他說。

她確實提過你長得很帥。

媽，別說了，我說。

但我以爲你年紀比較大一些，我媽說。你還是個年輕小夥子嘛。

他笑起來，說他受寵若驚。他們再次握手，她對我說明天早上見，然後我們就道別了。這天是十一月初。燈光在河面上粼粼閃爍，公車駛過，宛如一個個燈箱，車窗裡一張張臉孔。

我轉頭看尼克，他雙手插在口袋裡。很不錯，他說，而且沒提到我已婚，額外加分。

我微笑。她很酷呢，我說。

那天晚上我回到家的時候，玻碧在客廳。她坐在桌子旁邊，瞪著一疊紙。那是列印出來的文件，一角用釘書針釘了起來。尼克已經回蒙克斯敦，說他晚一點會寫電子郵件，和我討論去威尼斯的事。玻碧牙齒微微打顫。我進屋的時候，她沒抬頭看我，讓我有一種消失無形的奇怪感覺，彷彿我已經死了。

玻碧？我說。

梅麗莎把這個寄給我。

她舉起手上的文件。我看得出來那是長篇的文字，每一個段落中間都有空行，看起來像篇報告。

寄給妳什麼？我說。

她笑了好一會兒，也許是爲了呼出她憋在胸口太久的氣。然後她把那份文件往我身上丟。我笨手笨腳地在胸前抓住。低頭一看，這用無襯線字體列印出來的文章，是我寫的文字。是我的小說。

玻碧，我說。

妳是打算永遠不告訴我嗎？

我站在那裡，眼睛看著紙上的文字，但只看得見最上面的幾行。這一頁描述的是十幾歲的時候，我單獨去某人家裡參加派對，玻碧沒去，而我在派對上吐了。

對不起，我說。

對不起什麼？玻碧說。我好想知道，妳是因爲寫了這個而對不起？我很懷疑。

不，我不知道。

太可笑了。過去二十分鐘裡，我覺得我比過去四年來更加理解妳內心的感受。

我覺得頭暈，瞪著手裡的稿件，直到每個字都像昆蟲般扭曲蠕動。這是第一版的初稿，是我寄給瓦萊麗的那一個版本，她一定是拿給梅麗莎看了。

這是虛構的小說，我說。

玻碧從椅子裡站起來，批評似的把我從頭到腳打量一圈。我胸口湧起一股奇特的能量，彷彿我們就要開始吵架了。

我聽說妳靠這賺了不少錢，她說。

沒錯。

去妳的。

我眞的需要這筆錢，我說，我知道這對妳來說是很奇怪的概念，玻碧。

她從我手裡抓過稿子，釘書針的針尖卡在我的食指上，劃破了皮膚。她把稿子舉到我面前。

妳知道嗎，她說，這篇小說寫得眞好。

謝謝。

接著她把稿子撕成兩半，丟進垃圾桶，說：我不想再和妳住在一起了。她當天晚上就收拾行李。我坐在自己的房間裡，聽見她拉著行李箱走到玄關。我聽見她關上門。

隔天早上，我媽開車到公寓樓下載我。我上車，繫好安全帶。她原本聽著古典音樂電臺，但我關上車門之後，她就關掉收音機。時間是早上八點，我抱怨要這麼早起床。

噢，對不起，她說。我們應該打電話給醫院，重新安排時間，讓妳可以睡晚一點，這樣會比較好嗎？

我以爲明天才照超音波。

是今天下午。

幹，我輕聲說。

她把一大瓶水放到我腿上，說：妳想什麼時候開始都可以。我旋開瓶蓋。超音波檢查沒什麼需要事先準備的，唯一要做的就是多喝水，但我還是有種猝不及防的感覺。我們好一陣子沒講話，然後我媽斜瞄我一眼。

像昨天那樣碰見妳，眞是太好玩了，她說。妳看起來活脫脫是位年輕淑女。

而我其實不是？

她沒回答，我們正轉過一個圓環。我看著擋風玻璃外經過的車輛。

你們兩個看起來很優雅，她說，像電影明星。

噢，尼克是電影明星。他很亮眼。

我媽突然抓住我的手。車子在車陣中停了下來。我沒想到她握手的力道這麼強，幾乎像狠命抓我。媽，我說。她這才放開我。她用手指把頭髮往後撥好，然後雙手擱在方向盤上。

妳眞是個野女孩，她說。

我有最頂尖的榜樣可以學習。

她笑起來。噢，在這方面我恐怕比不上妳喔，法蘭希絲，妳得靠妳自己搞定這些事。

27

到了醫院，他們建議我再喝多一點水。水喝得太多，讓我坐在等候室的時候覺得很不舒服。這個地方人進人出。我媽從販賣機給我買了一條巧克力棒，我坐在那裡拿筆敲著《米德鎮的春天》[41]的封面。這本書是英國小說課的讀本，封面畫著一名維多利亞時代的仕女，眼神哀傷，手裡把玩著花。我很懷疑，維多利亞時代的女子其實並沒有像那個時代的藝術作品所描繪的，那麼常與花爲伍。

等待檢查的時候，有個男人帶著兩個小女孩進來，一個坐在娃娃車裡，比較大的那個爬上我旁邊的位子，貼近爸爸耳朵，不知說些什麼，雖然他根本沒在聽。女孩扭來扭去，想博得他的注意，她那雙會發亮的運動鞋先踢到我的皮包，接著又踢到我的手臂。她爸爸終於轉頭說：蕾貝嘉，看看妳幹了什麼！妳踢到那女人的手了！我想要迎上他的

41 *Middlemarch*，英國女作家喬治·艾略特的小說，被推崇為英國最偉大的小說之一。

目光，對他說：沒關係，我沒事。但他不看我。對他來說，我的手臂一點都不重要。他只是要讓他的女兒覺得難受，覺得羞愧而已。我想起尼克對待他那隻小狗的態度，那隻他愛的不得了的小狗。我不再想這件事。

登記員喊我的名字，我進到一個小房間裡。這裡有超音波機器，還有一張鋪著白色紙墊的醫療床。醫檢師要我躺到床上，她給塑膠儀器抹上凝膠的時候，我就躺在那裡瞪著天花板看。房間光線幽暗，暗得足以讓人浮想聯翩，彷彿藏著一座看不見的湖泊。我們聊天，但我不記得聊了什麼。我覺得自己的聲音是從別的地方發出來的，就像嘴巴裡有部收音機似的。

醫檢師把那個塑膠的東西用力壓在我的下腹，我瞪著上方，忍耐著不發出任何聲音。我的眼睛開始湧出淚水。我覺得她彷彿隨時會讓我看見粒子粗大的胚胎影像，提起心跳之類的，然後我就會心地點頭。想到超音波照出子宮空空如也的影像，我就覺得很悲哀，彷彿拍下一幢廢棄的房子。

結束之後，我謝謝她。我到洗手間，在供應熱水的醫院水龍頭下洗了好多次手。我八成也用力搓刷了很多次，因爲皮膚變得非常粉紅，指尖看起來有點腫。我又回到等候室，等待醫生喊我進去。蕾貝嘉和她的家人已經離開了。

醫生是位六十幾歲的男醫師。他瞇著眼睛看我，彷彿我令他失望似的，然後叫我坐下。他看著一份寫了些字的病歷，我坐在硬邦邦的塑膠椅上，盯著自己的指甲。我的手顯然燙傷了。他問起我八月住院時的一些問題，當時的症狀，以及婦科醫師的說法，然後問了一般的問題，例如我的月經週期與性生活。他一面問，一面漫不經心地翻著病歷，最後抬頭看我。

嗯，妳的超音波檢查看起來沒什麼問題，他說。沒有子宮肌瘤，沒有囊腫，沒有這類的問題。這是個好消息。

那還有壞消息嗎？

他露出微笑，但笑得詭異，彷彿讚賞我這麼勇敢。我吞吞口水，知道我犯了大錯。

醫生告訴我，我的子宮內膜有問題，也就是說，原本應當在子宮內的細胞跑到身體的其他部位生長。他說這些細胞是良性的，並不是癌細胞，但是這個病症本身無法治癒，有時候症狀還會加劇。這個病有個很長的名字，是我從來沒聽過的：子宮內膜異位症。他說這個病的症狀「很難診斷」，也「難以預測」，有時必須透過腹腔鏡才能確診。但妳的症狀吻合，他說。大約有十分之一的女人受這個病所苦。我咬著燙傷的拇指說：嗯。他說也可以進行手術治療，但通常只建議病情格外嚴重的病人接受手術。我心想，這是不是意味著我的情況並不嚴重，又或者只因爲他們還不確定。

他告訴我，對病患來說，最重要的是「疼痛管理」。他說病人的症狀主要表現在排卵期與經期的疼痛，以及性交時的不適。我咬著拇指指甲邊緣，開始咬下硬皮。想到性行爲會讓我痛苦，我覺得簡直像上天的懲罰般殘酷。醫生說「我們」希望不讓疼痛影響生活，「或造成某種程度的失能」。我下巴開始發痛，無意識地抹抹鼻子。

他說第二個問題是「生育問題」。這幾個字我記得非常清楚。我說，噢，眞的？很不幸的，他說，這個毛病讓很多女人不孕，這是我們最擔心的問題之一。但是他接著談起試管嬰兒，說這個技術進展得非常之快。我點點頭，拇指還含在嘴巴裡。我飛快地眨了好幾下眼睛，彷彿想把這個念頭眨出大腦似的，又或者把整間醫院都眨得消失無蹤。

和醫生就這樣談完了。我回到等候室，看見我媽正在讀我的《米德鎮的春天》。她才讀了十頁，我站在她旁邊，她抬頭看我，滿臉期待。

噢，她說，妳回來了。醫生怎麼說？

我身體裡面好像有什麼東西堵塞了，彷彿有隻手遮住我的嘴巴或我的眼睛。我沒辦法說明醫生告訴我的事，因爲他講了好多個問題，也花了好多的時間，包含許多不同的詞彙和語句。想到要講這麼多話，就讓我覺得噁心想吐。於是我聽見自己大聲說：噢，他說超音波檢查的結果沒問題。

所以他們不知道是怎麼回事？我媽說。

我們上車吧。

我們走到醫院外面，上車，我繫好安全帶。等回家之後，我再詳細說明，我心想。等我們回到家之後，我會有更多時間可以想清楚。她發動引擎，我手指扯開一團糾結的頭髮，拉到覺得頭髮被扯直了才放開手。幾根深色頭髮斷裂，從我的手裡掉落。我媽又開始問問題，我感覺到自己的嘴巴回答著問題。

只是嚴重的經痛，我說。他說我吃藥之後會改善。

她說，喔，好吧。鬆了一口氣，對吧？妳一定覺得心情好多了。我想要裝出堅強平靜的樣子，臉上反射動作似地擠出表情。她打左轉燈，開出停車場。

到家之後，我上樓回房間，等著時間到了去搭火車，而我媽在樓下打掃。我聽見她把鍋碗瓢盆擺進廚房櫃子裡。我爬到床上，看了一會兒網路，在很多個婦女網站找到相關的醫學報導，都是探討我罹患的這個無法治癒的疾病。這些報導多半是訪談，採訪因為這個疾病而生活飽受折磨的人。附上的照片多半都是圖庫裡找來的照片，白人女性憂心忡忡地看著窗外，有的還一手摀住下腹，表示疼痛。我也找到一些網路社群，有人分享可怕的術後照片，提出諸如：「放置支架之後，腎水腫要多久才會消失？」之類的問題。我盡可能冷靜地查看這些資料。

我儘快讀完這些訊息，然後闔上筆電，從袋子裡找出那本小聖經。我翻到馬可福音，耶穌說：女兒，妳的信救了妳，平平安安的回去罷！妳的災病痊癒了[42]。聖經裡的病人唯一的作用，就是讓沒病的人把他們治好，但耶穌其實什麼也不懂，我也一樣。就算我有任何信仰，我的病也不會痊癒。想這些根本就沒用。

我的電話開始響，我看見是尼克打來的。我接起來，和他同時喂了一聲。然後他說：嘿，有件事我應該告訴妳。我問是什麼事，他略微沉吟了一下才開口，雖然只有短短的一瞬間，但我還是感覺得出來。

是這樣的，梅麗莎和我又開始睡在一起了，他說。在電話上告訴妳，感覺好怪，但如果不讓妳知道，我覺得更怪。我不知道。

聽到他這麼說，我把電話拿得遠遠的，緩緩離開我的臉，眼睛瞪著電話看。這只是個物品，什麼意義都沒有。我聽見尼克說：法蘭希絲？但我只聽到隱隱約約的聲音，像是別的東西發出的聲音。我雖然沒掛斷，但小心地把電話擺在床頭櫃上。尼克的聲音變得像某種嗡嗡響，聽不出來在講什麼。我坐在床上，緩慢地吸氣，吐氣，慢得簡直像沒在呼吸。

然後我拿起電話，說：喂？

嘿，尼克說。妳還在？我以爲信號出了問題。

沒，我還在。我聽得見你的聲音。

噢，妳沒事吧？妳好像很難過。

我閉上眼睛。再次開口的時候，我聽見自己的聲音越變越小，但冰冷堅硬得像冰塊。

你和梅麗莎？我說，實際一點吧，尼克。

可是妳希望我告訴妳，對吧？

當然。

我只是不希望我們之間的關係有任何改變，他說。

輕鬆一點。

我聽見他不安地深吸一口氣。他希望能安慰我，我感覺得出來，但我不想讓他如願。大家總是希望我表現出某些弱點，好讓他們可以安慰我。這讓他們覺得自己有價

42 聖經馬可福音第五章第三十四節。

值，我非常清楚。

妳還好吧？他說。明天才照超音波，對吧？

這時我才想到，我告訴他的日期錯了。他沒忘記，這是我的錯。他八成在電話的行事曆裡給明天設定了提醒：問法蘭希絲照超音波的結果。

沒錯，我說，我會讓你知道結果的。另一部電話在響，所以我得掛了，照完超音波之後，我會打電話給你。

好，要記得。我希望一切都沒問題。妳不擔心，對吧？我想妳對任何事情都不擔心。

我悄悄用手背摸臉，覺得身體冷得像無生命的物體。

不，擔心是你的工作，我說，我們再聊，好嗎？

好，保持聯繫。

我掛掉電話，往臉上潑了些冷水，然後擦乾。我的臉還是以前的那張臉，到死都還會是同樣的這張臉。

那天傍晚到車站的路上，我媽一直瞄著我，彷彿我的舉止有什麼差錯，她很想罵我，卻又不確定是爲什麼。最後她叫我把腳放下來，不要伸到儀表板上。

妳一定鬆了一口氣，她說。

是啊，很開心。

妳錢還夠用吧？

噢，我說，沒什麼問題。

她瞥了一眼後照鏡。

醫生一定還講了什麼別的，對吧？她說。

沒有，他沒說什麼。

我看著窗外的車站。我覺得我生命中的某些東西終結了，也或許是我不再把自己當成是個完整或正常的人。我知道身體的病痛將會成爲我生活的常態，但這一點都不特別。痛苦並不會讓我變得特別，而假裝不痛苦也不會讓我變得特別。討論或寫出這些痛苦，都無法讓痛苦轉化成有用的東西。什麼都不會。我謝謝媽媽載我到車站，然後就下車了。

28

那個星期，我每天白天都去上課，晚上留在圖書館裡寫履歷，用圖書館的列印機列印出來。我得找份工作，才能把錢還給尼克。我對還錢這件事，變得非常執著，彷彿其他的一切都建立在這個基礎之上。他每次打電話來，我都按下拒接鈕，然後傳訊息給他，說我很忙。我說超音波檢查沒問題，沒什麼好擔心的。好吧，他回訊說。這是好消息囉？我沒回覆。要是能和妳見面就好了，他寫道。後來他寄了電子郵件給我，說：梅麗莎提到玻碧搬走了，情況還好嗎？我同樣沒回覆。到了星期三，他又寄了一封郵件給我。

嗨，我知道妳生我的氣，我覺得很難受。我想我們應該聊聊，看是什麼問題令妳困擾。目前我猜是和梅麗莎有關，但我也可能猜錯。我向來覺得妳知道這樣的事情可能發生，而妳只是希望萬一發生了，我可以告訴妳。但或許我太過天真，妳希望的很可能是這件事根本就不要發生。我很願意照妳的希望來做，但如果我不知道妳心裡想什麼，又怎麼能辦到呢。也或許是妳身體不舒服，還是被其他的問題所困擾。不知道妳究竟好不好，我很難受。很希望能得到妳的回音。

我沒回信。

有天上課之前，我給自己買了本便宜的灰色筆記本，用來記錄我的症狀。我整整齊齊地在每頁頂端寫上日期，這有助於掌握我的各種症狀，例如疲累和骨盆疼痛等。以前這些症狀只是模模糊糊的不適，好像沒有確切的開始與結束。而今我開始瞭解，病痛是我的勁敵，會用各種不同方式糾纏我。這本灰色筆記本甚至可以幫助我釐清「緩和」和「嚴重」之類的詞彙，讓我不再覺得模稜兩可，而是清清楚楚，可以歸類。我極度關注自己的身體狀況，以至於到後來，我所感受到的一切，感覺起來都像是某種症狀。起床後覺得有點頭暈，這算是一種症狀嗎？那麼心情低落呢？我決定要鉅細靡遺地記錄下來。有好幾天，我在灰色筆記本上，用整齊的字跡寫下幾個字：情緒波動（悲傷）。

那個週末，尼克要在蒙克斯敦辦慶生會，他就要滿三十三歲了。我不知道是不是該去參加。我反覆讀著他寄給我的郵件，想要拿定主意。有時讀起來讓我覺得他真心愛我，且默認我們的關係；但下一次再讀，卻覺得他猶豫不決，舉棋不定。我不知道我究竟希望他怎麼做。雖然我不願承認，但我似乎是希望他切斷和生命裡其他人事物的關係，只對我一個人忠貞不二。這念頭實在太古怪了，不只因為在我們交往期間，我曾經和別人上床，也因為我到現在心裡還常牽掛著別人，尤其是玻碧。我好想念她。我花這麼多時間思念玻碧，卻覺得這不關尼克的事；然而尼克思念梅麗莎，我卻認為是對我個人莫大的侮辱。

星期五，我打電話給他。我說我這個星期過得奇奇怪怪的，他說他很高興聽見我的聲音。我用舌頭舔舔牙齒。

你上個星期那通電話，讓我有點不知所措，我說，很抱歉，我反應過度了。

不，我不覺得妳反應過度。也許是我太低估這件事了。妳難過嗎？

我遲疑了一下，說：不會。

要是妳難過的話，我們可以聊一聊，他說。

我不難過。

他沉默了幾秒鐘，很古怪的沉默。我擔心他還有別的事情要告訴我。最後他說：我知道妳不喜歡因為外在的事情而覺得難過，但是表露感情，並不是脆弱的象徵。我臉上出現一抹冷酷的微笑，也感覺到惡意所散發的能量瀰漫全身。

我當然也有感情，我說。

當然。

我只是對你是不是幹了你老婆沒有任何感覺而已，對我來說，這影響不了我的情緒。

好吧，他說。

你希望我對這件事有反應。因爲我和別人上床的時候，你吃醋；而我現在不吃醋，讓你很沒有安全感。

我聽見他對著電話嘆口氣。或許吧，他說，或許就是這麼回事。我只是想要……呃……好吧，妳不難過，我覺得很高興。

這回我眞的露出微笑了。我知道他從我講話的嗓音裡可以聽見我的笑意，我說：你聽起來一點都不高興。他又嘆口氣，一聲微弱的嘆息。我覺得他彷彿躺在地板上，任由我用咧開微笑的牙齒撕裂他的身體。對不起，他說，我只是覺得妳很有敵意。

你傷害不了我，就把這個罪名安在我頭上，說我有敵意，我說。太有意思了。慶生會是明天，對吧？

他沉默了好久，沒出聲，我怕自己講得太過分了，怕他會說我不是個好人，說他已經厭煩，不再愛我，說我們的關係不可能再發展下去。結果他卻說：是啊，在我家。妳會來嗎？

當然，我爲什麼不去？我說。

太好了。能再見到妳，眞好。妳隨時來都可以。

三十三歲很老了耶。

是啊，我想是很老了，他說，我一直有這樣的感覺。

我抵達慶生會現場的時候，屋裡鬧哄哄的，擠滿我不認識的人。我看見他家的狗躲在電視機後面。梅麗莎親吻我的臉頰，顯然喝醉了。她給我倒了杯紅酒，說我看起來很漂亮。我想像尼克高潮時在她體內抖顫的情景。我恨他們兩個，濃烈得像熾熱愛情一般的恨意。我吞下一大口紅酒，雙手抱胸。

妳和玻碧還好吧？梅麗莎說。

我看著她。她的嘴唇染上了紅酒的顏色，牙齒也是。左眼下方沾著一團雖小，但明顯可見的睫毛膏。

我不知道，我說，她也來了嗎？

還沒。妳得把問題搞定，知道嗎。她寄了一封電子郵件給我，談這件事。

我瞪著梅麗莎，皮膚突然打個冷顫，湧起噁心的感覺。我很討厭玻碧一直寫信給她。我很想站起來，狠狠踩她的腳，然後看著她的臉，否認我做過這樣的事。不，我會這麼說，我不知道妳在說什麼。她會看著我，知道我既邪惡又瘋狂。我說我要去祝尼克生日快樂，她指著溫室的門。

妳在生他的氣，梅麗莎說，對不對？

我咬緊牙關。我心想，要是我卯足全身的力氣踩在她腳上，可以踩得多用力。

希望不是我的錯，她說。

不，我沒生任何人的氣。我該去打招呼了。

溫室裡的音響播放山姆．庫克的歌，尼克站在那裡和幾個陌生人講話，不住點頭。燈光昏暗，所有的東西看起來都藍藍的。我得離開才行。尼克看見我，我們四目交接。一如既往，我覺得體內彷彿有把鑰匙開始轉動。但這一次我痛恨這把鑰匙，痛恨自己敞開心門。他走過來，我就站在那裡，雙手抱胸，很可能蹙起眉頭，甚至還面露恐懼。

他也喝醉了，醉得口齒不清。我不再喜歡他的嗓音。他問我好不好，我聳聳肩。也許妳該告訴我，我做錯了什麼，這樣我才能道歉，他說。

梅麗莎好像以爲我們在吵架，我說。

這個嘛，我們有沒有吵架？

就算我們吵架，和她有關係嗎？

我不知道，他說，我不知道妳講這個是什麼意思。

我渾身僵硬，牙齒咬得緊緊的，緊到發痛。他摸摸我的手臂，我抽身離開，彷彿被他打了一記耳光似的。他一臉受傷，完全就是正常人被傷害時會有的表情。我有點不對勁，我知道。

有兩個我從沒見過的人走過來，祝尼克生日快樂：一名高個子的男人，和一個抱著小寶寶的黑髮女人。尼克見到他們似乎很開心。那女人一直說：我們不能待太久，我們不能待太久，我們只是來打聲招呼。尼克把我介紹給他們，是他姐姐蘿拉和姐夫吉姆，他們的寶寶就是尼克愛的不得了的小寶寶。我不確定蘿拉是不是知道我是誰。寶寶滿頭金髮，一雙聖潔的大眼睛。蘿拉說她很高興認識我，我說：哇，妳的寶寶好漂亮。尼克大笑，說：真的很漂亮吧？她是個寶寶模特兒。她可以替嬰兒食品拍廣告。蘿拉問我想不想抱她，我看著她說：想啊，可以嗎？

蘿拉把寶寶交給我，說她要去給自己弄杯蘇打水。吉米和尼克聊了起來，我不記得他們聊了什麼。寶寶看著我，嘴巴張開又闔上。她的嘴巴像是可以任意變化形狀似的，有一會兒，她把整隻手塞進嘴巴裡。很難相信這麼完美的小東西竟然任憑大人隨興擺布。大人爲了去喝蘇打水，就把她交給陌生人。寶寶抬頭看我，手還含在嘴巴裡濕濕的，眨眨眼睛。我把她嬌小的身軀貼在胸前，想著她有多麼小。我想和她講話，但其他人會聽見，而除了她之外，我不希望有其他人聽見我說的話。

我抬起頭，看見尼克在看我。我們盯著彼此，互看了幾秒鐘，這感覺好凝重，讓我不由得想對他擠出微笑。是啊，我說，我好愛這個寶寶喔。她好漂亮，天底下沒有人比得上她。吉米回答說：全家人裡面，尼克最喜歡的就是蕾秋了。他比我們做爸媽的還愛她。尼克聽了綻開微笑，挨過來摸寶寶的手。寶寶舉起手揮啊揮的，彷彿想保持平衡似的。她抓住尼克的拇指。噢，我快哭了，我說，她太完美了。

蘿拉回來，說她要抱回寶寶。她很重，對不對？她說。我木然點頭，說：她好可愛喔。沒了寶寶，我的手臂變得細弱，空蕩。她是個迷人精，蘿拉說，是不是啊，妳？她愛憐地摸摸寶寶的鼻子。等妳有了自己的孩子就知道了，她說。我就只是盯著她看，眨眨眼，說了對啊還是沒錯之類的。他們得走了，所以去和梅麗莎道再見。

他們離開之後，尼克撫著我的背，我告訴他說我好愛他這個外甥女。她好漂亮，我說。漂亮這個形容詞聽起來可能很蠢，但你知道我的意思。尼克說他不覺得這麼說有什麼蠢。他喝醉了，但我知道他想要盡力對我好一點。我說了一些話，像是：其實我有點不太舒服。他問我還好嗎，我沒看他。我說：我走開沒關係吧？這裡人好多，我不想獨佔你。他的眼睛想要看著我，但我沒辦法看他。他問我怎麼回事，我說：我明天再跟你說。

他沒跟在我後面走出大門。我發抖，緊緊咬著也開始發抖的下唇。我叫了計程車回市區。

那天半夜，我接到我爸打來的電話。電話鈴聲把我吵醒，我想接電話的時候，手肘撞到床頭櫃。喂？我說。那時已經凌晨三點多，我把手肘貼在胸前，瞇眼看著周圍的暗黑，等他開口說話。電話那頭隱隱有些噪音，聽來像是天氣的關係，是刮風或者下雨吧。

是妳嗎，法蘭希絲？他說。

我一直想要聯絡你。

我知道，我知道，聽我說。

他對著電話嘆口氣。我什麼也沒說，他也是。他再次開口時，顯得非常疲憊。

對不起，親愛的，他說。

對不起什麼？

妳知道，妳知道的。妳心裡明白。對不起。

我不知道你在說什麼，我說。

雖然我打了好幾個星期的電話給他，想問生活費的事，但我知道此時不能提起這件事，也知道就算他提起，我也要否認，說我收到那筆錢了。

聽我說，他說。今年情況很不好，所有的事情都失控了。

是嗎？

他又嘆口氣。我說：爸？

是啊，妳沒有我，會過得更好，他說，對吧？

當然不對。別這麼說。你究竟在說什麼？

啊，沒事。只是胡言亂語。

我在發抖，拼命想著能讓我覺得安全而正常的事。物質的東西：掛在浴室裡晾乾的白色上衣，按字母順序排在書架上的小說，還有那組綠色的瓷杯。

爸？我說。

妳是個很好的女孩，法蘭希絲，妳從來沒給我們添麻煩。

你還好嗎？

妳媽說妳現在有個男朋友，他說，長得很帥的傢伙，我聽說。

爸，你在哪裡？是在外面嗎？

他沉默了幾秒鐘，然後又嘆口氣，這一次聽起來簡直像呻吟，彷彿身體有種無法言說、難以形容的痛苦。

聽我說，他說，對不起，好嗎？很對不起。

爸，等等。

他掛了電話。我閉上眼睛，感覺到我房間裡所有的傢俱都開始消失，就像顛倒著玩俄羅斯方塊，傢俱移動到電腦螢幕最上方，然後消失，接下來會消失的是我。我撥了他的電話，一次又一次，知道他不會接。最後連鈴聲也不響了，也許是沒電了。我躺在黑暗裡，等待天亮。

隔天，尼克打電話來的時候，我還躺在床上。我大約早上十點才睡著，他打電話給我的時候差不多是中午。百葉窗在天花板映出醜陋的灰色暗影。我接起電話，他問說是不是吵醒我了，我說：沒關係，我沒睡好。他問說他可不可以過來。我伸手拉開百葉窗，說好啊，當然可以。

他上了車，但我還賴在床上。我甚至沒起床淋浴。我穿上黑色T恤，幫他按開樓下大門。進到屋裡來的他，看起來剛刮淨鬍子，身上有菸味。看見他的時候，我抓著自己的喉嚨，說了句，噢，你來得好快喔之類的。我們一起進我房間，他說，是啊，路上車不多。

有那麼幾秒鐘，我們就這樣呆站著互看彼此，接著他吻我，吻在我嘴上。他說：可以嗎？我點點頭，喃喃講著蠢話。他說：昨天晚上的事，很對不起。我一直在想妳。我想念妳。感覺上他像事前準備好這些說詞，這樣我事後才不會罵他沒說這些話。我喉嚨好痛，像是要哭了。我感覺到他的手探進我T恤裡，我哭了起來，不知究竟是爲什麼。他說：噢，別哭，怎麼了？嘿。我聳聳肩，做了個沒有意義的怪異手勢。我哭得很厲害。他愣在那裡，不知所措。他這天穿淺藍色襯衫，領尖有白色鈕釦的那種襯衫。

我們可以聊聊嗎？他說。

我說沒什麼好聊的，然後我們就上床了。我跪著，他從我背後來。這一次他用了保險套，但我們並沒討論這個問題。他對我講的話，我大半都假裝沒聽見。我還是在哭，拼命地哭。有些事情會讓我哭得更厲害，例如他摸我胸部，或是他問我舒不舒服的時候。然後他說他想停，所以我們就停下沒做了。我拉起床單蓋住身體，手壓著眼睛，讓自己不必看他。

今天做得不順嗎？我說。

我們可以聊聊嗎？

你通常都很喜歡做愛的，不是嗎？

我可以問妳一個問題嗎？他說，妳希望我離開她嗎？

我看著他。他看起來很累，我感覺得出來，他討厭我對他所做的一切。我的身體彷彿是可以用過即丟的東西，只是幫某個更有價值的東西佔住空間而已。我在想像裡把自己的身體拆解開來，四肢並排在一起，詳加比較一番。

不，我說，我並不希望這樣。

我不知道該怎麼做。我覺得他媽的糟透了。妳好像在生我的氣，而我不知道該怎麼才能讓妳開心。

這個嘛，也許我們不該再見面。

是啊，他說。好吧，我想妳八成是對的。

我不再哭了。我轉開視線，撥開披散在臉上的頭髮，用套在手腕上的橡皮筋紮好。

我雙手顫抖，視線裡開始在某些不該有光的地方看見微弱的光。他說他很抱歉，說他愛我。他還說了別的，說什麼他配不上我啦，諸如此類的。我想：要是我今天上午沒接起電話，那麼尼克現在就還是我的男朋友，而一切也都還會如常。我咳嗽，清清嗓子。

他離開我家之後，我拿出一把小指甲剪，在左大腿內側剪出一個洞。我覺得我一定要做點誇張的事情，來讓我不想起自己心情有多惡劣。但傷口並沒讓我心情變好。流了好多血，只讓我心情更壞。我坐在房間的地板上，用一團衛生紙摀住流血的傷口，想著我自己的死亡。我像只空杯子，被尼克倒空的杯子，現在我必須看著從我身體裡流掉的東西：我種種的虛妄信念，以爲自己很有價值，把自己僞裝成另一個人。在這些妄想充斥全身的時候，我完全沒發現；而如今我什麼都沒有，就只是個空杯子時，反倒可以看清楚我自己了。

我把傷口清理乾淨，找出一個OK繃貼上。然後拉上百葉窗，翻開我的《米德鎮的春天》。尼克究竟爲什麼離開我，是因爲梅麗莎一回心轉意，他就趕緊抓住機會？還是因爲我的長相和身體醜得讓他覺得噁心？又或者是因爲他太討厭和我做愛，所以做到一半不得不喊停？說到底，這些都無關緊要。以後幫我寫傳記的人也不會關心這些。我想起自己的一些事，那些從未告訴尼克的事，開始覺得好過一些，彷彿我的隱私包圍著我，像柵欄般保護了我的身體。我是個極爲獨立自主的人，沒有其他人能碰觸或察覺我的內心世界。

傷口止血之後，還是不住抽痛。我開始有點害怕，怕自己幹了蠢事，雖然我知道我不會告訴任何人，而且以後也絕對不會再做這樣的事。自從和玻碧分手之後，我就沒再劃破皮膚弄出傷口，雖然我還是會站在蓮蓬頭下，讓熱水流到完，繼續站在冷水裡，直到手指凍成藍色。我暗自把這樣的行爲稱爲「發洩」。抓傷手臂是「發洩」，意外把自己的身體搞到體溫過低，不得不在電話裡向急救人員解釋原委，也是「發洩」。

那天晚上，我想起爸爸半夜打給我的電話，也想起自己有多麼想告訴尼克這件事。我心中的渴望如此強烈，甚至眞的起心動念：我要打電話給尼克，那他就會回到我身邊。像這樣的事情是可以挽回的。但我知道，他再也不會回來，不會眞的回來。他不再只屬於我一個人，那樣的關係已經結束了。梅麗莎知道我所不知道的事。他倆之間經歷了這些波折，卻還是渴望著對方。我想起她寫給我的電子郵件，想起我自己罹患的病，以及我可能不孕。我不能給尼克任何對他有意義的東西。

接下來幾天，我不時盯著電話，一看就是幾個鐘頭，什麼事也沒做。時間在螢幕上發亮的時鐘裡逐漸流逝，但我還是覺得我好像沒注意到時間的消逝。那天傍晚尼克沒打電話給我，隔天沒打給我，再隔天也沒有。沒有人打電話給我。慢慢的，等待變得不太像等待，而是像人生本來該有的面貌：你等待的事情始終沒發生，於是你開始讓自己分散注意力。我申請工作，上課。人生繼續。

29

我找到一份工作，晚上和週末在一家三明治店煮咖啡。第一天上班，有個叫琳達的女人給我一件黑色圍裙，教我怎麼煮咖啡。壓下一個小控制桿，給濾杯添加磨好的咖啡粉，單份濃縮咖啡壓一下，雙份壓兩下，然後把濾杯緊緊旋鎖到機器上，按下熱水開關。還有一個小小的蒸氣噴嘴和一小罐牛奶。琳達告訴我很多關於咖啡的知識，例如拿鐵和卡布奇諾之間的區別。店裡也賣摩卡咖啡，但琳達說摩卡「很複雜」，所以讓別人來做就好。沒人會點摩卡的，她說。

我本來以爲會在學校裡碰見玻碧，結果沒有。我不時流連在藝術大樓、她常去抽菸的坡道，以及有免費《紐約時報》可看、可以借用廚房泡茶的演辯社附近。但她從未出現。不過，我們的課表本來就不一樣。我希望能在對我來說時機恰當的時候碰見她，例如在我穿著駝色外套的時候，或書捧得滿懷的時候，這樣我就可以對她露出想要盡釋前嫌的那種試探微笑。我最害怕的情況是，她踏進我上班的三明治店，發現我在這裡打工。只要有身材苗條、深色頭髮留瀏海的女子走進店裡，我就立刻轉身面向咖啡機，假裝在加熱牛奶。過去幾個月，我彷彿見到人生的另一個可能性，我有可能靠著寫作、聊天和研究事物就能真正掙到錢。當時有雜誌要刊登我的小說，我甚至覺得自己踏進了一個嶄新的世界，把舊生活摺得小小的，遠遠拋在背後。只要想到玻碧可能踏進這家三明治店，親眼看見我以前有多麼自欺欺人，我就覺得很丟臉。

我在電話上告訴我媽說爸爸打電話給我的事。事實上，我們還因此在電話上吵了架，事後整整一個鐘頭，我都累得沒辦法開口，沒辦法動彈。我說她是「始作俑者」，她說：噢，都是我的錯囉？一切都是我的錯。她說我伯父前一天在市區看到他，他沒事。我又提起小時候發生的意外，我爸拿鞋砸中我的臉。我是個壞媽媽，她說，這就是妳的意思。要是妳得出這樣的結論，那也是妳自己的問題，我說。她說反正我從來就不愛我爸。

照妳這麼說，愛別人的唯一方式，就是讓他們把你當狗屎一樣對待，我說。

她掛掉電話。之後我躺在床上，覺得像一盞被關掉的燈。

十一月底有一天，伊芙琳轉貼梅麗莎發布在臉書上的一段影片連結，還有一句話：又看到這個，笑死我了。我從縮圖裡看得出來影片是在梅麗莎家的廚房拍的。我點開來，等待下載。影片裡的光線是奶油黃，背景裡有串串一閃一閃的小燈泡，我看見尼克和梅麗莎併肩站在廚房流理臺前。拿著攝影機的人說：好了，好了，別動。攝影機晃動得很厲害，但我看見梅麗莎轉頭面對尼克，兩人都在笑。他穿黑色毛衣，不住點頭，彷彿配合著她給的信號。接著他開口唱歌：我真的不能留下。梅麗莎唱：但是，寶貝，外面很冷。他們兩個是在表演二重唱，非常好笑。廚房裡所有的人都大笑鼓掌，我聽見伊芙琳的聲音說：噓，噓！我以前沒聽尼克唱過歌，他嗓子眞好。梅麗莎也是。他們表演得眞好，尼克有點不情願，梅麗莎想辦法讓他繼續唱。很適合他們。他們顯然爲了表演給朋友看而練習過。看過影片的人都感覺得出來，他們有多深愛彼此。我心想，要是我以前看過他們像這樣在一起，也許什麼事都不會發生了。說不定我早該料到會有這樣的結果。

每個星期三，我只從下午五點上班到八點，但是回到家，我卻累得什麼也吃不下。我學校的功課落後了，因爲在三明治店上班，所以我沒有那麼多時間可以唸完課堂指定的閱讀作業，但眞正的問題在於我的專注力。我沒辦法專心。概念沒辦法自動歸納，我能運用的字彙越來越少，也越來越不精確。收到第二筆工資之後，我從銀行帳戶提出兩百歐元，放進信封裡。我在一張便條紙上寫著：謝謝你借我錢，然後郵寄到尼克在蒙克斯敦的地址。他沒回信給我說他收到了，但我也不期待他會這麼做。

這時差不多是十二月，我還剩下三顆藥，接著變成兩顆，然後一顆。吃完所有的藥之後，那感覺又回來了，就像以前一樣，持續了好幾天。我咬緊牙關，一如既往地去上課。痙攣一波波襲來，平息之後，我渾身虛弱冒汗。有位助教叫我講講威爾·拉迪斯洛這個角色，雖然我已經讀完《米德鎮的春天》，嘴巴卻只張開又合上，活像條魚似的。最後我只能說：我沒辦法，對不起。

那天傍晚，我沿著湯瑪斯街步行回家。我雙腿抖顫，而且已經好幾天沒吃頓像樣的飯了。我感覺到腹部鼓脹，靠在腳踏車架上歇息了好一會兒，視線開始渙散。我抓著腳踏車架的手變成半透明，就像把負片舉起來對著光線那樣。湯瑪斯街教堂就在幾步之外，我拖著腳步，一條手臂摟著肋骨，一跛一跛走向教堂大門。

教堂裡有陳腐的薰香和乾燥空氣的味道。祭壇後面，一列列彩繪玻璃高聳，宛如鋼琴家修長的手指，天花板是糕點糖果的那種白色與薄荷綠。我長大之後就沒再進過教堂。兩個老婦人手拿念珠，坐在一旁。我坐在後面，抬頭看彩繪玻璃，想讓視線集中在那上面，彷彿那永恆的存在可以防止我消失。這莫名其妙的病從來也沒要了誰的命，我想。我臉上冒汗，再不然就是在外面弄濕了，我不知道。我解開大衣的釦子，用圍巾裡側乾的部分擦擦額頭。

我用鼻子呼吸，嘴唇微張，用力把空氣吸進肺部。我雙手合掌擺在膝上。疼痛重擊我的脊椎，往上擴散到我的顱部，讓我的眼睛湧出淚水。我在禱告，我心想。我真的坐在這裡，祈求上帝幫助我。我是認真的。請幫助我，我心想。拜託。我知道禱告也是有規矩的，你必須先相信神的律令，才能開口要求神的幫助，而我並不相信。但我還是盡了力，我想。我愛同爲人類的其他人。眞是這樣的嗎？在玻碧撕了我的小說，棄我而去之後，我還是愛她嗎？我還愛尼克嗎，就算他不想再操我？我愛梅麗莎嗎？我曾經愛過她嗎？我愛我媽和我爸嗎？我可以愛所有的人，包括壞人嗎？我垂下頭，靠在合起的手掌上，覺得就快要暈過去了。

我不再想這些宏大的概念，而是把注意力集中在小事上，我所能想得到最小的事情上。我坐的這條長椅，是某人在某個時候製作的。有人把它扛進教堂。有人給地上鋪瓷磚，有人裝上窗戶。每一塊磚都是由人動手一一砌成的，每一扇門的每一條鉸鍊，外面每一條路的路面，街燈的每一盞燈泡都是這樣完成的。就算是由機器製造的東西，事實上也是由人所造的。因爲一開始是人造了機器。而人自己，是由其他人所造，由努力創造快樂子女與幸福家庭的那些人所造。我，我所穿的衣服，我所懂的語言。誰讓我進到這個教堂裡，思索這些問題？是其他人，我熟悉的人與我從未見過的人。而我是自己，還是他們？這是我嗎，法蘭希絲？不，這不是我。這是其他人。我是不是有時候會傷害我自己？我是不是濫用了僅僅因爲身爲白人，卽不勞而獲的文化特權？我是不是把別人付出的勞力視爲理所當然？我是不是有時利用過度簡化的性別理論來規避嚴肅的道德承諾？我是不是無法和自己的身體和諧共處？是的。我是不是想要擺脫痛苦，因此也要求其他人擺脫生命的痛苦，因爲我的痛苦也是他們的痛苦？是的，是的。

睜開眼睛，我覺得我理解了某些道理，我身體的細胞像千百萬個發光點似的全部亮了起來。我瞭解了某些深刻宏遠的東西。我從座位站起來，然後就昏倒了。

對我來說，暈厥變得正常。我要扶我起來的那個女人放心，說我以前也有過同樣的情況，她好像有點氣惱，說了什麼：要好好解決啊。我嘴巴有怪味，但我還有力氣可以自己走。剛才閃現的心靈覺醒已經消失無蹤了。回家的路上，我在中心便利商店買了兩包卽食麵和一盒巧克力蛋糕，緩緩走回家，小心翼翼地把一腳伸到另一腳前面。

回到家，我打開蛋糕盒蓋，拿出湯匙，撥了梅麗莎的行動電話。電話響了，鈴聲像是令人滿意的嗚嗚叫。接著出現了她的呼吸聲。

喂？梅麗莎說。

我們可以談一下嗎？或者還不方便？

她笑起來，至少我認爲她發出的聲音是笑聲。

妳指的是一般的情況，還是現在？她說，一般來說都不方便，不過現在倒還可以。

妳爲什麼把我的小說寄給玻碧？

我不知道，法蘭希絲，妳幹嘛要幹我的老公？

妳這樣說是要嚇我嗎？我說。妳是個愛講髒話，很可怕的人，好吧。我們都知道了，但妳爲什麼要把我的小說寄給玻碧？

她沉默了。我用匙尖舀起蛋糕表面的糖霜，舔一舔。很甜，但沒有香味。

妳就是會突然有這種情緒反應，對不對？她說，就像那次對瓦萊麗那樣。妳覺得其他女人威脅到妳了嗎？

我在問妳問題，妳要是不想回答，就掛掉電話。

妳有什麼資格要求我解釋我的行爲？

妳恨我，我說，對不對？

她嘆口氣。我甚至不知道這是什麼意思，她說。我把湯匙插進蛋糕深處，挖起海綿蛋糕的部分，吃了一大口。

妳徹頭徹尾蔑視我的存在，梅麗莎說，我指的不只是尼克的事。妳第一次來我們家的時候，就只是打量四周，彷彿在說：我要毀掉這丟人的小資產階級生活。我指的是，妳從摧毀別人的生活得到莫大的喜悅。我突然看著我這該死的房子，心想：這沙發很醜嗎？喝紅酒很俗氣嗎？我以前覺得很棒的事情，開始讓我覺得很蹩腳。我竟然有老公，而不是去幹別人的老公。正經去簽一本出版合約，而不是用我認識的人爲原型，寫幾篇齷齪的短篇小說，去賣給有名的雜誌。我指的是，妳戴著他媽的鼻環走進我家，彷彿在說：我太想把這裡的一切全給掏空，因爲她這個人太規矩了。

我把湯匙戳進蛋糕裡，放開手，讓湯匙直立起來。我的手摸摸臉。

我沒戴鼻環，我說，那是玻碧。

好吧，太對不起了。

我不知道妳認爲我有這麼大的破壞力。事實上，我從沒對妳家不滿，我還想讓那成爲我自己的家。我想要妳全部的生活。也許我做了卑鄙的事，想要得到妳的生活，但我很窮，而妳很有錢。我沒打算摧毀妳的生活，我是想偷走。

她發出不以爲然的哼一聲，但我不相信她沒聽進我說的話。那輕蔑的聲音與其說是眞實的反應，不如說是某種表演。

因爲妳太喜歡我，所以和我老公搞外遇，梅麗莎說。

不，我沒說我喜歡妳。

好吧，反正我也不喜歡妳。但妳也不算是個好人。

我們兩個都沉默了一晌，彷彿我們追著彼此跑上幾階樓梯，上氣不接下氣，覺得這行爲實在太蠢了。

我很後悔，我說。我後悔沒做個好人。我應該更努力當妳的朋友才對。對不起。

什麼？

對不起，梅麗莎，對不起，我打這個電話來責問妳，這實在很蠢。我不知道我在幹嘛。也許是我最近情況不太好。我很抱歉打電話給妳，對這一切，我很抱歉。

天哪，她說，怎麼回事，妳還好嗎？

我沒事。我只是覺得我沒能成爲自己應該成爲的那個人。我不知道我在說什麼。我希望我以前能更瞭解妳，對妳更好一點。我要爲此道歉。然後我就掛掉電話了。

她還來不及說什麼，我就掛掉電話了。我吃了蛋糕，餓鬼似的狼吞虎嚥，然後抹抹嘴巴，打開筆電，開始寫電子郵件。

親愛的玻碧，

我今天在教堂昏倒了，妳一定會覺得很好笑。我的小說傷害了妳的感情，很對不起。我覺得這件事之所傷害了妳，是因為我可以對其他人誠實，卻沒對妳坦誠以待。我希望這就是原因。我今天晚上打電話給梅麗莎，問她為什麼要把小說寄給妳。我花了一些時間才明瞭，我要問的其實是：我為什麼要寫這篇小說？那通電話很丟人，也沒辦法講得清楚。也許我把她當成是我媽了。事實是，我愛妳，我一直都愛妳。我指的是柏拉圖式的愛嗎？妳吻我的時候，我並沒有拒絕。和妳再次上床的想法始終都在。妳和我分手的時候，我覺得像是我們在一起玩某個遊戲，而我被妳擊敗了。我希望能重新再來一次，好擊敗妳。現在我覺得，我只是想和妳上床，不帶任何隱喻。這並不表示我沒有其他欲望。例如我現在拿著湯匙，從盒裡挖著巧克力蛋糕吃。在資本主義之下，妳要愛某人，就必須愛每一個人。這是理論，或只是神學？我讀聖經的時候，想像妳是耶穌，所以在教堂暈倒，說不定是某種隱喻。但我現在不是在賣弄聰明，我沒辦法為寫了那篇小說或拿稿費而道歉。我只能為嚇到妳而道歉，因為我應該早點告訴妳的。對我來說，妳不僅是一個概念，要是我以前把妳當成概念，那我應該要說對不起。妳談論一夫一妻制的那個晚上，我深深愛上妳的聰明才智。我當時不理解妳想要告訴我什麼，也許我不像我們兩個所以為的那樣聰明。我們四個人在一起的時候，我總是想像我們是兩兩成對，而這讓我覺得備受威脅，因為沒有我在內的那一個組合，似乎永遠都比有我在內的這個組合更吸引我。妳和尼克，妳和梅麗莎，甚至尼克和梅麗莎特有的那種相處方式。但是此刻我明白，沒有什麼是只靠兩個人或三個人所構成的。我與妳的關係，是妳和梅麗莎、妳和尼克、妳和妳自己童年等等的關係所構成的。我想要獲得某些東西，因為我覺得唯有如此我才能存在。妳會回信給我，分析拉岡[43]的理論。也或許妳根本不會回信。要是妳不喜歡我的文藝腔，那麼我要告訴妳，我是真的暈倒了。這是事實，不是謊言。我到現在都還在發抖。我們有沒有可能找出另一種相愛的模式呢？我沒喝醉酒。請回信給我。我愛妳。

法蘭希絲

這時巧克力蛋糕已經吃完了。我看看盒子，只看見我沒剝掉的包裝紙邊緣上，沾著一些碎屑和糖霜。我從餐桌旁起身，燒一壺水，在法式濾壓壺裡添了兩勺咖啡粉。我吃了止痛藥，喝了咖啡，在Netflix上看了一部謀殺推理劇。我開始覺得平靜，心想，這該不會是上帝的作爲吧。不是任何實際存在的上帝，而是普世共同的文化實踐，所以顯得如此具體而眞實，就像語言和性別一樣。

那天晚上十一點十分，我聽見鑰匙開門的聲音。我走到玄關，看見她正拉開風衣的拉鍊。這件風衣是她夏天買了帶去法國穿的，雨水從袖口涓涓滴落，在地板上發出輕輕的敲擊聲。我們眼神接觸。

那封信太怪了，玻碧說，但我也愛妳。

---

43 Jacques-Marie-Émile Lacan，1901-1981，法國精神分析學家，有「法國佛洛伊德」之稱。

30

這天晚上，我們第一次談起我們分手的事。我覺得很像打開了自己家裡的一扇門，一扇你每天從前面經過，卻努力不去注意它存在的門。玻碧說我傷了她的心。我們坐在我的床上，玻碧背靠著床頭板，豎起枕頭墊在背後。我則是盤腿坐在床尾。她說我在吵架的時候笑她，把她當笨蛋。我告訴她說梅麗莎說我不是個善良的人。玻碧聽了也笑起來。梅麗莎可清楚了，她說。她自己什麼時候又對別人善良來著？

說不定善良原本就不該拿來當成衡量的標準，我說。

這絕對和權力有關，玻碧說。只是我們很難判斷誰擁有權力，所以我們就用「善良」來替代。我的意思是，這是公共論域裡的大問題。我們最後會問，以色列比巴勒斯坦「善良」嗎？妳懂我的意思。

我懂。

傑瑞肯定比艾蓮諾「善良」。

沒錯，我說。

我幫玻碧泡了杯茶，她握著杯子，放在膝上兩腿之間。我們聊天的時候，她讓手藉著杯子的溫度暖起來。

順便告訴妳，我並不怪妳寫了我的故事去賺錢，玻碧說。要是我事先知情，一定會覺得很好玩。

我知道，我應該要告訴妳，但卻沒說。只是在某種程度上，我還是認爲妳是害我傷心的人，是妳害我沒辦法和別人建立正常關係。

妳故意低估自己的力量，這麼一來，妳對別人不好的時候，就不必自責。這是妳說給妳自己聽的版本。噢，好吧，玻碧有錢，尼克是個男人，我沒辦法傷害他們。但如果他們傷害了我，我也會捍衛我自己。

我聳聳肩，想不出什麼可說的。她捧起茶，小口喝著，然後又擺回腿上。

妳可以去做心理諮商，她說。

妳覺得我該去嗎？

妳還沒正常到可以不必看心理醫師的程度。去做諮商對妳可能有好處。在教堂昏倒，可不是什麼正常的事。

我沒打算解釋昏倒並不是心理問題造成的，說起來，我又知道什麼呢？要是妳這麼認爲的話，我也許該去，我說。

我想，玻碧說，要妳承認自己需要某個情緒敏感的心理系畢業生出手幫助，肯定會要了妳的命。他們搞不好還是投勞工黨一票的支持者呢。不過，就算會要了妳的命，應該還是對妳有好處的。

我實實在在地告訴你，人若不重生[44]，我說。

沒錯。我來並不是叫地上太平，乃是叫地上動刀兵[45]。

從這天晚上開始，玻碧每天傍晚開始陪我從校園走到三明治店。她問到琳達的名字，在我換穿圍裙的時候，和琳達聊天。琳達的兒子在愛爾蘭國防軍，玻碧得知。晚上我回家之後，我們一起吃晚飯。她把部分的衣服搬進我的房間，一些T恤和乾淨的內衣。在床上，我們像日本折紙那樣彼此交疊。原來人眞的會因爲太過感激而睡不著。

梅黎安有天在學校裡看見我們手牽手，說：妳們復合啦！我們聳聳肩。這是戀愛，但也不是戀愛。我們的一舉手一投足都發乎自然。若說在外人眼裡，我們像是一對情侶，那對我們來說，這就只是個有趣的巧合罷了。爲此，我們發明了一個笑話，一個對所有人，包括我們在內，都沒有任何意義的笑話。朋友是什麼呢？我們會逗趣地問，聊天又是什麼呢？

早上玻碧喜歡比我早起床，這樣她就能像之前住在另一個房間時一樣，在淋浴時把所有的熱水全用光。接著，她頂著一頭濕淋淋滴水的頭髮，在廚房喝光一整壺咖啡。我有時會從烘衣櫃裡拿出一條毛巾，丟到她頭上，但她不理我，繼續在網路上讀社會福利住宅的文章。她剝開橘子，香味撲鼻的柔軟橘皮隨手一擺，最後就在餐桌或沙發扶手上變得又乾又癟。傍晚，我們撐傘穿過鳳凰公園，手挽著手，在威靈頓紀念碑底下抽菸。

我們在床上一聊就是幾個鐘頭，內容從日常生活擴散到宏大抽象的理論，然後又再轉回到日常生活。玻碧聊起美國總統雷根和國際貨幣基金會。她對於陰謀理論家，有種超乎尋常的尊敬，對事物的本質極感興趣，但也豁達大度。和其他人在一起的時候，我常覺得他們沒在聽我講話，只忙著準備他們接下來要講的話。但和玻碧在一起的時候，我沒有這樣的感覺，因爲她是個很善於聆聽，非常積極聆聽的人。我講話的時候，她有時會突然發出奇怪的聲音，彷彿是對我講的內容太感興趣，所以透過嘴巴表達出來。

---

44 聖經約翰福音第三章第三節，耶穌回答法利賽人說：「我實實在在地告訴你，人若不重生，就不能見神的國。」
45 聖經馬太福音第十張第三十四節。

噢，她會說。或者是：說得太對了！

十二月的某個晚上，我們替梅黎安慶生。所有人心情都很好，戶外到處是聖誕燈，大家聊起梅黎安喝醉酒或想睡覺時做過和說過的好笑事情。玻碧模仿梅黎安，垂著頭，目光透過睫毛往上一瞥，露出甜美的表情，然後假裝聳肩。我大笑，真的太好笑了，說：再表演一次！梅黎安笑得流淚，抹抹眼睛，別再學了，她說，天哪！玻碧和我送了梅黎安一雙手套，很漂亮的藍色眞皮手套，我們一人送一只。安德魯說我們小氣，梅黎安說他欠缺想像力。她當著我們的面戴上：這是法蘭希斯手套，這是玻碧手套。然後她讓兩只手套像木偶一樣彼此講話，說啊，說啊，說啊，她說。

那天晚上我們談到敍利亞的戰爭，以及入侵伊拉克的事。安德魯說玻碧不了解歷史，就只是把所有的事情都怪在西方頭上。餐桌上的每一個人都發出「噢」的聲音，好像集體參加某個遊戲節目似的。在接下來的爭論裡，玻碧展現了極致的聰明才智，安德魯提及的每一個議題，她似乎都曾經研究過，但她沒提起自己就快拿到歷史學位了，而且也只有在必須證明更大的論點時，才糾正他的錯誤。要是有人像這樣挑釁我，我肯定會一開始就提到我即將取得學位。玻碧則不同。她講話的時候，目光朝上，看著天花板上的燈具或遠遠的窗戶，雙手比劃著。而我全部的注意力都集中在其他人身上，看著他們，想知道他們是贊同還是惱怒，只要他們陷入沉默，就想辦法要他們再加入討論。

玻碧和梅麗莎當時還保持聯繫，但顯然已經疏遠了。玻碧對梅麗莎的個性和私人生活已經有了新的看法，不再像之前那樣推崇有加。我努力想要愛每一個人，這也就是說，我必須努力保持沉默。

我們不該信任他們，玻碧說。

那時我們正就著紙盒吃中國菜，坐在沙發上，心有旁鶩地看著葛麗泰・嘉寶的電影。

我們不知道他們對彼此的依賴有多深，玻碧說。我的意思是，他們和我們來往，只是爲了他們自己。說不定這麼戲劇性的外遇事件，對他們的關係來說是有正面效益的，讓他們不對彼此失去興趣。

也許吧。

我並不是說尼克故意惹妳。我其實蠻喜歡尼克的。但到頭來，他們還是回到他們那該死的婚姻關係裡，只因爲他們已經習以爲常了。妳知道嗎？我好氣他們。他們把我們當成是他們可以利用的資源。

我們沒能破壞他們的婚姻，妳覺得很失望，我說。

她塞了一嘴的麵條，笑了起來。電視螢幕上，葛麗泰・嘉寶玩鬧似的把朋友推進灌木叢裡。

什麼人會去結婚啊？玻碧說。簡直是災難一場。誰會想要靠著國家機器來維持他們的關係？

我不知道。那我們的關係又是靠什麼維繫的？

沒錯！這就是我的意思。我們什麼也不靠。我會說我是妳的女朋友嗎？不會。說我自己是妳的女朋友，就是把某種我們無法控制的預設文化動能加諸我們身上。妳懂嗎？

直到電影演完，我都還在思索這個問題。然後我說：慢著，所以妳的意思是說，妳不是我的女朋友？她笑起來。妳是認眞的嗎？她說。對，我不是妳的女朋友。

菲利浦說他認爲玻碧是我的女朋友。我們那週一起去喝咖啡，他告訴我說，珊妮要給他一份兼職的工作，但有眞正的薪水可拿。我告訴他說我一點都不嫉妒，這讓他很失望，但我很擔心我說的其實是謊言。我喜歡珊妮，我喜歡書本與閱讀。我不知道我爲什麼就不能像其他人一樣享受自己喜歡的事物。

我又沒問你說她是不是我的女朋友，我說。我是在告訴你說，她不是。

但她顯然是啊。我的意思是，妳們是不是在搞激進女同志會做的事情還是什麼的，我不管，但基本上來說，她就是妳的女朋友。

不是。我再強調一遍，這不是疑問句，而是肯定句。

他用手指捏皺一包糖。我們聊了一會兒他的新工作，這個話題讓我覺得像汽水般沒勁。

好吧，我覺得她是，他說，我的意思是，這樣很好。我覺得這樣對妳很好。特別是在和梅麗莎鬧得不愉快之後。

什麼不愉快？

妳知道的啊，上床啊什麼的怪事。和她老公的。

我瞪著他看，完全不知道該說什麼。我看著糖包紙袋上的藍色印墨染到他手指上，讓他的指紋變成一圈圈藍色細紋。最後我說了好幾次「我」，但他卻好像沒注意。老公？我心想，菲利浦，你明明知道他叫什麼名字。

什麼怪事？我說。

妳不是和他們兩個人都上床了？大家都這麼說。

沒有，我沒有。我並不是說那樣做有什麼不對，但我並沒有。

噢，好吧。我聽說有各式各樣光怪陸離的事。

我眞的不知道你爲什麼要對我說這些。

聽到這句話，菲利浦抬起頭，露出驚駭的表情，整張臉紅了起來。糖包滑落，他用指尖迅速夾住。

對不起，他說。我不是故意惹妳不開心的。

你告訴我這些閒言閒語，是因爲你以爲我會覺得好笑？大家在我背後說我壞話，我會覺得很好笑？

對不起，我只是以爲妳知道。

我用鼻子深吸一口氣。我知道我可以站起來走掉，但我不知道要走到哪裡去，我想不出來任何想去的地方。但我還是站起來，拿起椅背上的大衣。我看得出來菲利浦很不自在，他甚至因爲傷害了我而覺得有罪惡感，但我不想繼續留在這裡了。我扣上大衣釦子，他語氣軟弱地說：妳要去哪裡？

沒事，我說，算了，我只是要去呼吸點新鮮空氣。

我從沒對玻碧提起照超音波或看醫生的事。藉由拒絕承認自己生病，我覺得我就可以把病痛隔絕在時空之外，讓它只存在於我的腦海裡。要是別人知道了，這病就眞實存在了，那我終此一生，都必須成爲病人。這樣只會阻礙我追求其他夢想，例如獲得智慧的啓蒙，或成爲一個有趣的女生之類的。我在網路論壇上搜尋，想知道其他人是不是也有類似的問題。我在谷歌輸入「不能告訴別人說我」，得到的搜詢結果是：「同志」和「懷孕」。

夜裡我和玻碧一起在床上的時候，我爸偶爾會打電話來。我會把電話拿到浴室，壓低嗓音講話。他的腦筋越來越混亂，有時候甚至相信有人在追捕他。他說：我有些念頭，很不好的念頭，妳知道嗎？我媽說他的兄弟姐妹也接到電話，但又有誰有辦法做什麼呢？他們去看他的時候，他總是不在家。我常聽見電話那頭有汽車駛過的聲音，所以我知道他在外面。他偶爾也會關切我的安全。他叫我千萬別讓他們找到我。我說：不會的，爸，我不會讓他們找到我的。我在這裡很安全。

我知道我的疼痛隨時會再開始，所以開始每天服用最高劑量的布洛芬止痛藥，以防萬一。我把我的灰色筆記本和止痛藥一起藏在書桌的第一個抽屜裡，只有在玻碧洗澡或出門上課的時候才拿出來。這第一個抽屜似乎代表了我所有的毛病，以及我對自己的所有負面觀感，所以每次只要一瞥見，我就開始覺得不舒服。玻碧從來不過問。她從沒提起超音波，也沒問夜裡是誰打電話給我。我知道這是我的錯，但我不知道該怎麼辦。我需要重新感覺自己是正常的。

那個週末，我媽到都柏林來。我們一起去逛街，她給我買了件新衣服。我們到威克洛街的咖啡館吃午餐。她看起來很累，我也很累。我點了煙燻鮭魚貝果，用叉子挑起滑溜的魚片。新買的洋裝在紙袋裡，擺在桌子底下，我不時意外踢到。是我提議到這家咖啡館吃飯的，但我看得出來，我媽只是客氣，不好意思拒絕，我知道就她看來，這裡的三明治貴得離譜，而且佐餐的沙拉根本沒人想吃。她點了茶，送上來的是一整壺，配上繁瑣討厭的瓷茶杯和茶碟。她露出興緻勃勃的微笑。妳喜歡這個地方？她問。

還好，我回答，心裡明白我討厭這個地方。

我前幾天見到妳爸。

我用叉子叉起一塊鮭魚，送進嘴巴裡，嘗起來有檸檬和鹽的味。我吞下去，用餐巾揩揩嘴巴，說：噢。

他情況不太好，她說，我看得出來。

他從來就沒好過。

我當時想和他說幾句話。

我抬頭看她，她茫然盯著自己的三明治，又或者是藉著茫然的表情掩藏其他的情緒。

妳必須瞭解，她說，他不像妳。妳很堅強，妳可以適應外在的事物。妳父親覺得人生很艱難。

我試著衡量這幾句話。這是事實嗎？是不是事實有關係嗎？我放下叉子。

妳很幸運，她說，我知道妳或許不這麼覺得。妳可以終此一生都繼續恨他，如果妳想要這麼做的話。

我不恨他。

有個服務生小心翼翼端著三碗湯經過。我媽看著我。

我愛他，我說。

這倒是新聞。

噢，我和妳不一樣。

她笑了起來，我覺得心裡好過一些。她伸手越過桌子，想拉我的手。我讓她握住我的手。

31

下一個星期，我的電話響了。我清清楚楚記得電話響的時候我人站在哪裡：就在霍奇斯菲吉書店的小說新書架前，時間是下午一點五分。我正在挑選要送玻碧的聖誕禮物，從大衣口袋掏出電話，看見螢幕顯示：尼克。我脖子和肩膀立卽緊繃，突然覺得整個人無所遁形。我指尖滑過螢幕，擧起電話貼在臉旁，說：喂？

嗨，尼克說，聽我說，他們沒有紅椒了，黃椒可以嗎？

他的聲音彷彿重重擊中了我膝蓋後方，像是一股暖意往上竄，於是我知道自己臉紅了。

親愛的，我說，我想你是撥錯號碼了。

他沉默了一晌。別掛斷，我心想。別掛斷。我開始沿著小說新書書架走，手指滑過一本本書的書脊，彷彿還在瀏覽。

天哪，尼克緩緩說，是法蘭希絲？

是啊，我是。

他發出了一個聲音，我瞬間以爲是笑聲，但我馬上就知道他是在咳嗽。我開始笑，不得不把電話拿得遠遠的，免得他以爲我在哭。他再次開口時，字斟句酌的，似乎是眞的很困惑。

我不知道這是怎麼回事，他說，我竟然就這樣打電話給妳了？

是啊，你問了我一個關於紅椒的問題。

噢，天哪。對不起，我不知道我爲什麼撥了妳的電話號碼。眞的是撥錯了，對不起。

我走到靠近書店前方的展示櫃，這裡陳列了不同類型的新書。我隨手拿起一本科幻小說，假裝在看封底。

你是要打給梅麗莎嗎？我說。

是啊。沒錯。

沒關係。我想你是在超級市場。

他眞的咳了起來，彷彿是在笑眼前的情況如此荒謬。我放下科幻小說，翻開一本歷史羅曼史的封面。一個一個字彙平躺在書頁上，但我的眼睛並沒想要去認眞讀它們。

我的確是在超級市場，他說。

我在書店。

眞的嗎，在買聖誕禮物？

是啊，我說。我在挑送給玻碧的禮物。

他發出一個近似「嗯」的聲音，沒眞的笑，但聽起來還是顯得意興盎然或很愉快。

我闔上這本書的封面。別掛斷，我心想。

克里斯．克勞斯的作品出了新版，他說，我讀了一篇書評，看起來妳應該會喜歡。不過我現在發現，妳其實並沒有請我提供建議。

歡迎提供建議，尼克。你的聲音很迷人。

他什麼也沒說。我走出書店，把電話緊緊貼在臉頰上，螢幕感覺有點熱熱油油的。外面很冷，我戴了頂人造皮草帽。

我是不是把我們的機智問答玩得太過頭了？我說。

噢，沒，對不起。我只是想要對妳說句客套的話，但是我想得出來的每一句話都……都言不由衷？

是太言之由衷了，他說，我詞窮了。我在想，究竟應該怎麼恭維前女友，而且還不能顯得太過親密？

我笑了起來，他也笑了。我倆同時大笑，那如釋重負的感覺如此甜蜜，讓我擺脫了心中的掛慮，至少暫時可以。一輛公車轟隆隆從身邊駛過，濺起水花，噴濕了我的小腿。我朝著學校的反方向，往聖史蒂芬公園走去。

你向來就不太會恭維人，我說。

是啊，我知道，對這一點我很遺憾。

你喝醉的時候，就會對我比較好。

是嗎，他說，是這樣的嗎，我喝醉的時候對妳比較好？

我又笑起來，但這次只有我笑。電話彷彿傳送了某種怪異的無線電能量到我身體裡，讓我走得非常快，而且沒來由地發笑。

你一直都對我很好，我說，我剛才不是這個意思。

妳只是同情我，對吧？

尼克，我一整個月沒聽到你的消息，我們現在之所以講話，是因爲你本來要打給你老婆，卻撥錯號碼，打給了我。我一點都不同情你。

這個嘛，我嚴格限制我自己不能打電話給妳，他說。

我們沉默了幾秒鐘，但誰也沒掛斷電話。

你還在超市裡嗎？我說。

是啊，妳在哪裡？妳在外面嗎？

我在街上走。

每家餐廳和酒吧都有迷你聖誕樹，窗戶掛著人造冬青樹枝。有個女人經過我身邊，手裡拉著金髮的小小孩。小孩抱怨天氣好冷。

我在等你打電話給我，我說。

法蘭希絲，是妳說不想再見到我的。在那之後，我當然不會再騷擾妳。

我停下腳步，恰恰就在一家酒類專賣店門口。我看著櫥窗裡擺放得像珠寶似的一瓶瓶君度橙酒和迪莎羅娜杏仁酒。

梅麗莎好嗎？我說。

她還好。她快截稿了，所以壓力很大，妳也知道的。所以我才會打電話，確定不會因爲買錯彩椒而惹出麻煩。

她壓力大的時候，好像都會發洩在這些日常用品的採買上。

我眞的懶得再和她解釋了，他說。玻碧還好嗎？

我轉身離開櫥窗，繼續往街上走，握著電話的那隻手開始覺得冷，但我耳朵發燙。

玻碧很好，我說。

我聽說妳們復合了。

這個嘛，她並不是我的女朋友。我們睡在一起，但我想這只是測試友誼最親密的界線究竟在哪裡。我其實也不知道我們在幹嘛，但到目前爲止都還很順利。

妳們很無政府主義啊，他說。

謝了，她聽到你這麼說，一定會很開心。

我等綠燈亮，過街到聖史蒂芬公園。亮著車頭燈的汽車從我身邊駛過，幾個街頭藝人在葛拉夫頓街上唱著〈紐約童話〉。一面發亮的黃色告示牌上寫著：「今年聖誕節……體驗眞正的奢華」。

我可以請你提供一點建議嗎？我說。

當然可以。我一向認爲自己做決定的判斷力很有問題，不過如果妳覺得我可以幫得上忙，我們可以試試。

你知道嗎，我有件事一直瞞著玻碧，我不知道該怎麼告訴她。我並不是忸怩作態，這也和你沒關係。

我從來不覺得妳忸怩，他說，請繼續說。

我告訴他，我要先過馬路。這時天已經黑了，所有的事物都聚集在點點燈光周圍：

商店櫥窗，被寒風凍得通紅的臉孔，一排停在路邊沒熄火的計程車。我聽見甩著韁繩的聲音，還有穿過道路的馬蹄聲。我從側門進到公園裡，喧鬧的車聲自動靜了下來，噪音彷彿卡在光禿禿的樹枝上，在空氣裡消散了。我呼出的氣息在面前鋪成一條白色的道路。

還記得我上個月去醫院看醫生嗎？我說，我告訴你說我沒事。

起初尼克沉默，接著開口說：我還在店裡，也許等我上車，我們再談，好嗎？這裡很吵，等我十秒鐘。我說沒問題。我的左耳聽見輕柔平緩的水聲，走近又遠去的腳步聲，右耳聽見尼克穿過收銀臺時自動收銀機發出的聲音。接著是自動門的聲音，然後是停車場。我聽見他的車子發出嗶一聲，是他按下搖控器開鎖。然後我聽見他上車，關上車門。在靜默裡，他的呼吸變得更大聲了。

妳繼續說，他說。

嗯，我身體有毛病，我子宮的細胞跑到別的地方去生長。子宮內膜異位症。你或許聽說過這個病，但我以前沒聽過。這病沒有生命危險，但也不會痊癒，所以會造成慢性疼痛。我常昏倒，眞的很慘。我也很可能沒辦法生小孩。我的意思是，醫生也不知道我究竟能不能生。既然他們都不知道，還爲這個問題煩惱，八成很蠢。

我走過街燈下，影子在我面前拉得長長的，好長好長，長到我身體的頂端消失在黑暗裡。

爲這個問題煩惱並不蠢，他說。

不蠢嗎？

不蠢。

我上一次見到你的時候，我說，我們上床，但才做一半，你就喊停，我當時想，你知道了，你覺得我不再完好無缺，彷彿你可以感覺到我身上有毛病似的。這當然很莫名，因爲我老早就有這個病了。但那是你和梅麗莎又開始一起睡之後，我們第一次上床，也許我覺得自己很脆弱，我不知道。

他對著電話吐氣吸氣。我不需要他說什麼，也不需要他解釋自己心裡的感受。我走到一尊半身銅像旁邊，坐在濕漉漉的長椅上。

妳沒把確診的事告訴玻碧，他說。

我沒告訴任何人，除了你。我覺得告訴別人，會讓大家把我當病人看。

有個男人牽著一隻約克夏犬經過，狗兒注意到我，扯著狗繩，想跑到我的腳邊。狗身上穿著鋪棉外套。那個男人對我微微一笑，帶著歉意，然後就走開了。尼克默不作聲。

嗯，你覺得呢？我說。

玻碧嗎？我覺得妳應該告訴她。反正妳也不能控制她對妳的看法。妳知道的，不管是生病或健康，妳都不可能控制得了她的想法。妳現在的行爲，是爲了假裝自己能控制得了她，而欺騙她，我覺得這樣做不太值得。不過，我也不覺得我自己的建議有多高明就是了。

你的建議很好。

長椅的冰冷寒意滲進我的羊毛大衣，鑽進我的皮膚和骨頭裡。我沒起身，繼續坐著。尼克說知道我生病，他覺得很難過，我接受他的說法，謝謝他。他問了幾個如何治療症狀的問題，也問這病會不會隨著時間而好轉。他認識的一個女人也得這個病，是他的表嫂。他說他表哥夫婦有小孩，只是爲了生小孩付出很大的代價。我說我覺得試管嬰兒很嚇人，他說是啊，但我認爲他們並沒有做試管嬰兒。不過治療的方法不是應該越來越簡單嗎？醫療技術肯定是進步了。我說我不知道。

他咳嗽。妳知道嗎，上次我們見面的時候，他說，我做到一半喊停，是因爲我怕傷了妳，就只是這樣。

好吧，我說，謝謝你告訴我。你並沒有弄傷我。

我們又陷入沉默。

我沒辦法告訴妳，我有多用力克制自己，才能不打電話給妳，最後他說。

我以爲你已經忘了我。

要忘了關於妳的任何一件事，對我來說都是很可怕的。

我微笑。我說：眞的嗎？我穿在靴子裡的腳也冷起來了。

妳在哪裡？他說。妳沒在走路了，妳現在待的地方很安靜。

我在史蒂芬公園。

噢，眞的？我也在市區，離妳大概只有十分鐘車程。我不會去找妳什麼的，別擔心。我只是覺得太有意思了，妳竟然離我如此之近。

我想像他在某個地方，坐在車裡，兀自對著電話微笑，看起來肯定帥得要死。我把空著的那隻手伸到外套裡面保暖。

我們一起待在法國的時候，我說，你記不記得，有一天我們在海裡，我要你告訴我說你想要我，結果你對著我的臉潑水，叫我滾開？

尼克開口的時候，我聽得出來他還在微笑。妳把我說得活像個渾蛋，他說。我只是鬧著妳玩，我不是眞心要妳滾開的。

可是你就是沒辦法開口說你想要我，我說。

這個嘛，其他人也常這麼說。我當時覺得妳有點無理取鬧。

我早該知道我們之間不會有結果的。

我們不是一直都知道嗎？他說。

我沉吟了一晌，然後說：我不知道。

好吧，感情「有結果」是什麼意思？他說。我們兩人之間並不是傳統的那種感情關係。

我從長椅起身，天氣太冷，實在沒辦法坐在戶外。我想要到溫暖的地方。地面的燈亮起，光禿的枝椏劃破天空。

我並不認爲一定要有傳統的結果，我說。

妳知道的，妳嘴巴上雖然這樣說，但是如果我愛著別人，妳顯然還是不開心的。沒關係，這樣並不會讓妳變成壞人。

但我也愛著其他人。

是啊，我知道。可是妳不希望我愛別人。

我不會在意的，要是……

我思索著要用什麼方式把這個句子說完，而不必講出：要是我不是現在這個樣子，要是我可以成爲我希望成爲的那種人。但我沒繼續往下說，讓沉默取代了言詞。我好冷。

我不敢相信妳會在電話上說妳在等我打電話給妳，他平靜地說。妳眞的不知道，我聽到這句話有多傷心。

那你認爲我會有什麼感覺？你甚至不想和我講話，你還以爲我是梅麗莎。

我當然想和妳講話。我們這通電話講了多久？

我走向剛才進來的側門，但門已經上鎖了。寒意讓我的眼睛開始刺痛。欄杆外面有一群人排隊等一四五路公車。我走向正門，看見購物中心的燈光。我想起尼克和梅麗莎在他們溫暖的廚房裡唱「寶貝，外面很冷」，朋友環繞他們身邊。

你自己說的，我說，我們絕對不會有好結果的。

這個嘛，那我們現在處得好嗎？要是我現在過去載妳，一面開車一面聊，我說，噢，對不起，我沒打電話給妳，我是個大傻瓜，那我們的關係就會有好結果了嗎？

要是兩個人能讓彼此開心，那麼就會有好結果。

妳可以對著街上的陌生人微笑，讓他們開心，他說。我們談的是更複雜的事。

我快走到大門的時候，聽見鐘聲響起。交通噪音又大聲起來了，就像燈光越來越亮一樣。

一定要這麼複雜嗎？我說。

是的，我想是的。

和玻碧的關係，對我來說很重要。

妳竟然這樣說，他說，我甚至還結婚了耶。

結果肯定會像這樣一場糊塗，對吧？

但這次我一定會講更多好聽的話給妳聽。

我已經走到大門口。我想告訴他教堂的事，但那會是完全不同的一場對話。我希望他能讓其他的事情都變得複雜。

像什麼樣的好話？我說。

我有件事沒告訴妳，或許算不上是好話，但我覺得妳會喜歡。

好吧，說來聽聽。

還記得我們第一次接吻的時候吧？他說，在派對上。我說洗衣房不是接吻的好地方，所以我們就離開了。妳知道我回到我的房間等妳，對不對？我是說，我等了好幾個鐘頭。一開始我眞的以爲妳會來。那很可能是我這輩子最痛苦的幾個鐘頭。那種狂喜的痛苦，從某個程度來說，我其實是很享受的。因爲就算妳眞的上樓來了，又怎麼樣呢？

滿屋子都是人，我們之間什麼事情也不會有。但每次我一想要回到樓下，就想像妳已經爬上樓梯，所以我就沒辦法離開，身體連動都動不了。當時那種感覺，知道妳人在附近，所以一步也走不開的那種感覺，就和現在打電話的情況很像。要是我告訴妳，我車停在什麼地方，我不認爲我有辦法離開，我一定會繼續留在這裡，免得萬一妳改變心意過來了。妳知道嗎，我還是有壓抑不了的衝動，希望能滿足妳的需求。妳會發現，我在超市裡什麼也沒買。

我閉上眼睛。人和物在我周圍轉動，以一種模糊不清的階級系統各安其位，這是個我現在不懂，也永遠不會懂的體系。一個由物體與概念構成的複雜網絡。人生的某些事物，是你必須先經歷，才有辦法眞正理解的。你不能永遠都只站在純粹分析的立場。

過來接我吧，我說。

致謝

寫作本書的過程裡，我大量引用了與朋友之間的對話，特別是凱特·奧利佛（Kate Oliver）和伊菲·康邁（Aoife Comey），謹此感謝她們。也謝謝用心閱讀初稿的朋友：邁可·巴頓（Michael Barton）、邁可·諾蘭（Michael Nolan）、凱蒂·魯尼（Katie Rooney）、妮可·弗雷特利（Nicole Flatery），尤其感謝約翰·派崔克·麥克休（John Patrick McHugh）提供的出色意見，讓這本書能進展順利。

特別感謝湯瑪斯·莫里斯（Thomas Morris）多年來始終不渝的友誼與對我寫作的支持。由衷謝謝你，湯瑪斯。

感謝克里斯·盧克（Chris Rooke），因爲這本書大部分都是在他的公寓裡完成的。也感謝法洛夫婦約瑟夫與吉瑟兒（Joseph and Gisele Farrell）的熱忱好客，讓我有機會在布列塔尼撰寫小說的一部分。同時感謝愛爾蘭藝術協會（Arts Council of Ireland）資助我完成寫作計畫。

萬分感謝我的經紀人翠西・波罕（Tracy Bohan），以及我的編輯彌特茲・安吉（Mitzi Angel），她們的洞察力與鼎力協助，無比珍貴。感謝費柏出版社的全體團隊如此細心照顧我，也感謝霍加斯出版社的亞歷克斯・華遜（Alexis Washam）。

一如既往，我深深感謝家父家母。

在這部小說的寫作與編輯過程中，我始終仰賴約翰・普拉席夫卡（John Prasifka）的指引、協助與支持。沒有他，就沒有這部小說。這本書裡最好的部分，都應該歸功於他。

推薦文

當我們討論友情，我們在討論什麼？

◎陳柏言

在西方文化傳統中，「朋友」一直是個相當重要的話題。誠如阿甘本所說，在哲學的定義中，就包含了philos（即朋友）一詞；「如果沒有友愛，哲學事實上就不可能存在。」而早在亞里斯多德的《尼各馬科倫理學》，就以兩卷篇幅，對「友愛」進行深入討論。他將眞正的友愛，視作美德間的相互吸引。因此，友愛不只是純粹無雜質的善，也是崇高無比的愛。在亞里斯多德的論述中，友情不只是私人情誼，同時也和政治及公共領域息息相關；而在西塞羅的《論友誼》裡，更將友誼與戰爭的光榮連結。這種將友愛公共化，乃至道德化的論述傾向，在德希達《友愛的政治學》中遭到質疑。其批判亞里斯多德以降的友愛觀念，往往以男性爲中心。比如十六世紀的蒙田，就曾在隨筆〈論友愛〉中，將女性排除在「神聖的友愛」之外。

當然，我們不必然要將莎莉．魯尼的首部長篇小說《聊天紀錄》（*Conversations*

with Friends），放置在這樣一個悠遠而備受議論的「友愛史」中討論。但是，我們不應輕忽，魯尼在書名中標舉「朋友」，展示出某種回望，乃至與「古典」對話的姿態。在我們生活的當代世界，就連交友都要講求精確與效率：人們可以通過交友軟體，設定理想友伴的年齡，興趣，身形，乃至收入。人們可以藉由各種社群網站，強硬著陸他人的後臺，連結起兩造無涉的生命。從這個角度看，魯尼以輕快不失愼重的態度，將「朋友」這一古典課題「重新搬上檯面」，無非別具匠心。那並不只是老派溫情的「友情價值」標舉，而是更清醒的，對於現代倫理關係的重新審視與觀臨。

我們不只可以通過法蘭希絲和玻碧這位女同志朋友間的關係，來思索「何謂友情」（法蘭希絲說，「我們睡在一起，但我想這只是測試友誼最親密的界線究竟在哪裡」）；甚至，法蘭希絲與尼克、梅麗莎夫婦的周旋，與同事兼朋友的菲利浦，「朋友的朋友」，甚至是一夜情男子的往來應對，都可納入廣義的「朋友之間」。法蘭希絲和瓦萊麗的初次見面，固然話不投機；但是，她們都提到了：「在這裡的都是朋友」——是的，在這裡的，都是朋友。然而「朋友」是什麼？莎莉．魯尼小說的困難（也是有趣）之處，正在於她不給出任何單方面的定義。也因此，這部小說展現出更爲深邃的自由與開放性，猶如遞出邀請，歡迎加入討論。此正符合書名所示：作者讓她的故事，始終保持在充滿張力的，「複數對話」（Conversations）的狀態。當然，這裡所謂的「對話」，並不只存於小說人物之間；我們可以想像：此書是作者與讀者，乃至與世界的促膝長談：當我們討論友情，我們在討論什麼？

「若不交談，許多友愛都會枯萎」——這是亞里斯多德在《尼各馬科倫理學》中，早已告知我們的。值得注意的是：人們往往不是因爲友愛而交談，而是因爲交談，得以指認友愛。藉由話語，人們將自己重新編織，投入更遼闊的社會網絡。我們甚至可以說：在《聊天紀錄》中，「交談」或許比任何角色更加重要。人物之間不斷的談話，以話語構築世界；他們彷彿擁有各自的「庸見辭典」，藉由乒乓球般來回討論（「帶著競爭與刺激感」），探究何謂善良，家庭，愛，政治，與權力。這些議題之所以難談，並不在於複雜，有時正好相反：因爲純粹而關乎本質，乃至「生而爲人」的基本立場（有趣的是，法蘭希絲不只一次表示，自己和尼克可能都是欠缺「眞正個性」的「普通人」）。魯尼讓人物交談，推展，而不潑灑，卻時時迸發驚喜的靈光。這也讓所謂「婚外情故事」，得以避開濫俗泥淖，拉出智性的景深，反思的間距。

這些交談，並不只以「面對面」的形式展現；相反的，更多時候，魯尼凸顯出不同媒介的特定意義。比如網路留言板，電話，即時通訊，乃至尼克已停用多年的

「HTML粉絲頁」——魯尼藉由標舉媒介的時空距離與物質性，提示讀者，或已習焉不察的「媒介的隱喻」。譬如尼克通信時，總是使用小寫的拼音字母；又譬如法蘭希絲以關鍵字（如「情感」、「愛」），由老舊訊息中召喚曾被愛過的痕跡。小說意圖展示的，不只是被浮濫傳頌的，「媒介卽訊息」；而是一種更倫理學式的提問：媒介卽他者，卽生存，卽探索，卽知覺。

我以爲，本作最値得深思的「媒介」，並不只是上述那些科技時代的產物，而是更低調的、傳統的手工藝：文學。小說中出現的讀物，比方《艾瑪》、《抄寫員巴托比》、《聖經》等，都別具意義，不宜泛泛略過。而在小說後半段，法蘭希絲因課業需要，讀完了十九世紀英國小說家喬治・艾略特的《米德鎭的春天》（*Middlemarch*）。我以爲，這是個相當巧妙的設計：不只艾略特的「（僞）男性／作者」身分，召喚了女性書寫的「困頓史」；其書副標「A Study of Provincial Life」，乃至鎭名「Middle」，都値得有心讀者仔細玩味。

然而，反覆的交談，也可能陷入另一重「僅存話語，沒有世界」的危機：實存的生命遭到消抹，陷入全然符號化的虛無境地。這讓我想起，曾在張亦絢的《小道消息》中讀過：有學者提出，納博科夫《蘿莉塔》的敍事者，正是將蘿莉塔「作爲人的存在」取消，重置於一套語言系統之中。這也可以說明，何以玻碧得知自己（的故事）被法蘭希絲寫進小說發表「賣錢」後，會如此氣憤。法蘭希絲的道歉信，是全書相當重要的「痛點」。法蘭希絲在信中拋出的問題，當可視為魯尼的反身自問：「我要問的其實是：我為什麼要寫這篇小說？」擁有寫作能力的法蘭希絲，對照「沒有任何文字創作」的玻碧，前者自然是擁有話語權了——她握有語言，得以繼續將「朋友」符號化、虛構化。這讓她能夠在處處感覺平庸受限的人生中，「扳回一城」——我們該慶幸，法蘭希絲終究沒有這樣選擇嗎？她在信中，對玻碧低頭：「對我來說，妳不僅是一個概念，要是我以前把妳當成概念，那我應該要說對不起……」從虛構，概念，最終又回返倫理，回到友愛——或者說，也不再只是友愛。魯尼藉由法蘭希絲之口，在信末追問道：「我們有沒有可能找出另一種相愛的模式呢？」

從《正常人》回望《聊天紀錄》，我以為莎莉．魯尼的第一本長篇小說，已漂亮展示出「沒有情節，卻充滿細節」的行家手筆。乍看之下，小說的具體情節，都相對簡單，甚至可以說是「一語道破」。但是，只要用心細讀，我們會發現豐沛的細節，正滾滾而來（「一個由物體與概念構成的複雜網絡」）。那近乎悖論式的：文字清簡，卻飽含隱喻。魯尼強悍之處，正在於她不只不故作高深，甚至允許自己被簡化——或者說，她勇於「被簡化」。我以爲，對一位新人作家而言，這不只是稀見的美德，更需要深厚的自信，與功底。

我喜歡小說的結尾，仍以一段懸置的對話作結：「過來接我吧，我說」——《聊天紀錄》始於詩歌的朗誦，終於電話裡的應答——而我們設想，「談話」必將持續下去。

本文作者目前就讀於臺大中文所博士班。已出版小說集《夕瀑雨》、《球形祖母》、《溫州街上有什麼?》。

推薦文

未盡事物的微妙

◎鄧九雲

我不相信一個人可以和前女友當這麼好的朋友。

或許是因爲我的生命經驗裡，從來沒有缺少過高濃度的友情。進一步說好了，我不需要犧牲愛情只爲了保住友情。對我來說，愛情是一條單行道，而且每條路都只能通過一次。我的愛情觀專斷霸道，偏見深，排他性高，還冥頑不靈。所以分手後的臺詞都是這樣的：

我們還是可以當朋友。

謝謝，但我不缺你一個朋友。

但很多人不是這樣的，譬如法蘭希絲。

在這之前，我只認識一個法蘭希絲。她住在紐約，是個舞者，總是瀕臨破產邊緣，但一拿到退稅通知，沒等錢匯入就迫不急待上館子吃飯，還請客。她不太愛乾淨，會穿髒襪子睡覺，常常弄傷自己。她有個好友叫蘇菲，她會一邊跟蘇菲聊天一邊倒立。法蘭希絲說她們是同一個人，只是頭髮不一樣。大家說她們像一對沒有性生活的女同志。

那是美國電影《紐約哈哈哈》（*Frances Ha*）的女主角。這紐約的法蘭希絲很愛照鏡子，鏡子裡或許能讓我們看見另一個時空的都柏林，也在照鏡子的法蘭希絲。都柏林的法蘭希絲年紀小一點，還在讀大學，是個詩人，也很窮。她有個卽使在分手之後仍然形影不離的好友，玻碧。她們會一起上臺表演詩歌朗誦，一同跟有錢年長的朋友去法國度假。她喜歡男生也喜歡女生，還是個馬克思主義者。她覺得一個人的年所得，沒有理由超過全球人均年薪一萬六千一百元美元。這是小說《聊天紀錄》裡的法蘭希絲。

我在閱讀這本書的時候，開始只是因爲主角的名字而聯想到《紐約哈哈哈》，結果看完小說後，好像是爲了滿足自己某種視覺實現的慾望，忍不住找了《紐約哈哈哈》重看一遍。儘管兩個法蘭希絲的故事主線不一樣，角色形象卻在我腦裡重疊出了殘影。我認識這位愛爾蘭小說家莎莉·魯尼，正是從影像開始的。《正常人》的電視影集，在肺炎停擺全球時，從歐洲悄悄擴散過來，如一場奇蹟。我在夏天看了兩遍後拿起原著小說，一直等待魯尼的處女作《聊天紀錄》上市。

如果以兩本小說來總括魯尼的故事是關於愛，實在太偷懶了。我尤其害怕聽見她在訪談中被問到，什麼是愛？那就像你問伍迪．艾倫，人到底該怎麼聊天一樣。《聊天紀錄》是一個四角關係的故事，與其說愛，我認為更接近的關鍵字是「力量」。試著想像一片膜，四角分別為：法蘭希絲、玻碧、尼克與梅麗莎——一對中產階級年紀稍長的夫妻。四個點會移動，而且形狀大小不一。膜從平整的面開始，隨著玻碧接近梅麗莎，法蘭希絲與尼克靠近而遠離玻碧，張力變大，起起伏伏。拉撐的薄膜出現破洞，讀者就是這樣掉進去的。

關係的「張力」與角色間的「權力」，是我看魯尼的小說最過癮的地方。魯尼信奉馬克思主義，認為人是無法獨立存在的，因此她的故事關注個體如何影響個體。社會階級的落差，更是主要的基底元素。權力會流動消長，張力會拽出脆弱。脆弱的上游是慾望，運氣好的話，下游可以累積勇氣。不過魯尼對下游似乎沒有太大的興趣，她更好奇是什麼讓溪水轉向或者枯竭。相比充滿勇敢光明的美好全景圖，脆弱的特寫永遠讓故事更有景深。

法蘭希絲是自卑的，她總希望自己有張不一樣的臉。「要是我長得像玻碧，就不會碰上任何壞事。」她和玻碧交往後，開始照鏡子。表面上，好像因為被愛，所以一個女孩突然對自己產生了興趣，如嬰兒突然發現自己的手腳一樣。不是。她並不渴望看見自己，總是在注視自己沒有的。玻碧是法蘭希絲的魔鏡，愛上她，是法蘭希絲內在某種企盼的投射，吸引她的其實是自己的渴望。而玻碧對梅麗莎的一見鐘情也是這樣的脈絡。

尼克與法蘭希絲的情感，是另一種。尼克是個演員，已婚，被描寫的像是一只有肌肉的花瓶。玻碧充滿敵意地問，「妳是喜歡他這個人嗎？或者只是因為他長得好看，又娶了個有意思的老婆。」法蘭希絲的回答很有趣，「梅麗莎也沒那麼有意思。」她選擇用否定玻碧欣賞的人來爲自己辯護。除了能愉快聊天之外，她說不出尼克的好。法蘭希絲與尼克是在各自陪襯在發亮的伴侶旁時，瞥到彼此黯淡的光而相認。像是兩個戴矯正器的人，因爲看見對方的牙套，才願意露齒大笑。尼克有憂鬱症，法蘭希絲會自殘，還得承受子宮內膜異位的痛苦，他們的關係，是取暖，多少也帶點報復的味道。

只是這種報復，感覺軟趴趴的。玻碧只喜歡女生，她說，和男人上床，太詭異了。所以知道前女友和自己想上床的女人的老公做愛，多少會被刺激到，法蘭希絲是這樣想的嗎？而尼克和年輕女孩搞婚外情，狀態變好也確實讓梅麗莎感到不安，尼克是這樣希望的嗎？軟弱的人在看見別人因自己痛苦時，會頓時有種充滿力量的錯覺。梅麗莎口中的尼克，會喜歡上能為他的所有決定負起全部責任的伴侶。但尼克不以爲然地說，無助有時也是行使權力的一種方式。所以他是個好演員，清楚如何操控主動與被動。只是在婚姻關係裡，他缺乏動機。沒有動機的演員，在臺上會失去魅力，但尼克又不願意離開舞臺。於是他接受了法蘭希絲的愛，爲了讓自己繼續愛梅麗莎。

說接受是因爲魯尼喜歡安排第一次接吻，由女方主動獻上。梅黎安對康諾，法蘭希絲對尼克，還有玻碧對梅麗莎。我不討厭尼克，甚至同情他在婚姻裡的失能。但他確實沒有像《正常人》的康諾那樣討人喜歡。或許因爲他的年紀，就不是個情竇初開的少年了啊，又或許因爲他的職業和我同行——而我熟悉演員豐沛情感上的劣根性。某種程度，我知道喜歡康諾更可能是落入了陷阱，一個異性戀女性想像出的男性框架——陽剛又善良，幾乎不可思議的存在。尼克陰柔些，細心體貼卻模稜兩可。至於善良，玻碧說，「這絕對和權力有關，只是我們很難判斷誰擁有權力，所以我們就用善良來替代。」《聊天紀錄》裡沒有人是善良的。我是說他們的選擇，不是本性。善良是一種選擇。

玻碧的力量最大，只要看那場在法國的猜人遊戲就知道了。她早知道謎底是法蘭希絲，卻利用各種問題在所有人面前揭穿尼克對法蘭希絲的情愫。她喜歡揭露別人的私事，然後把別人的祕密變成一個笑話或遊戲。尼克沒有反擊，梅麗莎縱容她，法蘭希絲只是感到害怕。她年輕氣盛，但遲早會因爲這壞習慣而嚐到苦頭。某程度上，我覺得玻碧比法蘭希絲，更需要對方。因爲她知道法蘭希絲總是把自己喜歡的人想得很特別，尤其是她。但玻碧清楚自己是平凡的，離開學校後，還會越來越平凡。只要法蘭希絲一直在她身邊，她就有機會是特別的。不論那是一種感覺，還是一種洗腦。自我感覺良好絕對可以讓人幸福。

我喜歡梅麗莎，因爲她最「寫實」。她對法蘭希絲說，妳才二十一歲，本來就該悲慘不幸。於是她把法蘭希絲的小說寄給玻碧看，寫的是玻碧，還被拿去投稿賺了錢。然後和尼克睡在一起，重新親密。她做了一連串眞實又有力的報復。其實法蘭希絲根本沒有能力摧毀她擁有的一切，充其量只能當個小偷。但梅麗莎慌了，她爲自己三十七歲還悲慘不幸的人生感到恐懼。法蘭希絲是梅麗莎的陰影，她的反擊像是跟自己打架。打自己，究竟該贏，還是輸？

人總是熱愛未盡事物的微妙，這正是魯尼喜歡收尾的方式。最後她非常巧妙地安排一通打錯的電話，以「聊天」作結。尼克在超市幫梅麗莎買菜時，不小心撥給了法蘭希絲。一個月沒有聯絡的他們，沒有掛斷，談開了一些事，討論他們到底會有什麼「結果」。法蘭希絲說——，我幾乎看到尼克空手走出超市了。

我想起魯尼在兩本小說安排了一場十分雷同的性愛場景，是女生要求男生打她，而男生溫柔拒絕。我不得不思索，被虐傾向的情節反覆出現，以及壞媽媽的原型，是否強烈透露著女人渴望被救贖的意念？她們是單純希望被男人接住，還是在宣示能掌握權力的卡榫？這是我心中最大的問號。但最後這段文字讓我放下了這層懸念，「人生的某些事物，是你必須先體驗，才有辦法真正的理解。你不能只站在純粹分析的角度。」

不再論述了，容我引用《紐約哈哈哈》裡那段經典獨白，來爲玻碧和法蘭希絲的關係下註腳：

「是這樣的一個瞬間，就是在人聲鼎沸、人來人往的派對中，你忽然對到一雙眼睛，你們隔著距離互相注視著，不是想控制或色誘對方，而是因為……那就是你生命中的那個人！在茫茫人海中，某個神祕的空間存在於你們倆之間，沒有人知道這個空間的存在。你知道嗎？宇宙中其實有很多維度，只是我們沒有能力察覺到其他維度的存在罷了。我想，這樣的一個瞬間，這就是我所追求的關係，或生活吧。」

這緊實卻輕盈的東西，我無法斷言是友情還是愛情。至少，我有比較相信，一個人可以和前女友當非常好的朋友。

本文作者為演員暨作家，著有短篇小說《用走的去跳舞》、《暫時無法安放的》、《最初看似新奇的東西》及散文《女兒房》。

國際好評

「我喜歡這種讓你無法相信是處女作的處女作……刻劃入微，令人欲罷不能。」

——莎娣．史密斯，《白牙》作者

「敏銳、風趣、啓發性。」

——伍綺詩，《星星之火》作者

「我只花了一天就看完這本書，我知道我並不是唯一這樣的人。」

——莎拉．潔西卡．帕克

「精彩的對話，對使用電子軟體聊天有敏銳的洞察力。魯尼擁有神奇的天賦能夠寫出人們的焦慮感。」

——克蒂絲．希坦菲，《我在貴族學校的日子》作者

「迷人、精彩、敏銳。莎莉・魯尼有雙最犀利的眼睛，人際互動中再細微的殘酷言行，都逃不過她的眼睛。」

——麗莎・麥克倫尼（Lisa McInerney），《光榮的異端》作者

「莎莉・魯尼是文壇值得關注的作家。《聊天紀錄》用B・E・艾利斯早年那種緊湊、從容到酷的文風，寫出一群二十一世紀的年輕人，活像沙林傑筆下那種新一代眞誠、自命不凡的愛爾蘭年輕人。」

——哥連・巴雷特（Colin Barrett），愛爾蘭作家

「莎莉・魯尼行雲流水的文筆精準無比。在探討二〇一〇年代關係的小說裡，《聊天紀錄》是我所讀過，技巧最圓熟，觀察力最敏銳的一部作品。」

——加文・科比特（Gavin Corbett），《綠光骷髏頭》（*Green Glowing Skull*）作者

「聰慧、諷刺、機智、風格獨具，且充滿自信的《聊天紀錄》，是文壇閃亮新星的處女作。她以濃烈完美的筆觸呈現二十一世紀生活在世界此隅的二十幾歲年輕人的處境：有

自主意識，但也迷失自我。這是爲新一代年輕女性而寫的《麥田捕手》。」

——露西．考德威爾（Lucy Caldwell），《眾多》（*Multitudes*）作者

「《聊天紀錄》精彩絕倫……字斟句酌，文采斐然。這是一部悲傷卻眞誠的小說，非常貼近事實，也非常大膽無畏。很難相信這一部行文流暢、自信飽滿的作品會是這位小說家的處女作。」

——山姆．拜爾斯（Sam Byers），《原發症》（*Idiopathy*）作者

「莎莉．魯尼以鑽石切割般的美麗文體呈現複雜的人際關係，優美得讓你不忍轉開視線。光芒四射，機鋒處處，這部小說值得珍讀，而其作者更令人不得不愛。」

——湯瑪斯．莫里斯，《我們不知道我們在做什麼》（*We don't Know What We're Doing*）作者

「出色有趣的對話爲小說帶來充沛動力。」

——《衛報》

「很少有小說能贏得你所認識的幾乎每一個人，無論是女是男，是千禧世代或中年人，共同的由衷佩服。」

——《觀察家報》

「光彩奪目的對話……精彩絕倫……魯尼以極其罕見的自信，呈現澄澈精準的寫作風格。」

——《紐約客》

「一無所懼的感官寫作……充滿動能的小說處女作，探討四個動人角色之間錯綜複雜、層疊交錯的關係。」

——《愛爾蘭時報》

「超狂！尖銳逼真的偷情與友誼的喜劇。」

——《娛樂週刊》

「對現代關係尖銳、黑色幽默式的評論，非讀不可。」

——《週日電訊報》

「一翻開就放不下的作品，以尖銳諷刺又詼諧風趣的筆觸刻劃新愛爾蘭的年輕人……魯尼有雙目光銳利的眼睛，以及寫來全不費功夫的幽默風格。」

——《週日泰晤士報》

「這部小說堪比莉娜・丹恩（Lena Dunhan）的《女孩我最大》（*Girls*）、菲比・沃勒—布里吉的（Phoebe Waller-Bridge）《邋遢女郎》（*Fleabag*）和諾亞・波拜克（Noah Baumbach）的《紐約哈哈哈》。」

——《週日泰晤士報》

「莎莉・魯尼的這部處女作刻劃四個深陷情感糾葛的角色，不落世故俗套。兩名結伴表演詩歌朗誦的年輕女孩，和都柏林南區一對時髦夫婦產生糾葛，卻奮力表現得『不爲所動』，讓故事呈現了引人入勝、且揪心感人的趣味。」

——《週日泰晤士報》年度選書

聊天紀錄
Conversations with Friends

「精彩的處女作。」

——《倫敦標準晚報》

「寫就《聊天紀錄》的莎莉・魯尼猶如楚門・卡波提再世，才華直逼伊麗莎白・鮑恩（Elizabeth Bowen）。」

——塞巴斯汀・貝瑞（Sabastian Barry），《觀察家報》年度選書

「現代版的《日安憂鬱》：無懼且動人。」

——海倫・辛普森（Helen Simpson），《觀察家報》年度選書

「我非常喜歡《聊天紀錄》：機智、細膩、觀察入微，是刻劃現代愛情與友誼的精彩小說。」

——喬・敦桑（Joe Dunthorne），《觀察家報》年度選書

「這部精彩的幽默作品以經濟危機之後的都柏林爲背景，探討當代女性友誼。」

——《電訊報》年度選書

「精彩之作，讓我讀畢時甚至有了不捨的惆悵之感……交織著幽默、憐憫、省察與眞情……魯尼和希薇亞．普拉斯一樣，以純熟的寫作技巧深刻描繪女性良知，這部小說是我所讀過，刻劃當代年輕女性的最佳作品。」

——《每日郵報》

「這部非比尋常的處女作以冷幽默的手法，刻劃愛情關係裡的權力運作，日常互動裡的爾虞我詐，以及我們對自己所愛之人的一無所知。」

——《週日郵報》

「對友誼、嫉妒、愛情政治有興趣的人（又或者是所有的人）都會被這部小說吸引。這是一部動人且精彩的小說，以出色且精準的筆觸刻劃年輕女性處境。」

——《*The Pool*》雜誌

「法蘭希絲與玻碧努力想導引出現代溝通、一夫一妻制、開放婚姻的意義，以及本書所探討的最大議題：『何謂友誼？』……我們的文學仍在摸索一條非二元的探討途徑，以掌握我們這一代的性愛關係。透過《聊天紀錄》，作者逐漸掌握了我們用以溝通的方式。」

——《金融時報》

「極富閱讀樂趣的愛情喜劇……非常有趣且充滿複雜人性的故事，刻劃性愛與自我探索，每一頁都瀰漫感性，發人深省。這部小說既有如雷射光般犀利的諷刺，也有暖心的眞情，敍事手法極其高明，讓我迫不及待想讀魯尼的下一部作品。」

——《大都會報》

「犀利有趣、技巧圓熟，既探討大議題（性、愛、關係、女性主義、工作），也刻劃如連體嬰般的法蘭希絲與玻碧之間無法分割的友誼，作者不僅描述小說角色的生活，也藉由議題的探討，定義了生活本身。」

——《風格》雜誌

「熠熠生輝、清新可人的處女作。」

——《*Elle*》雜誌

「描繪個人情愛的集體與社會本質，我們對於另一個人的瞭解，都只能透過他與其他人之間互動的三稜鏡……展現極爲罕見的技巧與細膩精微。」

——《文學評論》

「（魯尼）有非常獨特的現代敍事風格……從第一頁就能攫住你的心……以大小事件勾勒人生經驗……她深具小說家天分，讓你只想專心閱讀這本小說。」

——《*i newspaper*》

藍小說 311

聊天紀錄

作者—莎莉・魯尼
譯者—李靜宜
編輯—張瑋庭
封面設計—賴佳韋工作室
內頁排版—極翔企業有限公司
插畫授權—Elliana Esquivel

副總編輯—嘉世強
董事長—趙政岷
出版者—時報文化出版企業股份有限公司
108019臺北市和平西路三段二四〇號三樓
發行專線—（〇二）二三〇六六八四二
讀者服務專線—〇八〇〇二三一七〇五・（〇二）二三〇四七一〇三
讀者服務傳真—（〇二）二三〇四六八五八
郵撥—一九三四四七二四時報文化出版公司
信箱—（一〇八九九）臺北華江橋郵局第九九信箱

時報悅讀網—http://www.readingtimes.com.tw
電子郵件信箱—liter@ readingtimes.com.tw
法律顧問—理律法律事務所 陳長文律師、李念祖律師
印刷—勁達印刷有限公司
初版一刷—二〇二一年四月三十日
初版五刷—二〇二三年七月二十四日
定價—新臺幣四二〇元
（缺頁或破損的書，請寄回更換）

時報文化出版公司成立於一九七五年，
並於一九九九年股票上櫃公開發行，於二〇〇八年脫離中時集團非屬旺中，
以「尊重智慧與創意的文化事業」為信念。

聊天紀錄 / 莎莉・魯尼（Sally Rooney）著；李靜宜譯 . – 初版 . – 臺北市：時報文化, 2021.4
面； 分 . –（藍小說；311）
譯自：Conversations with Friends
ISBN 978-957-13-8888-5
873.57 110005399

ISBN 978-957-13-8888-5
Printed in Taiwan